KB275116

데스마치에서 시작되는
이세계 광상곡 32

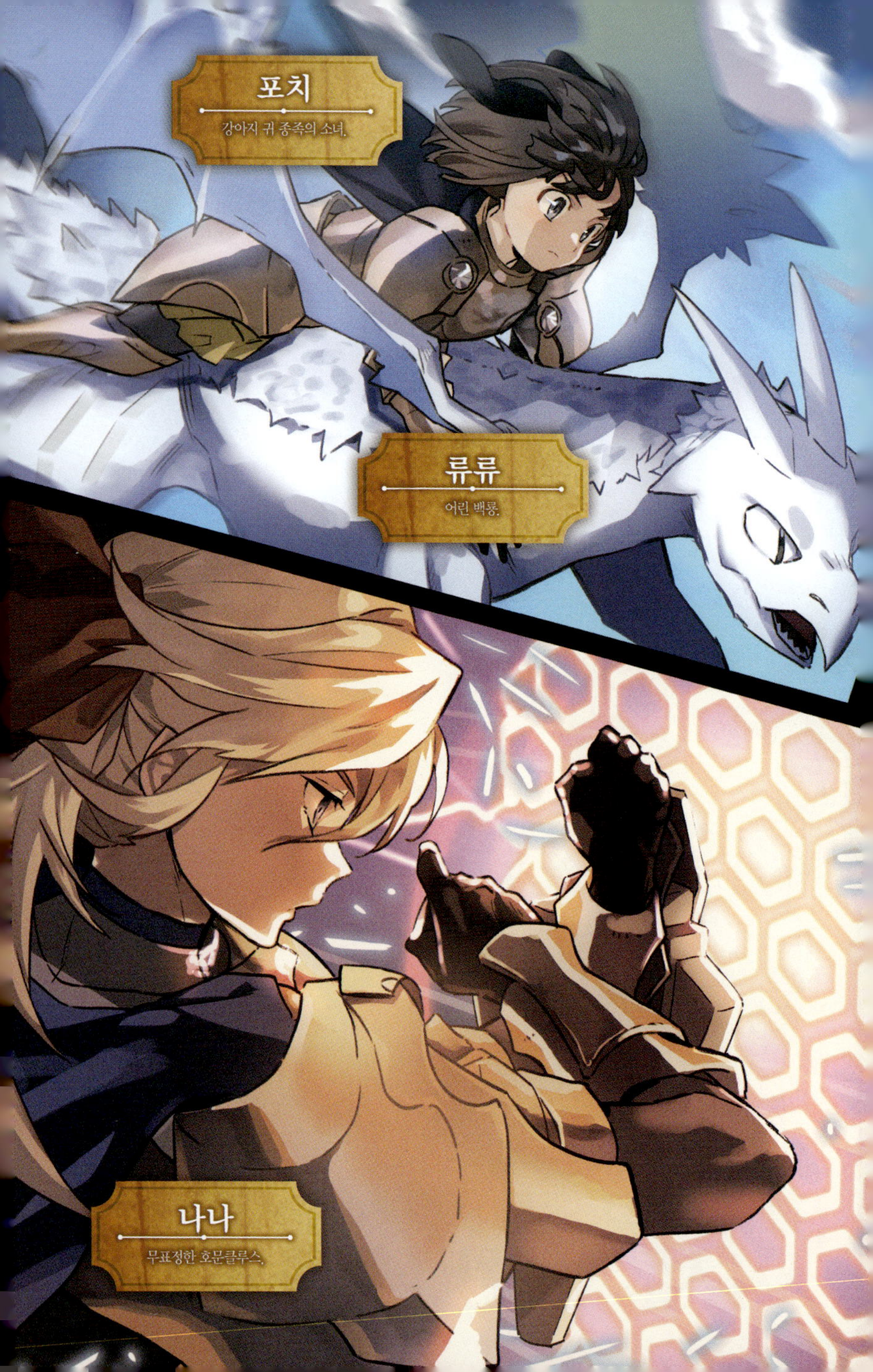

포치
강아지 귀 종족의 소녀.

류류
어린 백룡.

나나
무표정한 호문클루스.

미아
과묵하고 음악을 좋아하는 엘프.

아리사
쿠보크 왕국의 옛 왕녀.
전생은 일본인.

리자
주황 비늘 종족의 소녀.

제국 시보 확장판

과학 특집호

★ ★ ★

마키와 왕국과의 전투에서도 대대적인 전과를 올린 우리 족제비 제국군의 과학 특차대. 주변국들과 비교도 안 되는 기술적 발전을 이룩하고 있는 우리나라이지만, 그것을 지탱하는 과학은 딱히 군사 분야에만 머무르지 않는다. 이번에는 우리나라가 자랑하는 대륙 제일의 과학기술 일부를 전한다.

연차

도시를 잇는 연차망을 달리는, 우리나라가 자랑하는 대규모 운송 수단이 연차이다. 증기를 이용해 동력을 얻는 기관차로 객차와 화물차를 견인하는 것이며, 수많은 인원과 짐을 안정적으로 나를 수 있는 이 획기적인 이동 수단은 물류의 상식을 변화시켰다. 이제는 국민들에게 없으면 안 되는 것이 되어, 이동수단으로서 뿐만 아니라, 차내에서 먹는 도시락 등도 오락으로 침투되기 시작하고 있다.

인쇄

서명 대신 인장을 이용한 적이 있는 독자도 많을 것이다. 우리 제국에 보급된 것은 그 연장선상이라고 할 수 있는 기술인 활판 인쇄다. 활자를 조합한 판에 잉크를 바르고, 종이에 누른다. 이것을 반복하여, 같은 품질의 서적을 대량으로 생산하는 것이 가능해졌다. 독자들에게 속보성이 높은 정보를 빠르고 정확하게 전달하는 신문도, 이 기술로 성립되어 있다.

비행기

지금까지는 마법으로만 실현되고 있던 비행을 비공정과 다른 원리로 실현한 것이 이 비행기다. 날갯짓이 없는 철의 새 같은 모습이지만, 비행 속도는 비공정을 능가하고 있다. 아직 제국군에서만 사용되고 있지만, 언젠가 연차처럼 독자들의 다리가 될 날도 가까울 것이다.

특차

우리나라 정예중의 정예인 특차대가 운용하는 육상전용 주력 병기가 이 특차이다. 내연 기관이 발생시키는 압도적인 파워가 견고한 철제 차체를 움직이는 모습은 그저 압권이다. 무한궤도를 이용한 종횡무진의 기동력과 성벽마저도 분쇄하는 대포를 장비한 이 신병기는 마키와 왕국 비장의 수인 패호거인마저 격파했다고 한다.

★ ★ ★

이 과학기술을 개발한 것이 황제 폐하 직속의 연구 기관『브레인즈』다. 그들이 실용화한 기술을 통해 우리나라의 문명은 커다랗게 발전한 것이다. 다음 호에서는, 우리 제국에 혁신적인 기술 발전을 가져온『브레인즈』소장에 대한 독점 인터뷰를 보내드린다.

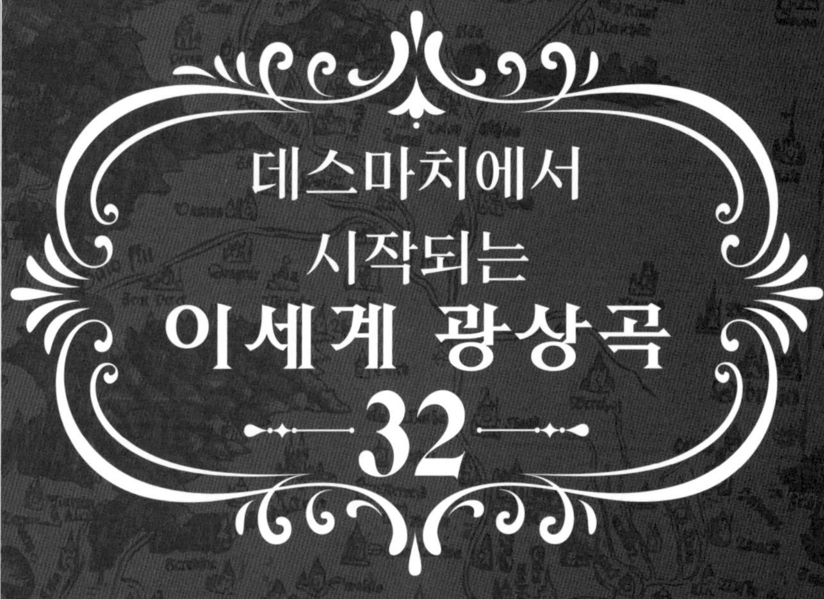

아이나나 히로

Death Marching to the
Parallel World Rhapsody
Presented by Hiro Ainana

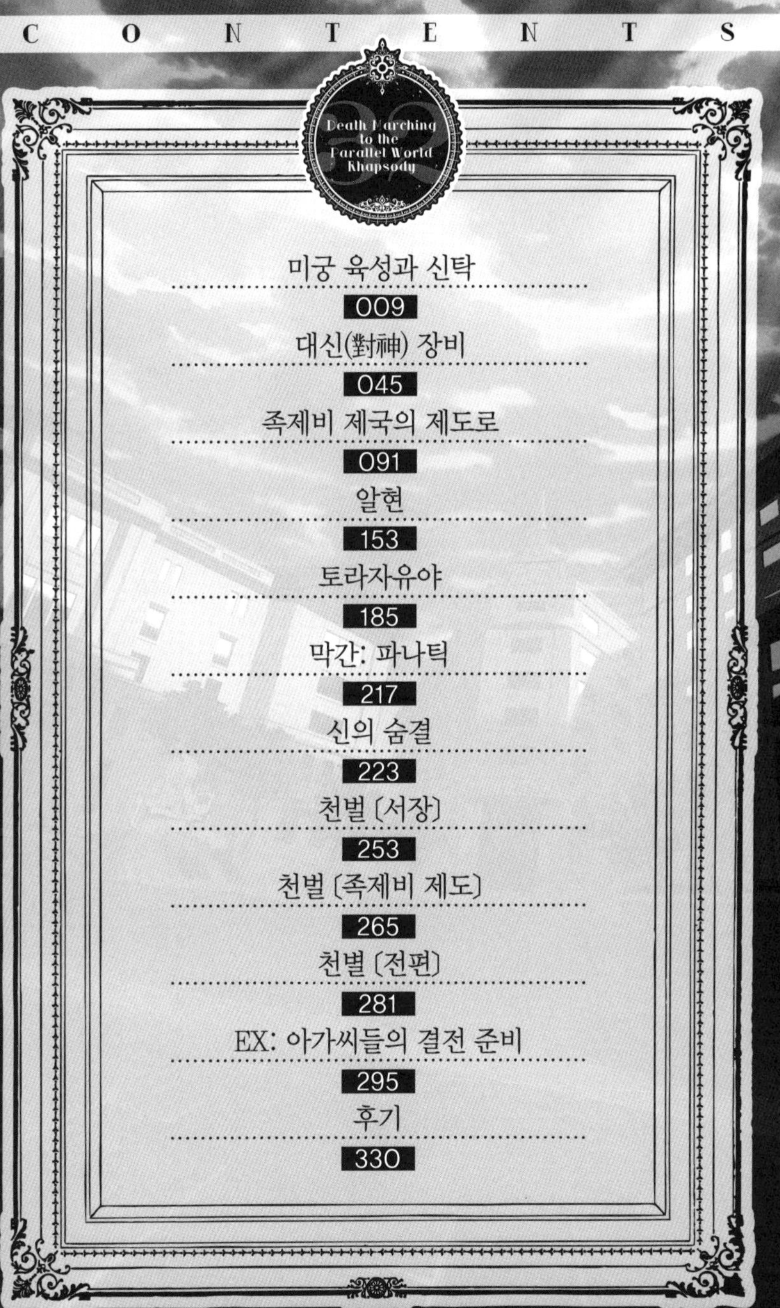

미궁 육성과 신탁
009

대신(對神) 장비
045

족제비 제국의 제도로
091

알현
153

토라자유야
185

막간: 파나틱
217

신의 숨결
223

천벌〔서장〕
253

천벌〔족제비 제도〕
265

천벌〔전편〕
281

EX: 아가씨들의 결전 준비
295

후기
330

미궁 육성과 신탁

"사토입니다. 신이 내리는 신탁을 받은 무녀나 예언자 이야기는, 옛날 이야기나 종교의 가르침으로 종종 듣게 됩니다. 유물론자들은 환각이나 환청 같은 거라고 말하며 내칠 것 같습니다만, 무수히 많은 신탁들 중엔 정말로 신들이 내린 것도 있었던 게 아닐까요? 그렇게 생각하는 게 이 세상이 더 재미있을 것 같단 말이죠."

"족제비 제국에서 온 편지, 인가요……?"

심각해 보이는 표정으로 중얼거린 것은 주황 비늘 종족의 리자다.

주황색 비늘로 뒤덮인 꼬리가 신경질적으로 땅바닥을 때린다.

"그것도, 이런 장소에 직송이니까."

아리사는 익살을 부리듯 말했다. 꺼림직하다는 보라색 머리카락을 눈치 볼 것 없이 드러내고 있는 것도, 여기가 시가 왕국의 왕도에서 떨어진 마물의 영역에 있는 우리들의 비밀기지이기 때문이다.

그런 비밀스러운 장소에, 홀연히 편지만 전송됐으니까 그저 놀랄 수밖에.

"하, 하지만 주인님. 여기는 유이카 씨가 쳐준 결계가 있지 않나요?"

걱정스럽게 말한 것은, 윤기가 흐르는 검은 롱스트레이트 헤어를 가진 기적적인 일본풍 미소녀 루루다.

"지하."

"루루, 결계가 있는 것은 지하 연구소와 유생체의 미궁 최심부뿐이라고 고합니다."

옅은 청록색 머리카락의 엘프 미아가 단적으로 고하고, 금발 미녀의 나나가 특징적인 말투로 보충했다.

세리빌라의 미궁 하층에 사는 전생자 「소귀 공주」 유이카가 치는 결계는 신들의 감시마저도 막을 수 있는 강력한 것이지만, 그 범위는 그리 넓지 않다. 금기에 걸리지 않을까 걱정되는 비밀기지 지하에 있는 연구소와 유녀 미궁의 미궁 주인의 방, 그리고 마왕 시즈카의 암자 세 군데만 핀포인트로 숨기고 있었다.

"유이카는 착해~."

"네, 인 거예요. 포치한테 고기 조림이랑 토끼국 만들어준 거예요!"

활기차게 대화에 참가한 두 사람은, 하얀 숏헤어에 고양이 귀 고양이 꼬리를 가진 어린 소녀 타마와, 다갈색 머리카락을 보브 컷으로 정돈한 강아지 귀 강아지 꼬리의 어린 소녀 포치다.

"사토 씨, 일단 내 암자로 이동할까요? 거기라면 유이카 씨의 결계가 있으니까."

나한테 그렇게 제안한 것은, 보라색 머리카락의 미녀 시즈카다.

청초한 미녀로 보이는 그녀이지만, 그 정체는 일본인 전생자이며 파리온 신국의 전직 성녀, 그리고 마왕이기도 해서 속성이 풍부한 취미인이다. 레벨은 50이나 되지만, 전투계 스킬은 전혀 없는 힘 없는 마왕님이다.

지금은 내가 보호하고 있으며, 비밀기지 옆에 있는 암자에 살면서 동인 활동에 힘을 쏟고 있다.

"그럴까."

여기는 편지를 보낸 인물이 감시를 하고 있을지도 모르니까, 그녀의 제안에 따라 이동했다.

"시즈카!"

암자의 문을 열자마자, 파란 머리카락의 어린 소녀가 뛰어들었다.

"다녀왔어. 코어투. 오늘은 여기 있었니?"

"응. 히카루랑 같이 집지키기 했어."

머리색 말고는 어디든지 있는 어린 아이 같지만, 그녀는 이 근처에 만든 유녀 미궁의 미궁 핵에서 만들어진 아바타이며 이름은 코어투라고 한다.

"어서와."

코어투 뒤에서, 긴 검은 머리의 미녀— 히카루가 다가왔다.

그녀는 내 패럴랠 월드의 소꿉친구이며, 시가 왕국을 건국한 왕조 야마토 본인이기도 하다. 오랜 옛날의 인물이지만, 마술적인 콜드 슬립에서 눈을 뜬 지 얼마 안 된다. 연령에 대해서 언급하면 틀림없이 화를 낼 거다.

"엘프 마을에서 요양하고 돌아온다고 했었는데, 이제 몸은 괜찮아?"

"응, 일품 카레 덕분에 체력도 돌아왔어."

히카루의 질문에, 시즈카가 가는 팔에 알통을 만드는 포즈를 하고 대답했다.

"그건 다행이네. 카레에 대해서는 나중에 듣기로 하고, 이치로 오빠랑 다들 잘 돌아왔어! 다들 다친 데 없어?"

"괜찮으이~."

"포치는『상처 모르는』펜드래건이니까 괜찮은 거예요!"

타마와 포치를 필두로, 동료들이 이구동성으로 다친 곳이 없다고 대답했다.

"히카루, 서서 얘기하는 것도 그러니 안쪽으로 가요."

시즈카의 제안으로 리빙에 이동했지만, 본래 시즈카가 혼자 살기 위한 암자라서 그렇게 넓은 방이 아니다.

시즈카, 히카루, 코어투에 더해서, 우리들 여덟 명이 들어가면 상당히 비좁은 느낌이다.

"확보."

"타마는 이쪽~."

내가 1인용 소파에 앉자, 전에 없이 재빠르게 미아가 내 무릎을 점령하고, 타마가 꾸물거리는 움직임으로 내 어깨에 올라탔다.

"두 사람 너무 빠른 거예요! 포치는 베스트 **포퐁**을 차지하는 거예요!"

포치가 진을 친 곳은 내 다리에 기밀 수 있는 위치다.

아마, 포퐁은 포지션이란 단어를 못 떠올린 거겠지.

"아리사는 어른이니까 여기!"

"우후후, 그러면 나는 반대쪽에."

아리사와 루루가 소파의 좌우 손잡이에 옆을 향해 앉아서 찰싹 달라붙는다.

아리사는 그렇다 치고, 루루가 이런 식으로 어리광을 부리는 건 드문 일이네.

"여전히 사이 좋구나."

히카루랑 시즈카가 쓴웃음을 지으며 긴 소파에 앉았다.

"나도 저거 하고 싶어."

"좋아, 이리 오렴—."

"그것은 저의 역할이라고 고합니다."

히카루가 자기 무릎 위에 코어투를 앉히려 했지만, 그것은 유생체의 수호자인 나나가 옆에서 가로챘다.

나나가 긴 소파에 앉아 코어투를 무릎에 올리는 걸 지켜보면서, 히카루에게 아까 있었던 일을 전했다.

"족제비 황제가 용사 나나시에게 보내는 초대장이라……."

그 이야기를 들은 히카루가 심각한 표정으로 중얼거린 다음, 나를 보았다.

"이치로 오빠, 이 편지 말이야—."

"아마도."

히카루가 명확한 언급을 피한 것은, 아이들에게 걱정을 끼치기 않기 위해서겠지.

아마도, 족제비 황제는 편지를 보냄으로써, 「언제나 감시하고 있다」, 「편지 대신 병사를 보낼 수도 있다」 같은 협박을 하는 거겠지.

뭐, 그렇게까지 생각하는 건 과할 가능성도 있지만 주변국을

침략해서 대제국을 이룩한 상대다. 과소평가를 해선 안 되겠지.

"역시, 결계를 넓히는 편이 좋을까?"

히카루가 한 말의 이면에 숨긴 의도를 깨달은 아리사가 물었다.

"적어도 비밀기지 주변은 감추는 편이 좋겠다."

나는 그것에 수긍하며 대답했다.

지금 정도로 충분하다고 생각했는데, 이렇게 누가 건드릴 수 있는 상태라면 보안을 강화하는 편이 좋을 거야.

"결계를 친 다음에, 곧장 족제비 제국에 갈 거야?"

아리사의 물음에 조금 생각했다.

편지에는 언제 오라고 적혀있지 않았다. 진짜인지 아닌지는 모르지만 족제비 황제가 「강제」 스킬을 가지고 있다거나 그 정체가 마왕이라는 둥 들리는 소문이 흉흉하다.

전에 대화한 전생자 케이의 이야기를 들어보면, 그녀와 전생자 네즈를 「보호했다」라는 족제비 황제의 주장이 틀린 건 아닌 것 같으니 완전하게 「악의를 가진 상대」라고 단정하는 것도 정답이 아닌 것 같다.

"아니, 가기 전에 재상이나 국왕한테 상담을 할 거야."

역시, 정치의 중추에 있는 두 사람에게 의견을 듣고 나서 가는 편이 좋을 것 같단 말이지.

"펜드래건 자작으로서?"

"아니, 용사 나나시로 갈 거야."

편지의 수신자도 용사 나나시니까.

족제비 황제의 편지에 대한 대응 방침이 정해진 참에, 이야기가 족제비 제국 관련해서 다른 화제로 변했다.

"있지, 이치로 오빠. 이치로 오빠네가 족제비 제국에 갔던 거, 족제비 수인 신관이 찾아와서 신기에 대한 이야기를 해서였지?"

"그렇지."

족제비 신관에게 신기가 봉인된 유적의 이야기를 듣고, 몇 안 되는 실마리를 더듬어 족제비 제국의 세레아스 시에 봉인 유적이 있다는 걸 찾아냈다.

그 유적에서 태고의 용사를 복제한 신전의 수호자와 포치가 사투를 펼치고, 마족이나 마왕 신봉 집단에게 납치된 시즈카를 구출하고, 마지막에는 성당 기사 리트디르트 양이 조심성 없이 봉인을 풀어버린 미경 마왕을 토벌했다.

"그렇구나~. 이치로 오빠네는 여전히 헤비한 여행을 하네."

히카루가 말하고 우리를 위무했다.

"그걸로 납득했어."

─응?

진의를 알 수 없어 히카루를 보았다.

"포치의 칭호 말이야."

"─포치의?"

그 말을 듣고 포치의 칭호를 보았다.

태고의 용사 「사자왕」의 복제체를 쓰러뜨렸을 때 뭔가 칭호라도 붙었나?

─으엑.

“이럴 수가.”

말을 잃은 나와 동시에 아리사가 외쳤다.

“포치가 잘못한 거예요?”

“아니, 나쁜 일 아니야.”

불안하게 나를 올려다 보는 포치의 머리를 쓰다듬었다.

머리를 쓰다듬자 기분 좋아 보이는 포치 옆에 AR표시가 팝업됐다.

이렇게 적혀 있었다.

―칭호 「용사」.

홀로 류류를 지키고, 절대 강자인 「사자왕」을 쓰러뜨렸을 때 포치는 용사의 칭호를 얻은 모양이다.

그러나 사가 제국에서 소환된 「파리온 신의 용사」와 달리, 유니크 스킬이나 신이 내린 무구나 감정 같은 스킬을 얻진 못했다.

이런 부분은 내가 「용사」 칭호를 입수했을 때랑 마찬가지군.

“포치, 이 성검 뽑을 수 있니?”

“네, 인 거예요!”

포치가 신이 내린 성검 듀란달을 뽑았다.

만에 하나를 대비해 엘릭서를 준비했는데, 포치가 성검에 거부당하는 느낌이 없다.

“굉장히 굉장한 거예요!”

“오우, 그레이트~?”

포치랑 타마가 성검의 빛을 보고 들떴다.

다른 애가 무심코 만지면 위험하니까, 포치한테서 성검을 회수해 스토리지에 수납했다.

"아리사, 포치의 칭호를 숨겨줘."

"알았어. 이상한 녀석이 포치한테 눈독을 들이면 난처하니까."

용사 야마토에 용사 나나시, 시가 왕국에는 벌써 두 명이나 용사가 있다. 사가 제국에도 일곱 명이나 새로운 용사들이 있다.

포치가 용사의 일을 안 해도 문제는 안 일어날 거야.

그녀가 용사이기를 바란다고 해도, 용사 데뷔는 조금 더 어른이 된 다음이라도 문제 없겠지.

후천적으로 용사가 되는 이점이라고 해봐야, 신이 내린 성검을 쓸 수 있게 되는 것 정도니까.

포치한테 용사의 칭호가 있다는 것은 나중에 리자한테만 말해주고, 포치 본인한테 가르쳐줄 타이밍은 리자랑 상담을 해봐야겠다.

"이야기가 상당히 샛길로 빠졌네. 무슨 이야기였지?"

"사토 씨 일행이 족제비 제국에 간 이유였어."

히카루의 물음에 시즈카가 대답했다.

"그랬었지. 그랬었어. 그래서, 우연히 시즈카가 납치된 유적에 있었던 거지."

"응, 운이 좋았어."

"─정말로 우연이었을까?"

"아리사, 무슨 뜻이야?"

히카루가 아리사가 한 말의 의미를 물었다.

"왜냐면 너무 딱 들어맞잖아? 아무리 주인님이 주인공 체질이라도, 어쩌다 방문한 유적에 아는 사람이 납치되어 오다니."

"그건 나도 그렇게 생각하지만, 『현실은 소설보다 기괴하다』란 말도 있잖아."

아리사의 주장도 이해된다.

분명히 우연치고는 너무 절묘해.

"마왕 신봉 집단이 나를 찾아온 족제비 수인 신관을 부추긴 걸까?"

족제비 신관 본인이 마왕 신봉 집단에 소속되지 않은 건 맵 검색으로 이미 확인했다.

"그럴 가능성도 있네⋯⋯. 시즈카는 어떤 녀석이 납치했는지 기억 못한다고?"

"응. 역광이라 얼굴이 안 보였고, 입고 있던 것도 시커맸으니까─."

시즈카가 뭔가 깨달았는지 입을 다물었다.

"뭔가 떠올랐어?"

"응. 시커먼 외투가 바람에 퍼졌을 때, 햇빛이 비쳐서 보라색처럼 보였어."

"그건 마왕 신봉 집단 같은 옷이네."

마왕 신봉 집단은 보라색을 입는 일이 많다.

"또 하나, 생각났어."

세부 사항을 떠올리려고 고개를 숙이고 있던 시즈카가, 고개를 들고 말했다.

"납치당했을 때가 아니고, 꿈이 아니란 보장도 없지만, 나랑 아리사처럼 보라색 머리카락의 소녀를 본 것 같아."

어렴풋한 기억이며, 소녀와 대화를 한 것도 아니라고 한다.

"마왕 신봉 집단에 전생자가 있는 걸까?"

"가능성은 있네."

만약 있다면 위험하다.

전생자는 유니크 스킬을 너무 쓰면 마왕이 될 가능성이 있다. 마왕 신봉 집단 놈들이라면, 말로 살살 구슬려서 전생자를 마왕화시키려고 할 것 같아.

"마왕 신봉 집단이라⋯⋯. 그러면, 역시 아니려나?"

히카루가 중얼거린 말을 엿듣기 스킬이 포착했다.

"뭔가 신경 쓰이는 거라도 있어?"

"응. 납치된 시즈카가 사라지는 모습을 봤었는데—."

히카루는 「한 순간이고 후드가 방해돼서 입가밖에 안 보였어」라고 전제를 두고서, 「분위기가 옛날 아는 사람이랑 조금 비슷했어」라고 말을 이었다.

"그 사람이 납치했다는 거야?"

"아마, 아냐. 그 사람은 훨씬 전에 죽었으니까 그냥 닮은 사람일 거야. 만약 나처럼 살아있다고 해도, 그 사람이 마왕 신봉 집단에 들어가는 일은 절대로 없어. 대화마저 거부하고 쳐들어갈 걸. 보증할 수 있어."

히카루가 절대 안 그럴 거라고 단언했다.

"그럼, 그 사람의 자손?"

"그 사람 일족은 틀어박혀 있는 체질이고, 내가 아는 한 동성의 친족은 한 명밖에 촌락 밖으로 안 나왔고, 얼굴도 그렇게 안 닮았으니까 잘못 보진 않을 거야."

흐~응, 엘프 같은 일족이네.

"그냥 닮은 사람이라 치고, 뒷모습이라도 기억나면 몽타쥬라도 그려봐."

"알았어. 나중에 시즈카의 도움을 받아서 그려둘게."

몽타쥬가 완성되면, 그걸 들고 족제비 신관한테 물어보러 가야지.

그가 시즈카 유괴랑 관계가 없다고 해도, 유적에 봉인되어 있던 것이 자이크온 신에서 유래된 물품이 아니란 걸 전해야 하니까.

"그러고 보니, 세리빌라 미궁에서 제나 씨네 수련을 돕고 있었지?"

"응. 다들 열심히 하고 있어! 요전에는 『구역의 주인』이 거느리는 권속을 쓰러뜨렸거든! 다음은 『구역의 주인』 본체한테 도전하려고 수련하고 있어."

히카루가 제나 씨 일행을 칭찬한 다음, 「이치로 오빠의 백은 갑옷 성능도 꽤 좋네」라고 말했다. 도움이 된다면, 전원 분량을 만든 보람이 있군.

하는 김에, 시간이 생기면 「펜드래건 가문 어용 상인」 아킨도우로 변장해서 위문이라도 가야지.

마법약 같은 소모품은 아무리 많아도 부족하니까.

"마슈타~."

근황을 듣고서, 다 같이 차라도 마시며 느긋하게 쉴까 하는 타이밍에 코어투가 나를 불렀다.

"이제 슬슬 미궁에 밥 필요해~."

"밥~!"

"밥인 거예요!"

꾸벅꾸벅하고 있던 타마와 포치가, 코어투의 말을 듣자마자 졸린 눈으로 당황했다. 여전히 식욕에 충실한 애들이야.

두 사람 입에 신작 육포를 넣어주고, 코어투에게 확인했다.

"마물을 추가하니?"

"응. 계속 멈춰 있으니까."

내가 묻자 코어투가 수긍했다.

"그건 그런데— 지금은 시기가 안 좋아."

"안돼?"

"안 되지 않는다고 고합니다. 마스터, 유생체의 리퀘스트에 응답해야 한다고 주장합니다!"

코어투가 올려다보며 애원하자, 나나가 즉시 반응했다.

"주인님, 2인 1조로 행동하면 괜찮지 않을까요?"

"뭐, 나랑 코어투랑 다르게, 나나 씨네는 싸울 수 있으니까 납치하러 와도 괜찮지 않아?"

리자랑 시즈카가 나나를 커버해준다.

"<ruby>전술 대화<rt>택티컬 토크</rt></ruby>로 연결해두면, 뭔가 예측 못 한 사태가 있을 때 곧장 알 수 있잖아?"

"지금의 아리사랑 동료들을 납치하는 건, 모략이 특기인 상급 마족이나 마왕급의 상대 정도 아냐?"

예방책을 든 아리사에 이어서, 히카루가 지당한 말을 했다.

"그리고, 언제까지고 결계에 틀어박혀 있는 건 진 것 같아서 싫지 않아?"

"그것도 그렇네."

아리사의 말이 맞다.

리스크를 두려워해서 너무 행동 제한을 하는 건 관두자.

"당분간은 시즈카랑 코어투만 결계에서 나오지 않는 거랑, 단독 행동을 되도록 피하는 느낌이면 되잖아?"

"이견 없음."

"나도 그게 좋아~."

히카루가 정리하고, 시즈카와 코어투가 동의했다.

◆

"다녀왔다~."

세리빌라의 미궁 하층에서 유이카를 데리고 돌아왔더니, 미궁의 맵이 조금 확장되어 있었다.

미궁의 포인트는 코어투가 마음대로 해도 된다고 말을 해뒀으니, 시험 삼아서 확장을 해본 거겠지.

"뭔고. 미궁 안에서 밖의 마물을 쓰러뜨려 미궁에 먹이고 있는 게야?"

동료들이 미궁에 마물을 날라오고 나오는 걸 본 유이카가 그렇게 말했다.

“아는 거야?”

“그렇지. 흡혈 미궁이 막 생겼을 무렵에, 비슷한 일을 한 적이 있었으니.”

사가 제국의 「흡혈 미궁」에는 가본 적이 없지만, 조금 친근감이 생겨버렸다.

“두루마리나 보주는 안 먹인 겐가?”

“―두루마리나 보주?”

“뭔고? 그건 안 했는고? 미궁은 먹은 것을 복제할 수 있게 되는 일이 있다. 밑져야 본전이니 해보면 좋을 게야.”

허허. 그건 흥미로운걸.

기왕 알게 됐으니, 시험해 봐야지.

미궁 주인의 방에서 흡수 작업을 하고 있던 코어투에게 말해서, 중복되어 남아있던 두루마리를 몇 개 건넸다.

“어때?”

“늘었어. 이것만.”

건네준 두루마리 중에서, 마등의 두루마리만 미궁의 라인업에 늘었다.

100퍼센트로 늘어나는 게 아닌 건 유감이지만, 미궁이 성장하면 번마 미궁처럼 오리지널 두루마리를 만들어낼 수 있을지도 몰라.

“다른 건 못 만들겠어?”

“응~, 지금은 무리.”

코어투가 조금 생각하더니 고개를 옆으로 저었다.

"그치만, 미궁이 성장하면 변할지도 몰라~."

"그래. 그러면, 또 입수하면 가져올게."

기왕 알게 됐으니, 그 밖에도 남아있던 미궁산 마법 무기나 자작한 각종 마법 도구를 흡수시켜봤는데, 유감이지만 라인업이 하나도 안 늘었다.

조금 더 미궁이 성장하면 다시 도전해봐야지.

"그래서, 본론은『결계를 확장해라』였던고?"

"그래. 할 수 있겠어?"

"여러 개의 결계를 연결하면 할 수 있지만, 다소 귀찮아지는군."

유이카가 귀찮은 듯 미궁의 출입구부터 비밀기지나 시즈카의 암자가 있는 방향을 둘러보았다.

"그렇군. 한 식구밖에 없다면, 결계끼리 게이트로 연결을 해줄꼬? 그러면 문제없지 않은고?"

그런 것도 할 수 있구나. 과연 15종류의 유니크 스킬을 가진 최강의 전생자군.

"그렇게―."

"꽃밭도!"

그렇게 해달라고 말하려던 나를, 코어투가 가로막았다.

그러고 보니, 시즈카가 납치당했을 때도 미궁과 암자 사이에 있던 꽃밭이 현장이었지.

"괜찮을까? 포이르니스."

"상관없다. 꽃이 있으면 생활이 윤택해지니까."

유이카를 영혼의 이름으로 부르자, 즉시 응답해주었다.

그러고 보니 그녀의 숨겨진 집도 꽃밭 속에 있었지.

◆

"펜드래건 자작, 오셨습니까!"

유이카가 쳐준 결계의 답례로 연회를 벌인 다음날, 나는 시가 왕국의 왕도에 있는 자이크온 신전을 찾아가 족제비 신관 바치아타리를 방문했다.

그에게 「어떤 유적에 봉인된 자이크온 신의 신기를 회수해주면 좋겠다」라는 의뢰를 받고, 쇄국하고 있는 족제비 제국에 밀입국해서 조사를 했으니 그 결과 보고를 하러 찾아온 것이다.

"저를 찾아오셨다는 것은, 족제비 제국에 출입할 방도를 마련하셨다는 건가요?"

족제비 신관이 기대가 가득한 표정으로 말했다.

아무래도, 아직 출발도 안 했다고 생각한 모양이다.

"아뇨, 조사를 부탁한 지인이 요전에 귀국했습니다."

"버, 벌써, 말입니까? 아무리 그래도 너무 빠릅니다. 데지마 섬에서 여기까지 오는 것마저도 훨씬 더 걸렸을 텐데요."

족제비 신관은 비공정이 아니라 해로로 시가 왕국에 온 모양이군.

"자세하게 듣지는 못했습니다만, 전이나 그에 준하는 힘을 구사하는 분입니다."

뭐, 갈 때는 비공정이랑 족제비 제국의 철도였고, 전이를 사용한 건 돌아올 때 뿐이지만.

"그건 대단합니다. 여기서부터 족제비 제국까지 왕복을 할 수 있다니…… 대체, 어떤 분이신지?"

"이름을 밝힐 수는 없습니다."

이번에는 족제비 제국에 불법 입국을 할 필요가 있어서, 「이름을 말 못하는 의문의 인물」이 조사를 한 걸로 했다.

"그러나, 제가 절대적으로 신뢰하는 분입니다. 그분의 조사는 신용할 수 있어요."

"……알겠습니다. 펜드래건 자작이 그렇게까지 말씀하신다면, 저도 신용하지요."

족제비 신관은 잠시 머뭇거린 다음, 코끝을 만지작거리며 말했다.

"그래서 조사 결과는 어땠습니까?"

"봉인도시― 세레아스 시에 있던 봉인유적을 조사하여, 고대의 마왕을 봉인한 신기를 발견했다고 합니다."

"고대의 마왕을? 그러면, 신기는 그대로입니까?"

"아뇨, 한때 회수했다고 합니다만, 부활한 마왕과 전투를 하며 망가져버렸다고 합니다."

"이, 이럴 수가 있나……."

족제비 신관이 머리를 감싸며 응접실의 테이블에 엎드렸다.

"위대하신 자이크온 신이여, 용서하소서."

족제비 신관의 기도를 듣고, 중요한 말을 깜빡한 걸 떠올렸다.

"그 신기 말입니다만, 자이크온 신 유래의 물품이 아니라, 파리온 신 유래의 물품이었습니다."

“파리온 신의?”

“네. 감정 스킬로 확인했으니 틀림이 없다고 해요.”

“다시 말해서, 최초의 정보가 틀렸다, 라는 것이군요……”

뭐, 그밖에 달리 신기가 봉인되어 있을 가능성은 있을지도 모르지만.

“……유감입니다.”

족제비 신관이 유감이라고 하면서도, 그렇게 유감스럽게 안 보인다.

그러고 보니, 그를 면회할 때 시즈카를 납치한 인물의 몽타쥬를 가져오려 했었는데 까맣게 잊고 있었어.

“바치아타리 공, 신전장께서— 실례, 내객중이셨군요.”

노크도 없이 뛰어들어온 사제가, 나한테 사과를 하고 곧장 나갔다.

그가 문을 열고 닫는 사이에도 신전 사람들의 소란이 들린다. 이 응접실로 안내를 받기 전에도 생각했는데, 참 바빠 보인다. 활기가 없는 자이크온 신전치고는 희한하군.

“사실은—.”

족제비 신관이 소리를 죽이며 다가왔다.

“위대하신 자이크온 신의 신탁이 있었습니다.”

“허어, 그건 대단하군요.”

자이크온 신전에서는 신성 마법도 쓸 수 없을 만큼 신의 은혜가 적은 느낌인데, 신탁은 내리는구나.

“분명히 전에, 자이크온 신께서 자취를 감추셨다고 말씀하셨습니다만—."

내 말의 중간에 족제비 신관이 「아뿔싸」 하는 표정을 지었다.

어쩌면, 그건 대외비였을지도 몰라.

족제비 신관이 「자취를 감췄다」라고 하길래 「자이크온 신은 죽은 건가?」라고 생각했는데, 아무래도 그건 아닌가 보네. 평범하게 신탁을 할 정도라면 아마테라스 오오미카미[1]처럼 동굴 같은 장소에 틀어박힌 그런 거겠지.

"펜드래건 자작, 그것은 듣지 못한 것으로 해주시면……."

"저는 아무것도 못 들었습니다."

그러니까, 신전 안의 다툼에는 끌어들이지 마세요.

"그보다도, 어떤 신탁이 내린 건가요?"

"스탬피드시가 왕국의 각지에서 마물의 폭주가 일어난다는 경고와 그 장소에 자이크온 신전의 깃발을 올리고, 신관과 신전병을 파견해 민초를 지키라는 신명이 내렸습니다."

꽤나 구체적인 신탁이군.

"그 마물의 폭주가 일어나는 구체적인 장소는 알고 계신가요?"

"네, 물론입니다. 이 귀로 신탁을 받았으니까요."

"신탁을 받았다? 신관 나리가 직접, 말인가요?"

이상하네. 족제비 신관의 스테이터스를 보면, 그한테는 신탁 스킬이 없다.

"네. 처음 신탁을 받았습니다만, 그토록 장엄한 목소리는 처음

#1 **아마테라스 오오미카미** 일본 신화의 태양신. 동생인 스사노오의 행패에 질려 바위굴 속으로 틀어박힌 적이 있었다.

들었습니다."

족제비 신관이 감동에 몸을 떨면서 말했다.

아무래도 거짓말이나 맹신은 아닌 모양이군.

"그리고, 대륙 서방의 나라들에서도 산발적인 마물의 폭주가 일어나고 피아로오크 왕국이 아닌 곳은 적지 않은 피해가 생겼다고 합니다."

자이크온 중앙신전이 있는 피아로오크 왕국 바깥에서도 자이크온 신전에 신탁이 내렸다고 하는데, 피아로오크 왕국이 아닌 곳은 믿는 나라가 없어서 피해가 난 모양이다.

"장소 말이군요. 제가 받은 신탁으로는 분기 도시와 왕도 사이에 있는 슈크바 마을이 위험하다고 합니다. 다른 신관들이 받은 신탁에서는 다른 촌락이 위험하다고 하여서, 전부 77곳에 나서야 합니다."

77곳이라니, 꽤 많네.

"다른 신관들도 신탁을 받은 건가요?"

"네, 자이크온 신전에 소속된 모든 신전입니다."

족제비 신관의 말을 들어보니, 왕도에 있는 다른 신전에서는 신탁을 받은 자가 아무도 없다고 한다.

이어서 77곳이 어디인가 신경 쓰여 일람표를 확인해봤더니, 모두 왕도나 대도시 주변의 촌락으로 소도시 이상의 규모인 장소는 하나도 없는 걸 알 수 있었다.

맵에서 그 마을들 주변을 확인해봤는데, 지금은 그런 징후가 없어.

마물의 둥지도 없는 데다가 고레벨 마물도 없는 모양이고, 각 마을에 기사 몇 명과 병사 열 몇 명 정도 있으면 여유롭게 대처할 수 있겠지. 그렇지만―.

"―지켜야 할 장소가 77곳이나 된다면, 자이크온 신전만으로는 모두 대응할 수 없지 않습니까?"

"견습 신관은 물론, 환속한 신관도 모두 재임시켜 모든 마을에 파견할 것입니다."

신관의 수는 어떻게든 할 수 있는 느낌이군.

"아무래도 신전병은 부족하지 않습니까? 다른 신전에 협력을 의뢰하는 건가요?"

"부족합니다. 그러나, 다른 신전의 손을 빌릴 수는 없습니다. 이것은 자이크온 신이 우리들 신도에게 내린 시련이니까요."

각오를 굳힌 표정으로 족제비 신관이 말했다.

뭐, 그의 정보 덕분에 파리온 신의 신석을 입수했으니까 조금 정도는 도와줘야지.

"멋진 신앙심이군요. 미력하게나마 저도 조금 협력하겠습니다."

나는 평소보다 넉넉한 기부를 하고, 덤으로 불량 재고인 희석 마법약을 작은 통 단위로 파견 장소의 수만큼 제공할 약속을 하고 신전을 떠났다.

덤으로, 에치고야 상회나 미궁도시의 전직 탐색자에게 소개장도 써줬다.

각 마을에 골렘을 두는 게 제일 빠르고 좋지만, 그러면 자이크온 신전의 공적을 가로채는 게 되고, 우리가 나서면 지명도 탓에

「마왕 살해자」 일행의 공적이 되어버릴 테니까 자중했다.

◆

자이크온 신전에서 돌아오는 길, 그 사전 준비를 하기 위해 에치고야 상회에 들르기로 했다.

오늘은 뒷문으로 들어갔다. 「마왕 살해자」로 유명해져버려서, 현관으로 들어가면 대소동이 일어나 버린다.

"자작님! 잘 오셨어요!"

뒷문으로 실례하자, 전직 탐색자인 경비원들이 옛 친구를 만난 것처럼 온화하게 맞이해 주었다.

"연락도 없이 와서 미안해. 지배인이나 티파리자 공을 만날 수 있을까? 무리일 것 같으면 이 편지만이라도 건네주면 좋겠어."

"금방 물어볼게요!"

경비원이 「째앵!」 같은 효과음이 날 것 같은 기세로 달려갔다.

"덤벙이들 뿐이라 죄송함다. 응접실을 확보했으니, 그쪽에서 기다려 주세요."

"고마워요, 스미나 씨."

경비부장인 큰언니 스미나 여사의 안내를 받아 응접실에서 기다렸다.

"사토 님! 만나고 싶었답니다!"

처음에 온 것은 기다리던 사람이 아니라, 시녀 두 사람을 거느린 시스티나 왕녀였다.

에치고야 상회의 연구소에 눌러앉아 있는 그녀지만, 오늘은 무슨 용건이 있어서 본사 쪽에 나와 있던 모양이다.

"오랜만에 뵙습니다. 요전에 빌려주신 책은 대단히 흥미로운 내용이었어요. 오래 빌리고 있어 죄송합니다."

쿠로를 경유해 빌리고 있던 금서를 시스티나 왕녀에게 반환했다.

"사토 님께 도움이 됐나요?"

"네. 무척."

이것은 거짓 없는 사실이다.

덕분에 금주를 분할해서 무영창으로 쓴다는 아이디어를 얻었다. 실용화할 수 있으면 아리사를 강화할 수 있고, 상급 마법을 분할해서 복수의 중급 마법으로 만들면 상급 마법을 두루마리화 할 수 있을지도 몰라.

시스티나 왕녀와 환담을 하면서, 족제비 제국의 데지마 섬이나 동방소국군에서 사온 기념품을 선물했다. 물론, 시녀들 것도 있다. 시스티나 왕녀라면, 나중에 깨닫고 시녀들에게 하사해주겠지.

"기다리셨습니다, 펜드래건 자작."

노크가 들린 뒤, 그렇게 말하며 들어온 것은 에치고야 상회의 지배인인 금발 미녀 에르테리나와 예리한 미모를 가진 은발 비서 티파리자 두 사람이다.

"어머? 전하께서 환담을 하고 계셨군요. 급한 용건이 아니라면 나중에 다시 올까요?"

지배인이 시스티나 왕녀를 발견하고 확인했다.

"아뇨. 사토 님의 용건을 우선해 주세요. 저는 연구소에 돌아

갑니다."

시스티나 왕녀가 일어서자, 시녀들이 기념품을 작은 백에 수납했다. 겉보기에는 핸드백이지만, 저것도 마법의 가방인 모양이군.

"그럼 사토 님, 다과회의 초대장을 보낼 테니 아리사와 미사날리아 님과 함께 와주세요."

나는 시스티나 왕녀에게 반드시 간다고 약속한 뒤, 그녀의 퇴실을 지배인들과 함께 상회 출구까지 배웅했다.

본인은 일개 연구원이라고 하겠지만, 왕족에 대한 예의란 것이 있으니까.

"본론 전에 이것을. 쿠로 공에게 맡은 물건입니다."

응접실로 돌아와, 지배인과 티파리자에게 족제비 제국산 기념품을 건넸다. 물론, 간부 아가씨들과 넬이나 스미나 같은 아는 사람의 것도 있다.

"쿠로 님께서 말인가요?"

"네. 마침 쿠로 공에게 유적 조사를 부탁드렸는데, 그 보고를 들려주셨을 때『한가하면 건네다오』라고 부탁을 하셔서요."

"그런, 가요……."

지배인이 유감스럽게 중얼거렸다.

티파리자는 아무 말이 없지만, 굳게 다문 입술이 쓸쓸한 분위기를 풍기고 있었다.

응, 어쩐지 죄책감 든다. 온 김에 사토로서 건네지 말고, 나중에 쿠로로서 만나러 올 걸 그랬네. 반성하자.

"바쁘신 것 같았어요. 이번에는 대륙 서방에 간다고 하셨습니다."

"―대륙 서방?"

"에르, 그 건을 조사하러 가신 것 아닐까요?"

지배인의 말을 들은 티파리자가 작은 소리로 귓속말을 하는 걸 엿듣기 스킬이 포착했다.

이걸 보니 그녀들도 대륙 서방의 스탬피드 이야기를 아는 모양 이군.

"펜드래건 경은 대륙 서방에서 마물의 폭주가 있었던 것을 아 시나요?"

"네, 여기 오기 전에 자이크온 신전에서 들었습니다."

마침 잘 됐군. 자이크온 신전에서 들은 신탁을 전달하고, 그들 에게 협력 요청이 있으면 조력해달라고 부탁했다.

"그것은 사기가 아닐까요?"

의심스런 표정으로 지배인이 말했다.

"무슨 말인가요? 자이크온 신전 사람들이 사기를 치고 있다, 라는 건가요?"

아무리 트러블메이커가 많은 자이크온 신전이라지만, 아무래도 신이 실재하는 세상에서 신의 말을 조작할 것 같진 않은데⋯⋯.

"혹시, 자작님은 모르시는 건가요?"

이번엔 티파리자다.

"뭔가 아는 것이 있으면 가르쳐주겠어요?"

"그럼 외람되지만 제가. 애당초 자이크온 신이 신탁을 내리는 일은 없습니다."

괜히 뜸을 들이는 신인가? 라고 생각했는데 아니었다.

"왜냐하면, 자이크온 신은 30년 정도 전에 자취를— 정확하게 말하면 사망했기 때문입니다."

"신이 죽는 건가요?"

물어보고서 우문이라는 걸 깨달았다.

왜냐하면, 나 자신이 용신을 죽이고 「신을 죽인 자」의 칭호를 얻었으니까.

"이것은 지금까지의 종교사에 기반한 억측입니다만, 자이크온 신은 용신의 역정을 사서 살해당했다는 것이 일반적인 인식입니다. 실제로 지금도 자이크온 신전의 신관들은 신성 마법을 쓰지 못하니까요. 아직 자이크온 신이 부활하진 않았을 겁니다."

티파리자가 차근차근 설명해 주었다.

그렇군. 자이크온 신전의 신관들만 신성 마법을 못 쓰는 건 전부터 신기했는데, 힘의 근원인 신이 죽었기 때문이라고는 생각도 못 했다.

그러고 보니 족제비 신관도 「자취를 감추었다」라고 말실수를 했었지.

"자이크온 신이 사망했다는 것은 알겠습니다. 그렇지만, 대륙 서방에서 신탁과 같은 일이 일어났다고 들었어요."

"네. 그것은 저희들도 대륙 서방의 지사에서 보고를 들었습니다."

뜻밖의 루트로 족제비 신관의 정보가 확인되어 버렸네.

"그렇다면, 신탁의 진위하고 상관없이, 이번 일에 조력을 부탁할 수 있을까요?"

자이크온 신의 예언이 빗나간다고 해도, 마물을 줄여두면 변경의 마을들을 위한 일이 되니까 소용 없지는 않을 거야. 그렇게 말해서 설득했다.

물론, 필요한 비용은 사토가 위탁한 자금에서 내도록 말해뒀다. 쓸 길이 없어 위탁한 자금이, 어느샌가 위험할 정도로 늘어나 버려서 좀 무섭다. 투자가에게 환원은 적당히 하고, 사원의 임금이나 복리후생에 써주면 좋겠어.

"요전에는 귀중한 두루마리를 찾아줘서 감사합니다."

지원 이야기를 마치고, 요전에 쿠로 경유로 받은 두루마리에 대해 인사를 했다.

"자작님께 도움이 되었다니 다행입니다. 이번에도 새로운 두루마리가 있어요."

지배인이 그렇게 말하고 두루마리 하나를 꺼내주었다.

"사가 제국의 『흡혈 미궁』에서 나온 『방전망』의 두루마리입니다. 대전된 마력의 그물을 발생시키는 마법이라고 합니다만, 위력은 참 약해서 두루마리로는 정전기 정도라고 해요."

그렇군. 실용성은 낮은 마법인 것 같다.

"그건 흥미로운 마법이네요."

뭐, 내 경우는 한 번 사용하면 「메뉴」의 마법란에 등록되니까, 위력이 올라서 대인제압용 마법으로 쓸 수 있을지도 몰라.

나는 그녀가 제시한 가격으로 두루마리를 입수하고, 보기 드문 두루마리를 입수해준 것에 감사의 말을 했다.

"자작님이 흥미가 있을지는 모르겠습니다만, 그밖에 조금 희귀한 물품도 입수했으니, 한 번 보시겠어요?"

지배인이 그렇게 서론을 두고서, 장식된 상자 속에서 「축복의 보주」를 꺼냈다. 유감이지만, 일반적인 경작 스킬이다. 아마 본직의 농민이라면 누구나 가지고 있을 거고, 보주로 얻을 수 있는 스킬 레벨 1의 경작 스킬에 커다란 효과를 기대할 수는 없을 거야.

"축복의 보주, 인가요?"

"네. 공도의 상인이 가져왔습니다만, 스킬 자체는 『경작』이라 실용성이 그다지 없습니다."

티파리자가 말한 것처럼, 수요가 있는 오브가 아니네.

"본래는 공도에서 어둠의 옥션에 흘러들어온 물건이라고 합니다. 이제 곧 사용 기한이 가까워지기도 해서, 소장하고 있던 상인이 조금이라도 비싼 가격에 살 것 같은 저희 쪽으로 가져왔다고 하더군요."

—생각났다.

내가 공도에 머무를 때, 검은 거리 무라아스에서 열린 어둠의 옥션에서 본 물건이다.

얼마에 낙찰된 건지는 모르겠지만, 감당하지 못한 물건이 돌고 돌아 내 곁으로 오다니 조금 인연이 느껴지네.

"펜드래건 자작이라면 흥미가 있을까 싶어서 확보해뒀습니다만……."

내가 과거를 회상하며 입을 다문 탓인지, 티파리자가 조금 「실수였을까」 하는 레어한 표정을 지었다.

조금 더 즐기고 싶지만, 미안하니까 생각을 고치고 구입 의사를 표명했다.

"물론, 구입하겠습니다. 아는 사람 중에 『축복의 보주』를 연구하는 인물이 있으니, 분명히 기뻐하겠죠."

내가 말하고 값을 지불한 뒤, 경작 스킬이 담긴 『축복의 보주』를 입수했다.

에치고야 상회를 나온 나는 왕도 저택으로 돌아간 뒤 용사 나나시의 모습으로 변신하고, 「귀환전이」로 왕성 안에 있는 전이 포인트를 경유해 국왕과 재상을 면회하여 족제비 황제의 편지 건을 상담했다.

◆

그리고, 에치고야 상회에 간 다음날—.

"코어투, 이걸 미궁에 흡수해줘."

"네~에."

내가 어제 입수한 『축복의 보주』를 건넸다.

이건 그냥 구매한 게 아니라, 이렇게 미궁에 흡수시켜보려고 입수한 거야.

"어때?"

"응, 늘었어."

노림수 그대로, 미궁의 생성 리스트에 생긴 모양이군.

물론 현재로서는 필요한 던전 포인트가 너무 많아서, 보물상자용으로 생산하는 건 무리다.

"뭐에 도움이 돼?"

"이것 자체는 도움이 안 되겠지만, 미궁이 성장하면 다른 종류의『축복의 보주』로 파생될지도 모르잖아."

예를 들어, 영창 스킬의「축복의 보주」를 만들 수 있게 될지도 몰라.

"그 두루마리도 미궁에 흡수시킬 거야?"

"아니, 이건 내가 배울 용도야."

내가 꺼낸 두루마리를 보고, 옆에 있던 아리사가 물었다.

이건 어제 에치고야 상회에서 입수한「방전망」의 두루마리다.

"아무래도 여기선 안 좋겠지."

미궁 핵이 가까이 있으니, 나는 유녀 미궁의 밖에서 두루마리를 썼다.

분명히 지배인 말처럼, 정전기가 파직거리는 정도의 약한 마법이다.

"그거, 뭐에 쓸 수 있어?"

"글쎄? 두루마리로는 어린애 장난 정도밖에 못하겠는걸."

아리사랑 그런 이야기를 하는데, 아인 소녀들이 귀환했다.

"다녀오~?"

"다녀오셨습니다인 거예요."

"주인님, 희한한 마물과 마주쳤습니다."

리자가 들고 있는 건, 금속 같은 질감의 모피를 가진 나무늘보 비슷한 마물의 시체였다.

“점심 식사용으로 멧돼지를 사냥했는데, 쓰러뜨렸더니 다른 마물로 변해버린 거예요!”

“화들짝깜짝~?”

“그건 큰일이었네.”

AR표시에 따르면, 이 시체는 의태 짐승^{미믹 비스트}이라는 마물인가 보다.

맵 검색을 해보니, 수는 적지만 마물의 영역에 띄엄띄엄 존재한다. 종족 고유 능력인 「변신^{세이프 시프트}」의 힘을 가지고 있으니, 그 힘을 써서 멧돼지로 변신을 했던 거겠지.

전체적으로 레벨은 한 자릿수고, 「변신」 말고는 종족 고유 능력이나 스킬이 없으니까 다른 마물이나 짐승으로 의태해서 살아남는 무해한 마물이겠지.

“주인님은 뭘 하고 있던 거예요?”

“새로운 마법을 시험해보는 중이야.”

그렇게 말하자 포치랑 타마가 보고 싶어 하길래, 메뉴의 마법란에서 「방전망」 마법을 써봤다.

거미줄 같은 전기의 그물이 한순간 확 퍼지고 사라졌다.

“파직파직하는 마법인 거예요!”

“무아, 파직파직~.”

가까이 있던 타마랑 포치에게도 여파가 닿았는지, 정전기에 파직파직 하면서 기뻐한다.

“주인님, 한 번 더인 거예요!”

“원 모어 트라이~?”

정전기는 금방 사라져 버리니까, 포치랑 타마가 여러 번 해달라고 해서 마법을 썼다.

그 결과로 알게 된 건데, 이 마법은 메뉴에서 써도 살상 능력은 없다. 처음 예상한 것처럼 대인 제압용 마법으로 쓸만하겠어. 물론 다른 대인 제압용 마법보다 효과가 낮으니까, 무력한 일반인 상대로 쓰는 게 좋을 것 같네.

"주인님, 저는 마물을 미궁에 흡수시키고 오겠습니다."

"나도 갈게."

내가 그렇게 말하자 포치와 타마가 아쉬운 소리를 했지만, 리자가 「임무 우선입니다」라고 한 마디 하자 입을 다물어 버렸다.

"『파직파직』 마법은, 다음에 또 해줄게."

내가 둘에게 약속하고, 아인 소녀들이 회수해온 마물을 미궁 안에서 처리해 미궁에 흡수시켰다.

얼추 작업을 마친 우리는, 다시 코어투가 있는 「미궁 주인의 방」으로 이동했다.

"코어투, 마물은 아직 더 필요한가요?"

"응~, 얼마간 충분한가 봐~."

코어투가 작은 손으로 찰싹찰싹 미궁 핵을 두드리며 대답했다.

꽤 아날로그한 확인 방법이군.

"그러면—."

미궁 핵이랑 뭔가 대화 같은 것을 시작한 코어투에게서 떨어졌다.

"혹시, 족제비 황제를 만나러 갈 거야?"

"아니? 여기나 왕도의 용건이 끝났으니까 엘프 마을에 갈까 생각중인데?"

참고로 에치고야 상회 방문 뒤에 용사 나나시로서 국왕과 재상에게 상담을 해본 느낌으로는, 그쪽이 외교 루트를 통해 정식으로 면회를 희망하지 않는 한 안 가는 게 좋겠다고 설득을 했다.

섣불리 찾아가면, 「그런 초대장 보낸 적 없다. 불법 침입자다!」라고 하면서 범죄자 취급을 받을 가능성이 있다고 한다. 의심이 지나치지 않나 싶기도 하지만, 아무래도 본직의 조언에 따르는 게 좋겠지.

재상에 따르면, 족제비 제국 제도는 시가 왕국의 간첩마저 침입 못하는 위험지대라는 인식이라, 쿠로로서 조사한 리포트에 대해 대단히 감사를 받았다.

"그러면, 나도 가고 싶어!"

"갈래."

아리사랑 미아가 동행을 희망하고, 그것에 다른 동료들이 차례차례 손을 들어서 같이 보르에난 숲으로 가게 됐다.

대신(對神) 장비

"사토입니다. 전문서를 읽고 새로운 언어나 테크닉을 배운다면, 시험해보고 싶어지는 것이 기술자의 숙명이라고 생각합니다. 옛날에는 그토록 고생해서 만든 프로그램이, 불과 몇 줄의 코드로 실현됐을 때는 시대의 흐름과 기술의 진보에 눈물을 흘렸습니다. 그 철야의 나날은, 뭐였던 걸까요……."

"도착―."

동료들을 데리고, 귀환전이를 반복하여 보르에난 숲에 있는 나무집으로 찾아왔다.

전이하기 전에, 보르에난 숲의 하이 엘프 사랑스런 아제 씨한테 원거리 통화로 방문을 알렸는데, 운 나쁘게 장로들과 정기 회의중이라고 해서 없다고 한다.

"후우, 여기는 공기가 좋아."

"응, 청정."

아리사가 심호흡을 하면서 칭찬하자, 미아가 자랑스럽게 수긍했다.

"포치는 조금 스승님한테 인사하고 오는 거예요!"

"타마도 갈래~."

포치와 타마가 대쉬로 엘프 스승들한테 놀러 갔다.

"두 사람, 기다리세요! 주인님, 두 사람은 맡겨 주십시오."

리자가 급하게 둘을 따라갔다.

"마스터, 유생체가 기다린다고 고합니다."

"응, 다녀와."

"예스 마스터!"

나나는 날개 요정들을 만나러 가는 모양이다.

"저도 네아 씨한테 여행지에서 배운 요리를 보여주러 다녀올게요."

"네아 씨라면 대식당의 조리장에 있어."

나는 맵으로 조사한 정보를 루루에게 알렸다.

"감사합니다, 주인님."

루루가 말하는 네아 씨는 엘프 요리사다.

용사 다이사쿠가 말했던 어렴풋한 요리의 이미지만 의지해서, 햄버그 등의 요리를 재현하려고 열심히 노력한 요리 연구가이기도 하다.

"미아는 집에 들를래?"

"응."

미아가 고개를 끄덕여 수긍했다.

"나는 저녁 식사 때쯤 인사하러 간다고 전해줘."

"알았어."

오랜만에 귀향이니, 가족끼리 단란하게 지내면 좋겠네.

"주인님, 우리 둘뿐이네."

아리사가 괜히 흐느적거리며, 비음을 섞은 아양 떠는 소리를 내면서 기댔다.

아마, 갑자기 단둘이 되어 어색해졌으니까 개그로 넘어가려는 거겠지.

"그렇네. 나는 연구를 도와주는 엘프들한테 인사를 하러 갈 건데, 아리사도 같이 갈래?"

"크으, 매정해. 하지만, 그게 버릇 들 것 같아~."

아리사가 바보 같은 말을 하면서 몸부림친다.

그런 아리사의 머리에 툭 손을 올리고, 「가자」 하고 천구로 엘프들의 지하도시에 출발했다.

"사토는 의리가 있구나."

"아뇨, 여러분 덕분에 신석 증폭기를 쓸 수 있게 됐으니까요."

나는 지하도시에 있는 연구소에서, 연구에 협력해준 엘프들에게 인사를 하고 마음을 담은 선물을 했다.

물론 그들은 그런 것보다, 이경 미로에서 입수한 카피 인형—「거울상 의사체」에 관심이 있다.

"증폭기도 흥미로웠지만, 이 리빙 돌도 참으로 지적 호기심이 자극된다."

"노망이 났나? 기억력이 쇠퇴했군, 사제. 1000년 전에도 비슷한 물건을 입수했었잖아?"

"흥. 남을 노인 취급하지 마라, 케제. 너랑 나이 차이도 얼마 없다."

그런 식으로 사이 좋게 싸우고 있는 것은, 연구를 좋아하는 하이 엘프들— 브라이난 씨족의 케제 씨와 베리우난 씨족의 사제 씨 두 사람이다.

다른 씨족의 높은 사람인데, 흥미가 생기는 기념품 이야기를 듣고 곧장 보르에난 숲으로 찾아왔다.

"네가 말하는 건 이거겠지?"

사제 씨가 아이템 박스에서 꺼낸 것은, 현신 팔찌라는 마법 도구였다.

"어떤 도구인가요?"

"팔찌를 차고 있으면 인간족의 모습으로 변신할 수 있다. 몰래 인간족의 나라에 갈 때 편리하지."

그렇게 말하고 사제 씨가 팔찌를 장비했다.

용모나 신장은 그대로지만, 조금 뾰족한 귀가 인간족의 둥근 귀로 변하고 입고 있는 의상도 인간족 풍의 패션으로 변했다.

AR표시되는 종족 정보가 하이 엘프와 인간족의 2중 표시가 되고, 감정 스킬로 보이는 종족명이 인간족이 되었다. 나나가 장비하고 있는 「사람의 부적」이랑 비슷한 효과네.

"이건 재미있네요."

"여유가 있으니까, 필요하면 주겠다."

나는 빨리 갈아입기 스킬이 있으니까 의미가 없는 장비지만, 연소자팀이 변신하면서 놀고 싶어할지도 모르니까 인사를 하고 감사히 받았다.

"그런데, 사토. 증폭장치는 어디에 조립할 거지?"

"지팡이나 황금 갑옷에 조립할까 생각하고 있어요."

사제 씨가 물어봐서 그렇게 대답했다.

증폭기는 대신(對神) 마법이나 「불락성」 기능의 강화에 쓰고 싶다.

"그건 장치의 크기로 봐서 무리가 아닌가?"

"—네? 신석 증폭 장치 정도의 크기라면, 공간 확장을 하면 충분히 조립이 가능할 텐데요?"

케제 씨가 뜻밖인 말을 해서, 그 이유를 물었다.

"사제, 설마 연구자료에 적는 걸 잊었나?"

"무슨 말이야. 적은 걸 잊은 건 케제 아닌가?"

케제 씨랑 사제 씨 말에 따르면 신석 증폭 장치는 가동하는데 막대한 마력이 필요해서, 그걸 제대로 공급하려면 함재급의 대형 성수석로가 필요하다고 한다.

"실험할 때는 연구소의 성수석로가 용량 부족에 빠져서, 지맥에서 빌렸더니 도시가 기능부전에 빠져서, 장로들한테 꼬박 이틀 잔소리를 들었다."

"지금도 내가 베리우난 숲에 가면 잔소리를 한다."

그렇군. 도시의 마력망을 다운시킬 정도로, 마력을 엄청나게 먹는 거구나.

"큰일이었네요……."

"그래. 최종적으로 브라이난과 베리우난의 광주(光舟)를 몇 척 연결해서 마력을 공급했다."

그렇게까지 마력이 필요하다면, 내가 가진 성수석로 정도로는 출력이 부족하겠군.

"우선 대형 성수석로부터 마련해야겠네요."

"그럴 거라고 생각해서, 이미 준비해뒀다."

"잘난 듯이 말하지 마라. 광주의 성수석로를 떼어낸 것뿐이잖아."

"어? 그렇게 해도 괜찮은 건가요?"

엘프의 광주에는 세계수를 지키는 중요한 역할이 있을 텐데.

"문제없다. 세계수에 있는 광주의 독에 넣어두면 금방 새로운 성수석로가 재생된다."

"브라이난과 베리우난에서 두 대씩. 보르에난은 광주를 새로 만드는 중이니까, 공출은 관두는 게 좋다."

"그래. 세계수의 부담이 너무 커지니까."

케제 씨와 사제 씨가 아무렇지도 않게 말해주지만, 광주의 성수석로는 아무리 대가를 치러도 입수할 수 있는 게 아니다.

두 사람에게만이 아니라, 두 사람의 씨족에도 뭔가 답례를 해야겠어.

"뭘 생각하고 있는지 알겠지만, 필요 없다."

"그렇지. 사토에게는 세계수 고갈의 위기를 구해준 은혜가 있다."

"그리고, 해파리 대책에 대해서도 큰 협력을 해주고 있으니까."

포커페이스
무표정 스킬을 의식하지 않은 탓인지, 케제 씨랑 사제 씨가 내 생각을 읽어 버렸다.

두 사람은 이렇게 말해주지만, 그 말에 어리광부리지 말고 뭔가 기회를 봐서 은혜를 갚아야지.

"―아리사?"

조용하다 싶더라니, 아리사가 방의 구석에서 두꺼운 마법서를 읽고 있었다.

"주인님, 이거 봐. 굉장해."

마법서는 엘프어로 적혀 있었다.

아리사 녀석, 용케 읽는군.

"공간 마법을 이용한 물체 사출 마법이야?"

디멘전 캐터펄트
차원 가속장치라는 마법에 관한 서적 같았다.

"그것은 금서지만, 성수 나리나 그 색시들이라면 상관없겠지."

마법서 주인으로 보이는 공간 마법사 장로가, 그렇게 말하며 허가해 주었다.

나는 즉시 「색시들」이란 부분을 정정했지만, 「쑥스러워할 것 없어」라며 전혀 안 통했다. 아리사는 기분 좋아 보이지만, 나로서는 로리콘의 낙인이 찍히기는 싫단 말야…….

참고로 내가 하이 엘프의 칭호인 「성수(聖樹)」라고 불리는 건

이블 젤리
사악한 해파리의 무리에서 세계수를 지킨 공적으로, 하이 엘프들에게 그 칭호를 받았기 때문이다.

"이걸 쓰면 가속 마법진을 더욱 강화할 수 있지 않아?"

"응, 루루의 가속포에 좋겠어."

액셀러레이션 게이트
전위진의 긴급 발진용 가속문을 강화하는 것에도 쓸 수 있겠지만, 그쪽은 발사할 때의 G에 육체가 버틸 수 있을지 알 수 없다. 우선은 골렘 같은 걸로 실험하고, 그 다음에 해보자.

아리사가 마법서의 판독을 계속하고, 하이 엘프 2인조가 「거울상 의사체」의 실험을 시작하여 한가해진 참에, 연구소의 문에 노크도 없이 누군가 방으로 뛰어들어왔다.

그 누군가는 내가 기다리던 사람이었다.

"사토!"

조금 옅은 금발로도 보이는 플라티나 블론드에 벽안의 미녀—보르에난 숲의 하이 엘프, 사랑스런 아제 씨를 나는 양손을 펼쳐 받아냈다.

"어서 오세요, 아제 씨. 장로들과 회의는 이제 끝난 건가요?"

"으, 응. 정기 회의는 빠르게 중다— 아니, 확실히 끝내고 왔으니까 괜찮아. 장로들도 웃으면서 보내줬는걸."

지금, 「중단했다」라고 말하려고 안 했어요?

뭐, 나랑 만나기 위해 숨가쁘게 달려와준 것은 솔직하게 기쁘다.

그 기쁨을 표현하고자 아제 씨의 가녀린 몸을 끌어안고, 느긋하게 듬뿍 허그를 해봤다.

처음에는 흠칫하며 경직했던 아제 씨였지만, 금방 힘을 빼고 포옹에 응답해 주었다.

응, 행복하다. 하지만, 그 행복은 오래가지 못한다.

"3, 2, 1, 시간 끝! 그 이상은 길티야!"

"사토 씨, 그 이상은 아제 님의 한계를 넘어버리니 떨어지세요."

아리사랑 즉석 철벽 페어를 짠 무녀 루아 씨 둘이서, 나랑 아제 씨를 떼어놓았다.

거리가 생겨서 깨달았는데, 아제 씨가 새빨개져서 눈이 빙빙 돌고 있었다. 허그 정도는 몇 번이나 했었는데, 여전히 귀여운 사람이다. 응, 보양이 되네.

아제 씨랑 즐거운 한때를 보냈다. 그때의 화제 중 하나로 「지팡이함의 건조」 얘기를 꺼냈더니, 아제 씨가 지팡이함의 베이스로 삼을 수 있는 선체가 있다고 해서 같이 세계수의 구석에 있는 초거대 격납고로 갔다. 세계수의 입구에서 미아랑 합류하고, 다 같이 격납고로 이동했다.

여기는 전에 미아의 아버지가 안내해줘서 온 적이 있다.

광대한 공간에 갖가지 종류의 선체가, 선수를 천장으로 향한 채 무수하게 떠올라 있었다.

"이쪽이야, 사토."

아제 씨가 안내해준 곳은, 전에 왔을 때보다 더욱 안쪽 구역이었다.

그곳에는 수백 미터급의 거대한 선체가 떠올라 있었다. 알맹이가 없다지만, 위풍당당한 선체가 늘어선 모습은 내가 잃어가던 소년의 마음을 자극한다.

""""아, 아이아리제 님!""""

여기서 일하고 있던 작업복의 엘프들이, 아제 씨의 등장에 놀라 소리를 질렀다.

그런 엘프들에게 「평소처럼 아제라고 해도 돼」하며 친근하게 말을 걸고, 본래 목적인 선체 고르기를 하게 됐다.

"자, 사토. 뭐든지 마음에 드는 걸로 골라."

"아제 씨, 이렇게 훌륭한 선체를 받아도 되는 건가요?"

작은 것도 100미터 이상 되는 거대한 선체— 알맹이가 빈 우주선 같은 선체들이다.

"응. 물론이지. 몇 천 년이나 잠들어 있던 거니까."

"의미 있다."

"그래그래. 세계수 뿌리에서 언제까지고 보관하는 것보다, 배도 제대로 사용해주고 싶은 거야."

작업복의 엘프들이 끄덕끄덕 수긍했다.

"아리사, 미아, 어느 게 좋아?"

"우리가 골라도 돼?"

"주로 아리사랑 미아가 쓸 배니까."

"그래? —있잖아, 미아는 뭐가 좋아?'

"어려워."

두 사람은 이거다 저거다 떠들썩하게 의논하고, 최종적으로 전장 120미터급의 거대한 선체를 골랐다.

"그거면 되는 거야?"

"응, 딱 좋아."

"이게 제일 좋아!"

확인하는 아제 씨에게, 미아와 아리사 둘이 함박 웃음을 지으며 수긍했다.

"그러면, 밖으로 전송할게. 사토, 선체는 어디에 꺼내면 돼?"

"아뇨. 제 유니크 스킬로 회수할 테니까 괜찮아요."

스토리지라면 넣기도 꺼내기도 간단하다.

그렇게 생각했는데, 아제 씨가 「그래」 하고 중얼거리며 아쉬운 기색이었다.

아차. 이번엔 그녀에게 의지를 했어야 하는 상황이었나.

"이것에 조립할 건가?"

반성하고 있는 내 등 뒤에서, 누군가가 말을 걸었다.

"아제한테 사양하지 말고 300미터급의 선체를 받으면 될 것을."

내 좌우에서 들여다본 것은, 케제 씨와 사제 씨 하이 엘프 2인 조였다.

"어느 틈에……."

"거울상 의사체의 새로운 사용법을 발견해서 가르쳐주러 왔다 만—."

"이번에는 허공선을 만들 건가?"

거울상 의사체 카피 인형의 새로운 사용법이란 건 신경 쓰이지 만, 지금은 선체가 우선이다.

"네. 아까 화제로 삼은 신석 증폭 장치나 대형 성수석로를 조 립할 배를 만들까 해서요."

"그거라면, 같은 계통의 저 커다란 녀석은 어떻지?"

"이쪽의 커다랗고 강해 보이는 게 좋다고 생각한다."

케제 씨와 사제 씨가 전함이라도 만드는 것 같은 대형함의 선 체를 추천했다.

"너무 크면 다루기가 어려우니까요. 이 사이즈로 필요한 용량 도 확보할 수 있고요."

신석 증폭 장치와 그것에 마력을 공급하는 대형 성수석로를 조립하면, 이 정도 사이즈로 필요 충분이다.

"크다고 좋은 게 아냐! 작은 편이 귀엽잖아!"

"응, 동의."

케제 씨랑 사제 씨 사이에 끼어들어, 아리사와 미아가 내 좌우에 진을 치고 항의했다.

"실제로 승함하는 두 사람도 이렇게 말하고, 너무 크면 감당을 못하니까 커다란 건 다음 기회에 만들죠."

새로운 비공정― 아니, 비공함은 아리사나 미아의 마법을 강화하는 지팡이함이며, 동시에 나나랑 나의 캐슬 기능을 강화하는 방패함이기도 하다.

에피도로메아스와 본격적인 전투가 일어났을 때, 안전한 후방 거점의 역할도 기대하고 있다.

"알았다. 얼른 독으로 날라서 조립하지."

"아제도 와라. 네가 있으면 사토가 기합을 넣어서, 웃어버릴 만큼 일이 빨라진다."

뭐, 사실이니 반론도 못한다.

하이 엘프 2인조가 놀려서 볼이 빨갛게 물든 아제 씨의 옆모습이 귀여우니까, 그녀들의 말에 항의할 생각은 없다.

◆

그렇게 떠들썩한 나날이 지나고, 최소한의 기능을 조립한 지팡이함을 타고 기능 시험을 하고 있었다.

우선은, 하늘을 향해 통상 마법 시험을 한다.

"화염지옥!"

아리사의 상급 마법이 평소의 몇 배나 되는 위력으로 증폭되어 하늘을 빨갛게 물들였다.

사정거리도 5배 정도 확장된 것 같다.

"멋지다."

"그렇지. 예상된 결과지만, 그렇기에 멋지다. 그렇고말고. 이만큼의 증폭 효과가 나오다니, 예측하고 있어도 감동하지 않을 수 없다. 너도 그렇게 생각하지 않나? 생각하지? 생각해라!"

같이 지팡이함에 탄 엘프 연구원들이 측정한 기록을 보고 있었다. 며칠이나 잠을 안 자서 묘하게 하이텐션이라 무섭군.

"이건 신석 증폭 장치의 효과야?"

"아니. 통상 마법이니까, 신석은 접속 안 했어."

이번에는 100미터급의 성 지팡이에 거대한 성수석로를 4대 직렬로 연결해서 증폭한 결과다.

물론, 세 씨족의 은닉 기술을 아낌없이 투입한 덕분이기도 하다.

"다음 간다?"

"기다려. 만약을 위해 바다 위로 이동하자."

방금 전 화염지옥으로도 여파로 일어난 회오리가 숲의 나무들을 엉망으로 만들었다. 숲의 밖이라지만, 그 이상의 효과가 예상되는 다음 실험을 강행하는 건 위험하다고 판단했다.

지팡이함을 이동시켜서, 다음 실험을 시행한다.

"전력전개에 서 부 터— 화염지옥!"^{오버 부스트}

내 「마력 양도」^{마나 트랜스퍼}로 마력을 완전 회복한 아리사가, 유니크 스킬로 강화된 상급 마법을 뿜었다.

방금 전이랑 비교도 안 되는 흉악한 화염이 시야를 새빨갛게 물들였다.

계측기를 넘어가 버리고, 함의 바깥에 설치한 센서가 차례차례 과부하 되어 타버렸다.

빛 때문에 안 보이지만, 지팡이함 밖에서는 화염지옥의 막대한 열로 바다가 갈라지고 몇 킬로 앞까지 불꽃이 닿고 있었다.

"성수석로, 1번, 기능 정지."

"2번과 3번도 정지했습니다!"

"4번 과부하! 긴급 정지합니다!"

기관부를 체크하고 있던 엘프들이 긴박한 소리로 보고했다.

모든 기능이 정지된 지팡이함의 고도가 떨어졌다.

"사토."

"주, 주인님?"

"괜찮아. 예비 기관으로 전환된다."

이런 일도 있을까 해서, 공력 기관에만 마력을 공급하는 예비 성수석로를 탑재해뒀다.

여유가 있는 내 태도와 달리, 지팡이함이 폭풍 속의 범선처럼 상하좌우로 격렬하게 흔들린다.

"자세제어 장치, 전개!"

"차원 말뚝 및 차원 사슬을 긴급 발동!"

동승하고 있던 사제 씨랑 케제 씨가 외치자, 스태빌라이저와 공간 마법계 마법 장치의 합체기술이 지팡이함을 안정시켰다.

"지금 흔들린 건, 뭐였어?"

"방금 그건 아리사가 쓴 마법의 여파야."

바다로 나오길 잘했지.

만약 숲에서 실험했으면 진행 방향의 숲이 소실되고, 그 다음에 발생한 기압차에 따른 폭풍이나 몇 줄기의 강대한 회오리로 너덜너덜해질 참이었어.

불안해하는 모두를 진정시키자, 함 밖의 환경도 진정되었다.

"굉장했어."

"응. 내가 쓴 거지만, 그 정도 위력이 될 줄은 몰랐어. 용사 유우키의 유니크 스킬 수준의 위력이 있는 거 아냐?"

"아니, 그것보다도 강력했어."

아마 아리사의 유니크 스킬이 4대 있는 대형 성수석로의 마력을 송두리째 빼앗아서, 모두 「화염지옥」의 강화에 소비해버린 걸 거야.

상대가 마왕이라도 여유롭게 쓰러뜨릴 법한 느낌이다.

물론 그 마왕한테 반칙급의 유니크 스킬이 없다면, 이지만.

"사토. 최대출력으로 사용할 경우에 대비해서, 센서류는 함 내에 수납할 수 있는 게 좋다."

"케제에게 동의한다. 그리고 대형 성수석로를 또 한 대 준비하지."

"그렇네요. 여파나 타깃의 반격을 막기 위해서도, 방어계 마력 공급 계통을 따로 두는 게 좋겠어요."

두 사람의 하이 엘프와 이후의 방침을 정하고, 우리는 지팡이 함의 시험 항행을 마쳤다.

덤으로, 차원잠행 기능도 탑재해 둬야지.

◆

“여전히, 모래뿐인 장소네. 사하라 사막 뺨치겠어.”

“응, 건조.”

지팡이함에 대형 성수석로를 증설하는 작업이나 세세한 개량 작업은, 케제 씨나 사제 씨를 비롯한 연구 좋아하는 엘프들이 빼앗아가 버렸다. 나는 아리사와 미아를 데리고, 시가 왕국 서부에 있는 대사막까지 마법 실험을 하러 왔다.

“우선은, 이거.”

“본 적 없는 느낌이네. 첨부된 마법진을 보니까 불 계통인 것 같은데, 무슨 마법이야?”

손수 만든 주문서를 아리사에게 보여줬다.

“화염 폭풍(파이어 스톰)이야.”

“응?”

“왜 또, 중급 마법이야?”

“실험할 거라면 간단한 것부터 하는 편이 좋잖아?”

의문스런 표정을 지은 두 사람한테 그렇게 설명했다.

“무난하게 둘로 나눠봤다.”

“뭐, 일단 해볼게. 읽으면서 해도 되지?”

물어보는 아리사에게 수긍했다.

“■……■ 화염 폭풍(파이어 스톰) 준비(스탠바이)!”

아리사의 지팡이 주변에 불꽃의 엘레멘트가 모였다.

“이상한 느낌이네? 유지하는 동안, 마력이 소모되는 느낌이 들어."

"아리사, 후반을."

"오케이~, ■……■ 화염 폭풍 발사!"

지팡이 주변의 엘레멘트를 소비하여 화염 폭풍이 표적을 불살랐다.

"기분 나빠. 밸런스볼 위에서 지혜의 고리를 하는 느낌이야."

"집중력이 부족하면 아웃 같은?"

"그래, 그런 느낌."

뭐, 억지로 하나의 주문을 둘로 나눈 거니까.

"이번에는 무영창 2연속으로 부탁해."

"네~에. 날아가라 화염 폭풍!"

아리사가 「화염 폭풍 준비」와 「화염 폭풍 발사」를 거의 시간차 없이 발동해 화염 폭풍을 쏘아냈다.

"방금보다는 낫네. 기분 나쁘기는 한데, 제어가 어려워진 거랑 마력 소비가 늘어난 것 말고는 딱히 문제가 없어."

흠. 그러면 제1단계는 클리어군.

"사토."

"왜?"

"해볼래."

미아가 희망해서, 잘 알고 있는 자작 물 마법을 2분할한 주문서를 미아에게 건넸다.

내가 만든 마법이라, 분할하는 것도 간단하다.

"■……■ 자극의 안개 준비."

미아의 이마에 땀이 맺혔다.

역시 2분할한 마법은 제어가 어려운 모양이다.

"■■■ 자극의 안개^{머스터드 미스트} 발사^숏."

후반의 마법을 써서, 평소처럼 「자극의 안개」를 뿌렸다.

"우응."

제어를 잘하지 못했는지, 안개가 일그러진 느낌으로 퍼져버린 모양이다.

"미아, 어때?"

"어려워."

아리사의 질문을 받은 미아가, 떫은 표정으로 고개를 좌우로 흔들었다.

역시 본래 하나로 완결되는 마법을 복수로 분할해서 실행할 때 융합하는 건 어려운 모양이군.

플로피 디스크 시절에는 압축된 프로그램을 실행할 때마다 메모리에서 해동하여 작동하는 것도 있었다고 은사한테 들은 적이 있다.

최종적으로는 그런 느낌이고, 작게 압축된 마법을 전개해서 실행하는 것까지 진행하고 싶은데 그건 조금 어려울 것 같군.

"이거, 최종 목표는 금주나 대신 마법을 분할해서 나나 주인님이 무영창으로 쏘는 거지?"

아리사의 질문에 긍정했다.

물론 금주나 대신 마법을 두루마리화 할 수 있는 중급 마법 사이즈로 분할하려 하면, 분할 수가 어마어마해질 것 같으니까 내가 쓰는 건 상급 마법을 중급 마법 사이즈로 분할하는 걸 최종 목표로 하고 있다.

그다음엔, 상급 마법의 분할 실행을 테스트하고 그날의 실험은 종료했다.

◆

"리자, 부탁한다."

"예! 어린 신이여, 용감한 자를 인도하는 신이여. 나는, 바라노라. 내 창에, 원수를 멸하는 힘을 내리소서!"

리자가 파리온 신에게 기원을 하자, 용창의 창날에 조립한 신석 「성청석」에서 빛이 넘쳐, 창날 끝으로—.

섬광이 주위를 채우고, 격렬한 파열음이 울렸다.

"—크으."

리자가 창을 떨어뜨리고, 하급룡의 송곳니로 만든 용창의 창날이 부서졌다.

"리자, 괜찮니?"

"죄송합니다. 제가 한심스러운 탓에, 용창이 부서져 버렸습니다."

리자가 그 자리에 무릎을 짚고서 고개를 숙이며 사과했다.

"용의 송곳니라면 아직 몇 개 더 있으니까 그렇게 신경 안 써도 돼. 그런 것보다, 어디 다친 데 없니?'

파편이 스쳤는지, 리자의 어깨에서 피가 흐른다.

나는 마법란의 물 마법 「치유: 물」을 써서 그녀의 상처를 치유

했다.

"포치, 그 성검 빌려줄래?"

"네, 인 거예요."

포치에게 성검을 빌려서, 거기에 용창의 창날에서 회수한 성청석을 끼웠다.

마음속으로 리자와 같은 말을 외자, 성검에 코팅되어 있던 하급룡의 송곳니가 터져버렸다.

"신석이랑 용의 송곳니는 궁합이 나쁜 모양이다."

실험에 쓴 오리하르콘제 자작 성검으로는 문제없이 신석으로 대신 능력을 부여할 수 있었으니까.

"대신(對神) 장비 쪽은 용아 코팅 없이 전용으로 준비할게."

통상의 강적에겐 지금까지의 용아 코팅 성검이나 용창으로, 에피도처럼 대신 무장이 필요한 상대에겐 코팅이 없는 것으로.

안티 이모탈블레이드
「대신 속성 부여」의 마법을 써서, 비장의 수로 오리하르콘제 신석 탑재 무기를 각자에게 들려주는 식으로 하면 되겠지.

"주인님, 실전에서 쓸 때는 교대로 신석을 교환하는 건가요?"

"설마. 이번에는 테스트니까 가장 커다란 파편을 썼지만, 실제로는 몇 번 발동할 수 있는 정도의 작은 걸 계속 달아둘 셈이야."

조심조심 묻는 리자에게 대답했다.

메인 무장이라면 모를까, 예비 무기라면 그걸로 충분할 거다.

"하지만 참 신기하네. 전에 『대신 속성 부여』 마법을 썼을 때는 딱히 반발이 없었는데."

"듣고 보니 그렇네."

"신석 고유?"

"아~, 그럴지도."

미아의 말에 아리사가 고개를 끄덕였다.

실제로는 신석 고유의 현상이라기보다, 「대신 속성 부여」 마법이 특수한 거라고 생각한다.

"알맹이인 대신 마법은 완성됐어?"

"공간 마법 계통은 앞으로 조금. 정령 마법 계통은 아직 좀 걸릴 것 같다."

"우응."

미아가 적은 말로 항의했다.

"미안미안. 이쪽은 마법서 한 권 정도의 마법이 되는 데다가, 보조 영창자가 필요해질 것 같아."

그래서, 에피도 같은 거랑 조우전에서는 못 쓸 것 같다.

에피도와 교전이 예상될 때는, 정령 마법을 쓸 수 있는 엘프들에게 협력을 부탁할 예정이다.

"마법 장치?"

미아가 단어로 물었다.

"보조 영창자가 아니라, 마법 장치로 대체하자고?"

"응, 영창도."

그렇군, 괜히 기나긴 영창도 가능한 범위를 마법 장치로 치환한다는 거군.

시스티나 왕녀가 보여준 금서에 있던 「마법 분할」의 아이디어가 너무 흥미로워서, 마법 장치화의 가능성 추구를 잊고 있었다.

“내가 가진 자료에는 없으니까, 케제 씨나 사제 씨한테 상담해 볼게.”

금서고의 주인인 시스티나 왕녀에게 관련 서적이 없는지 물어보는 것도 좋겠군.

◆

“새로운 장비~?”

“뭐가 변한 거예요?”

강적과의 전투가 이어지고 있으니, 황금 장비를 더욱 강화해봤다.

오늘은 대사막에 전위진을 모아서 실험을 하고 있다.

“가속문이 원래보다 3배가 됐어. 부하가 상당히 크니까 조심해야 된다?”

“그러면 바로—.”

리자가 새로운 가속문— 차원 가속장치_{디멘전 캐터펄트}를 기동하자, 그녀의 정면에 은색의 파도 치는 판이 나타났다.

“—갑니다.”

리자가 은판에 닿자, 그 모습이 순식간에 사라졌다.

가속도가 어마어마해서, 나조차 한순간이지만 눈으로 따라갈 수가 없을 정도였다.

“두 번째는 저라고 고합니다!”

리자에 이어서, 나나가 중장갑 타입의 강화외장을 두르고 발진했다.

아직 실험중인데, 하드한 시험을 하네.

"늦었어~."

타마가 뿅하고 경쾌한 움직임으로 새로운 가속문에 뛰어들었다.

"세 사람 치사한 거예요! 포치도 캐터펄트 하는 거예요!"

—LYURYU.

한발 늦은 포치가, 하얀 어린 용 류류의 **등에 올라타고**, 선행한 세 사람에게 늦지 않고자 스크램블 모드로 긴급 발진했다.

그렇다. 류류는 어느샌가, 일시적이지만 포치를 등에 태울 만큼 거대화하는 종족 고유 능력을 획득하고 있었다.

내가 보르에난 숲에서 개발에 전념하고 있는 동안, 보르에난 숲의 옆에 있는 흑룡 산맥에서 흑룡 헤일롱과 스파링을 했다고 하니까 그때 헤일롱에게 배웠겠지.

"마스터, 캐터펄트 발진 외에 새로운 장비는 있습니까라고 묻습니다."

사막 너머에 착지한 전위진에게 합류하자, 두근두근 하는 표정의 나나가 그렇게 물었다.

"팔랑크스 발생기에 성청석의 미세한 파편을 조립한 팔랑크스 Ⅱ가 있다."

"써보고 싶다고 고합니다."

"이건 사용 코스트가 높으니까 딱 한 번이야."

미세한 파편이라지만, 귀중한 성청석을 쓰고 버리는 사치스런 방패 장비다.

대형 방패 사이즈의 평면이라지만, 첫 테스트 때는 캐슬 급의 방어력을 발휘해 주었다.

"예스 마스터! 팔랑크스Ⅱ 기동이라고 고합니다!"

외장형 발생기를 황금 갑옷의 팔에 달고, 나나가 힘차게 발동 버튼을 눌렀다.

압축 공기의 파슉하는 소리와 함께, 파란빛을 띤 1회용 방어 방패 팔랑크스Ⅱ가 퍼졌다.

보기에는 팔랑크스가 파란색을 띤 것뿐이지만, 방어력은 몇 단계 위고, 계산상으로는 에피도의 공격마저 막을 성능이 있다.

"─리자."

"네─ 순동, 마창용퇴격!"

리자가 뿌린 마창 도우마의 일격을, 팔랑크스Ⅱ는 공중에서 훌륭하게 받아냈다.

"캐슬급이군요. 끝이 박히긴 했습니다만, 관통하려면 디멘젼 캐터펄트 이상의 기세가 필요해질 겁니다."

"예스 리자. 대단히 견고하다고 찬사를 보냅니다."

리자의 평가에, 나나가 동의했다.

느낌이 좋군. 신석의 미세 결정을 쓰고 버리는 코스트 퍼포먼스만 아니면, 표준 장비로 삼고 싶을 정도야.

"황금 갑옷에 조합해 달라고 고합니다."

"그렇네. 비상용 비장의 수로, 모두의 황금 갑옷에 조합해둘게."

나랑 나나는 캐슬이 있으니까 필요 없지만, 나나라면 내 상상을 넘어서는 운용 방법을 떠올릴 것 같으니 다른 애들과 마찬가지로 탑재해둬야지.

『주인님, 연구원 치야 씨가 찾고 있었어. 부탁했던 게 완성됐대.』

보르에난 숲에 있는 아리사가 무한 통화로 불렀다.

『알았어. 금방 돌아갈게.』

엘프 치야 씨에게 부탁한 건, 황금 갑옷 탑재 서포트 AI의 브러쉬업이다. 카리나 양의 라카에 탑재되어 있는 AI 기능을 모방한 라카 클론을 최종 목표로 하고 있다.

보르에난 숲으로 돌아가, 황금 갑옷에 디멘젼 캐터펄트나 팔랑크스Ⅱ 등을 조합하는 김에 서포트 AI를 신형으로 교환했다.

심야의 여유 시간에 성룡의 송곳니를 마창 도우마에 씌우려고 시도해봤지만, 원시 마법은 실패하고 말았다.

역시, 원시 마법은 제대로 된 스승 아래서 수련을 할 필요가 있겠어.

"데스마치 반대!"

"과잉 노동."

황금 갑옷의 개량으로 아리사랑 미아를 너무 혹사시킨 탓인지, 플랜카드를 든 두 사람에게 항의를 받아 버렸다.

"미안. 장비의 갱신도 끝났으니까, 조금 쉬자."

아직 몇 갠가 시험해보고 싶은 건 있지만, 그건 다음에 해야지.

◆

"어서와, 마슈타~."

―MVA.

시가 왕국에 귀환하여 비밀기지 옆의 유녀 미궁에 들렀더니, 코어투와 미궁 주인의 방^{던전 마스터즈 룸}에 있는 하르콘이 맞이해 주었다.

『어서 오십시오, 마슈타 님.』

갑작스런 목소리의 주인은 코어투의 등뒤에 있는 미궁 핵^{던전 코어}이었다.

"코어투, 이건 뭐야?"

"응~, 어쩐지 말할 수 있게 됐어?"

코어투에게 물었더니, 그렇게 대답하면서 갸우뚱 고개를 기울였다.

보아하니, 그녀도 이유는 모르는 모양이군.

"너는 유녀 미궁의 미궁 핵인가?"

『네, 마슈타 님의 통찰이 올바릅니다.』

미궁 핵이 깜빡이면서 말을 했다.

나중에 인격이 발생했는데, 어째선가 미궁 핵이 코어투보다 어른스럽군.

"코어투하고는 다른 인격인가?"

『기억은 공유하고 있습니다만, 인격은 따로인 것 같습니다.』

미궁 핵이 성장했다는 거겠지만, 일이 꽤 성가셔졌네.

"우리를 어떻게 이해하고 있지?"

『마슈타 님은 미궁의 주인인 마스터 하르콘의 상위 존재로 인식하고 있습니다. 그 밖의 여러분은 마슈타 님의 권속이라고 인식하고 있습니다만, 그것으로 문제가 없겠습니까?』

"그렇게 이해하면 돼. 리자랑 동료들은 유녀 미궁을 키워준 부모 같은 거니까, 사이 좋게 지내줘."

『그것은 알지 못했습니다. 권속 여러분 덕분에 미궁이 성장하여, 저도 자아를 가지기에 이르렀습니다. 여러분께 감사를 바칩니다.』

미궁 핵 옆에 코어투를 성장시킨 것 같은 영상이 표시되고, 모두에게 깊숙하게 고개를 숙였다. 꽤 재주가 좋네.

"이름은 너도 코어투면 되나?"

"시러! 그건 내 이름!"

미궁 핵에게 묻자, 코어투가 가로막으며 거부했다.

"그러면 코어쓰리?"

적당히 말하자, 미궁 핵 옆의 환영 미녀가 경악한 표정을 지었다. 아무래도 안 되나 보군.

"미궁, 메이즈, 라비린스, 라비, 린스, 메이, 이즈— 어떤 게 좋아?"

좋은 이름이 생각이 안 나서, 미궁 핵에게 직접 물어봤다.

『이즈가 좋다고 생각합니다.』

코어쓰리는 안 되는데, 이즈는 되는 건가…… 미궁 핵의 취향은 알 수가 없네.

뭐, 본인이 좋다고 하니까 그거면 되겠지.

"알았어. 그러면, 너는 이즈다."

『마슈타 님의 오더를 수령했습니다. 제 이름은 이즈입니다.』

명명 기념으로 모두가 모아온 마물을 유녀 미궁에 제공하고, 배가 부를 때까지 충전한 참에 모두에게 휴가를 주었다.

나는 낮에는 땡땡이쳤던 왕도의 사교를 열심히 하고, 밤에는 대신 마법이나 금주의 분할 작업을 계속하면서 나날을 보내자.

─그렇게 생각했는데…….

휴가는 불과 하루로 끝나고, 이튿날에 세리빌라 미궁이나 수해 미궁에서 제3세대 신 황금 갑옷의 성능 테스트 겸 레벨 올리기를 하게 됐다.

두 미궁을 건너게 된 것은, 세리빌라 미궁에서 동료들의 레벨을 하나 올린 참에 우리들 주변에서 마물이 사라져 버렸기 때문이다. 아마, 미궁의 주인이 말 없이 항의하는 거라고 생각해서 수해 미궁으로 사냥터를 옮겼다.

이쪽은 전에 전멸시킨 타우로스 성의 마물이 부활했으니, 레벨 올리기 진행이 대단히 수월했다.

"다음이 마지막 소 아저씨~."

타마가 10미터가 넘는 타우로스 엠페러를 낚아왔다.

부하가 학살당한 분노 탓인지, 거대한 곤봉을 휘두르며 벽이나 탑을 부수더니 산탄처럼 날렸다.

"류류! 합체기술인 거예요!"

─LYURYU.

거대화한 류류의 등에 탄 포치가, 공중제비를 돌았다.

<ruby>용익마인돌격<rt>드라군 뱅키쉬 스트라이크</rt></ruby>
"용익마인돌격, 인 거예요!"

인룡일체가 된 포치가, 디멘전 캐터펄트로 뛰쳐나갔다.

탄환처럼 엠페러에 육박한다. 엠페러가 카운터를 노렸지만, 둘의 가속이 어마어마해서 내리친 곤봉 아래를 통과해 엠페러의 몸통을 두 동강냈다.

─BZUUMZOOOO.

그러나 황제로서의 오기인지, 위아래로 분단되고서도 일격을 먹이고자 곤봉을 투척했다.

"집어넣어~?"

"그쪽은 맡겼다~."

"타마는 목 사냥 닌자~?"

타마 한 명이 곤봉을 보자기처럼 펼친 그림자로 삼켜버리고, 두 명째 타마가 집고양이처럼 탑 위에서 쉬고 있으며, 세 명째 타마가 엠페러의 목을 수확한다.

분신이 같은 동작밖에 안 하는 나랑 달리, 타마의 분신은 이미 닌자의 분신하고는 조금 다른 영역에 돌입한 것 같다.

―BZUGGGMZO.

"그렇게는 안돼~?"

"두둥, 토토토, 토둔의 술~."

엠페러의 하반신이 목을 수확한 타마를 걷어차려고 하지만, 네 명째 타마가 오금치기로 축이 되는 다리를 공격하고, 다섯 명째 타마가 토둔의 술로 무릎 아래를 지면에 가라앉혔다.

"타마는 잔뜩 있어서 굉장한 거예요! 포치도 질 수 없는 거예요!"

―LYURYU.

포치가 타마의 활약을 보고 기합을 넣자, 류류도 그것에 동의했다.

"바로 위에 적 발견~."

혼자서 땡땡이치는 것처럼 보이던 두 명째 타마가, 탑 위에서 경고했다.

“붉은 몸통 날개뱀^{야쿨루스}의 무리로 식별했다고 고합니다!”

“맡겨 주세요! 노려서, 흩어 쏩니다!”

태양을 등지고 급강하하는 날개 달린 뱀 무리를, 루루의 대공 강화외장이 한 발도 빗나가지 않고 격추했다.

―LWEOOOOPYARDZ.

근처의 벽을 투과하여, 표범 형태의 마물이 기습을 걸어온다.

그러나, 그곳에는 이미―.

“우습군요. 살기가 새어 나오고 있었습니다.”

리자가 필살기도 없이 표범 형태의 마물을 마창 도우마로 꿰어 버렸다.

“마스터, 적이 약해서 방패가 나설 차례가 없다고 항의합니다.”

적이 약한 게 아니라, 아군이 너무 강한 거라고 생각한다.

“응, 너무 빨라.”

나나에 이어서 미아도 항의했다.

“미아의 영창이 끝나기 전에, 적이 사라져 버리니까.”

무영창으로 공격 마법을 쓸 수 있는 아리사와 달리, 미아는 영창이 필요한 데다가, 그녀의 필살기인 의사정령 소환은 더욱 영창이 길어지니까.

“아제 씨한테 정령을 불러내는 속도를 업하는 방법을 상담해 봐야겠다.”

“정말, 틈만 나면 아제랑 꽁냥거리려고 한다니까!”

“길티.”

아리사와 미아가 너무해. 성실한 이야기를 하러 가는 건데― 뭐,

성실한 이야기가 끝나고 나면 꽁냥꽁냥하는 정도는 괜찮잖아?

"배고파~?"

"포치도 배가 고픈 거예요!"

"저녁 먹기 전이니까, 간식이라도 먹을까?"

그렇게 말하고, 요새도시 아카티아에 있는 용사 상점의 주방에서 만든 푸딩을 모두에게 나눠주었다.

수해 미궁에서는 각종 새 알을 채취할 수 있어서, 푸딩을 용사 상점의 새로운 명물로 하고자 점장 로로가 힘을 주고 있었다.

"로로랑 잔뜩 만들었으니까, 박스째로 루루한테 맡겨둘게."

"맡아둘게요. 요새도시로 돌아가면, 로로 씨한테 푸딩의 감상을 전달할게요."

루루가 쿨러박스를 요정 가방에 수납했다.

"타마의 분신은 굉장하네. 어떤 구조로 된 거니?"

다 같이 푸딩을 먹으면서, 머리를 쓰다듬고 타마를 칭찬했다.

"디용해서 파락파락 갈라져서, 우이우이 지시해~?"

우~응, 알 수가 없다.

제각각의 의성어가 가진 의미를 해석할 필요가 있겠어.

"주인님! 포치도 분신을 터득한 거예요!"

"장하다, 포치."

포치도 칭찬해 주길 바라면서 다가오길래, 타마랑 같이 쓱쓱쓱 머리를 쓰다듬어줬다.

"아직이야~?"

"그렇지 않은 거예요! 최대 3분신까지는 할 수 있게 된 거예요!"

그만큼이나 할 수 있게 된 거구나.

기분 탓일지도 모르지만, 용사의 칭호를 얻은 뒤부터 포치는 여러 가지 기능을 배우는 속도가 올라간 것 같아.

"이 정도 필요해~."

타마가 와르르 늘었다.

전부 64명 정도 된다. 본체는 꼼짝도 안 하고 내가 머리를 쓰다듬어주는 걸 즐기고 있다.

모든 타마가 진짜 같은 기척이 느껴지는데, 어떤 원리의 인술인지 신경 쓰인다.

"수도 그렇지만, 같은 동작밖에 못해서는 교란 정도밖에 못하잖아?"

아리사가 공간 마법으로 분신을 했다.

이쪽은 빛 마법 「환영 분신」의 공간 마법 판이겠지.

"타마처럼은 무리지만, 환영의 미끼를 만들어내는 기구를 황금 갑옷에 조립할 수 없을까?"

만약 조립한다면, 전위의 안전성을 더욱 높일 수 있을 거야.

"타마 것도 할 수 있어~, 렛츠 챌린지~?"

타마가 협력해준다고 하니, 연구를 해봐야지.

◆

그런 나날을 보내고 있는데, 동료들의 남획으로 수해 미궁의 마물이 격감해 버렸다. 우리는 수련의 총정리를 하고자 흑룡 산맥으로 찾아왔다.

족제비 제국에서 돌아왔을 때 레벨 67이었던 모두였지만, 지금은 필요 경험치가 많은 미아도 포함해서 모두 레벨 69까지 올랐다.

레벨 70을 목표로 한 것 같은데, 양식이 되는 마물이 떨어져서 그럴 수도 없었다.

그래서, 마지막 마무리는 흑룡과 스파링이다.

"헤일롱, 적당히 봐줘야 돼."

『맡겨두거라. 이 자들은 놀아줄 보람이 있으니, 부수거나 하지 않는다.』

흑룡이 자신만만할수록 불안하다니까.

만에 하나의 경우는 황금 갑옷의 긴급 대피 모드가 발동할 거고, 그게 만약 늦는다고 해도 겹겹이 안전장치가 있다. 엘릭서도 있고, 괜찮을 거라 생각하지만, 그래도 걱정해 버린다.

"정말, 주인님은 너무 걱정이야!"

"아리사에게 동의. 모두의 안전은 제가 지킨다고 선언합니다."

아리사가 기가 막혀 하고, 나나도 맡겨두라고 말을 하니까, 나는 모두를 믿고 그 자리를 벗어났다.

가는 곳은 흑룡 산맥 옆에 있는 보르에난 숲이다.

"―정령 소환을 빠르게 하는 방법?"

"네. 미아가 소환을 보조하는 도구를 만들 수 없을지 상담을 해서요."

상담 상대는 아제 씨다.

정령 마법을 쓸 수 있는 엘프는 나름대로 있지만, 보르에난 숲에서 가장 정령 마법이 특기인 것은 아제 씨니까 제일 먼저 상담했다.

물론, 단순하게 아제 씨랑 만나고 싶었다는 것이 첫째 동기지만.

"응~, 정령이 모이는 장소에 있는 게 제일일까? 세계수 옆이나 정령광을 해방한 사토의 옆이라면, 의사정령의 소환이 빨라질 거야."

그렇군. 그런 간단한 방법이 있었구나.

"아제 씨, 정령을 모으는 도구는 있나요?"

"첫째는 정령주. 정령을 깃들인 비보인데, 실프나 게노모스 같은 중위 의사정령을 깃들여서 무영창으로 소환할 수 있어. 상위 의사정령의 일부를 깃들여두고, 소환 속도를 단축한 애도 있었어. 분명히, 미로아난의 후제가 이프리트를 불러낼 때 했었을 거야."

아제 씨가 말하는 「후제」는, 불꽃 같은 빨간 머리가 인상적인 하이 엘프였다.

"정령주라는 것을 입수하려면 어떻게 해야 할까요?"

"그건 무리일걸? 사토의 부탁이라면 입수해주고 싶지만, 그건 세계수가 자신들을 지키는 최고의 정령사한테만 내리는 물건인걸."

아제 씨의 말에 따르면, 엘프의 각 씨족에 하나밖에 없다고 한다.

"보르에난 숲에도 있었는데, 얼마 전에 도둑맞아 버렸어."

지금부터라도 찾을 수 없을까 생각해서 자세히 물어봤는데, 100년 단위의 옛날 이야기였다.

억 단위로 살아가는 하이 엘프의 「얼마 전」은, 감각이 다른 모양이다.

"정령주의 하위 호환 같은 물건은 있나요?"

"수령주나 벚꽃 보주 같은 것도 있지만, 그건 정령 소환에는 못 쓰겠, 지?

그런 대화를 하는데, 흑룡 산맥 너머에서 커다란 불꽃이 오르는 게 보였다.

그것에 대항하듯, 거대한 뇌운이 생기고 벼락불이 떨어졌다.

"마족이 쳐들어온 걸까?"

"죄송해요, 아제 씨. 저건 아마, 흑룡이랑 우리 애들의 짓입니다."

내 소매에 매달리는 아제 씨나 우왕좌왕하는 엘프들에게 사과하고, 동료들이 어떤지 보러 흑룡 산맥으로 돌아갔다.

◆

『후하하하하, 제법이지 않은가!』

흑룡이 신이 나서 검은 번개를 뿜었다.

"타앗~, 인 거예요!"

포치가 타마처럼 분신하여, 흑룡의 번개를 회피했다.

""""류류! 동글세모네모인 거예요!""""

—LYURYU.

셋으로 분신한 포치와 하얀 어린 용 류류가 정사면체를 만들었다.

뭐가 동글세모네모인지는 잘 모르겠다. 정사면체라는 단어가 안 떠오른 걸까?

“진 마인돌격인 거예요!”

『못한다!』

흑룡이 순간 이동 같은 속도로, 포치와 류류의 포위에서 빠져 나왔다.

“노려서, 흩어 쏩니다!”

『—우옷.』

강화외장을 두른 루루의 탄막이 흑룡의 장벽을 깎아냈다.

『이것은 못 버티겠군.』

흑룡이 장벽을 루루의 정면에 모았다.

“닌닌~, 타마는 멋쟁이 목 베기 닌자~?”

그 등뒤를 타마가 점했다.

『크하하하, 간단히는 못 벤다!』

“허물벗기 **쏙쏙**, 어서 오세요~?”

흑룡의 목 뒤에 돋아 있던 가시가 미사일처럼 발사되어, 타마 는 회피를 할 수밖에 없었다.

“가루다, 지금.”

미아가 소환한 바람의 의사정령 가루다가, 지면 아슬아슬한 높이에서 흑룡에게 다가간다.

가루다의 황금색 날개가 CG처럼 변화하고, 흑룡의 복부에 쇄 도했다.

『뭐지, 날벌레인가?』

흑룡이 몸을 선회해서 꼬리 공격을 하려고 한 타이밍에, 꼬리 끝부분이 마음대로 안 움직이는 걸 깨달았다. 아리사의 공간 마법이다.

“방심했구나!”

『우음, 잘 했구나!』

움직임이 저해된 흑룡이었지만, 자신의 바람 마법을 써서 움직이지 않는 꼬리 끝부분을 절단하고 가루다를 요격했다. 마치 도마뱀의 꼬리 자르기다.

그런 흑룡이 보인 미약한 틈을, 동료들이 놓치지 않았다.

“제로의 칼, 디멘젼 마인붕새(블래스트 포트)!”

디멘젼 캐터펄트로 흑룡에게 육박한 나나가, 장벽 분쇄 필살기를 때려 박았다.

족제비 제국에서 미경 마왕이 쓰는 「마인붕새」를 먹어봤는데, 꽤 성가신 기술이란 말이지.

『잔재주로군!』

“연막 아저씨, 에 서 부 터— 하나의 칼, 마인영아 쇄련(보팔 섀도우바이터 넥서스)~?”

하얀 연기에 숨어있던 타마가 필살기 토스를 올린다.

『얕구나! 얕아! 좀 더 힘을 줘야 한다!』

“타마, 반성~.”

위력이 약했는지, 흑룡이 지도를 해준다.

“둘의 사격, 성백합광탄니다(액셀러레이터 불릿)!”

가속포의 파란 광탄이 갈라지더니, 예각으로 굴절을 반복하여 사각에서 흑룡을 덮쳤다.

『이것은 못 버티겠군. 광탄을 이토록 자유롭게 꺾다니!』

“후후후, 자매의 합체기술이야!”

아리사가 승리를 뽐낸다. 가속포의 사선을 꺾은 것은, 아리사의 공간 마법인가 보군.

"셋의 칼, 용익마인돌격인 거예요!"

—LYURYU.

포치와 류류의 합체기를, 흑룡이 커다란 손등으로 받아 흘렸다.

전투생물인 흑룡마저 완전히 흘려내진 못했는지, 손등의 비늘이 분쇄되어 파편이 흩어졌다.

"넷의 마, 가루다, 천람."

"다섯의 마, 화염지옥으로 MB야!"

포치가 찌르고 지나간 직후에 미아와 아리사의 마법 공격이 흑룡을 덮쳤다.

아리사가 모 유명 MMO-RPG의 마법 연계 이름을 외쳤지만, 물론 이 세계에 그런 시스템은 구현되지 않았다.

『후하하하하! 즐겁구나! 쿠로나 천룡과 싸울 때만큼이나 즐겁다.』

빨간색과 황금색의 폭염 너머에서, 흑룡의 즐거운 홍소가 들렸다.

—헤일롱.

싸움을 즐기는 건 좋지만, 방심은 금물이야.

나는 머리 위에 다가온 태양을 올려다 보았다.

햇빛에 뒤섞여, **그녀**가 거기에 있었다.

디멘전 캐터펄트의 초가속을 중력 가속도가 뒷받침한다.

『—음?』

흑룡이 위화감을 깨달았다.

그러나, 이미 늦다. 음속을 넘어서, 더욱이 공중을 차고, 꼬리 끝에서 마인포를 연사하여, 더욱이 가속했다.

『위인가!』

올려다보는 흑룡의 눈앞에, 마창 도우마와 일심동체가 된 리자의 모습이 있었다.

쿠궁인지 콰쾅인지 모를 굉음과 함께, 흙먼지가 양자의 모습을 가려버렸다.

먼지가 걷혔을 때, 거대한 크레이터와 그 중심부에 선 양자의 모습이 보였다.

『용케 나에게 상처를 냈다! 훌륭하군!』

홍소하는 흑룡의 손바닥과 어깨에서 피가 흐르고 있었다.

"흑룡 나리의 도움을 얻은 것, 감사하는 마음이 끊이지 않습니다."

『크카카카, 내게 상처를 낸 기술의 이름은?』

"종의 창, 천락 마창용퇴격이라고 합니다."

그렇게 대답한 다음 순간, 리자가 피를 토하며 쓰러졌다.

"─리자!"

내가 축지로 달려가 그녀를 안아 들었다.

정신을 잃은 그녀에게, 하급 엘릭서를 먹였다.

『어찌된 거지? 그 소녀는 대체?』

"아마, 한계를 넘어서서 싸웠으니까 몸이 못 버틴 모양이야."

황금 갑옷을 입고 있다지만, 음속으로 격돌하면 큰 부상 정도로 안 그친다니까.

아마 격돌 직전에 흑룡이 뿜어낸 기술이 기세를 상쇄해준 덕분에, 반동이 적었던 게 아닐까 생각한다.

"리자~."

"리자는 괜찮은 거예요?"

―LYURYU.

타마와 포치를 필두로 동료들이 모여들었다.

"괜찮아, 상처는 치료했어. 지금은 잠든 것뿐이야."

보르에난 숲에서 엘릭서나 하급 엘릭서도 보충했으니, 당분간은 후하게 써도 문제없다.

화려한 스파링으로 주변의 지면이 울퉁불퉁하니까, 흑룡의 둥지로 이동해서 휴식했다.

"후우, 지쳤다~."

"응, 피로심각."

아리사와 미아가 나한테 기대며 어리광을 부린다.

그런 두 사람을 위무하고, 모두에게 「체력 부활」(칼로리 차지)의 마법을 걸어서 회복시켰다.

"그러고 보니 주인님, 족제비 황제의 초대장 건은 뭔가 진전이 있었어?"

"아니, 딱히 없어."

아리사가 이야기를 꺼냈지만, 히카루나 에치고야 상회를 경유로 국왕에게서 연락은 없었다.

화제가 족제비 제국에 관한 일이라, 어쩐지 모르게 족제비 제국에 「보호」된 케이와 네즈의 마커 정보를 확인해봤다.

―어라?

"왜 그래? 주인님."

"케이의 현재 위치가 족제비 제국의 제도로 되어있어."

같이 있어야 할 네즈의 현재 위치는 여전히 맵이 존재하지 않는 공간이었다.

"원거리 통화로 말을 걸어볼게."

아리사에게 말하고, 족제비 제도에 있는 케이에게 원거리 통화를 연결했다.

"케이, 오랜만이군. 건강한가?"

『와~, 우티스 씨! 오랜만이에요!』

원거리 통화에서 활기찬 케이의 목소리가 들렸다.

우티스라는 내 가명은, 마키와 전쟁 때 케이 일행을 도운 도마뱀 수인 용기사로서의 것이었다.

"네즈도 건강한가?"

『응! 아직 마왕화를 푸는 비밀 장소에 있어.』

전에 통화했을 때도 그런 말을 했었지. 생각보다 시간이 걸리는 모양이다.

"다음에, 그쪽에 갈지도 모른다. 뭔가 기념품으로 가지고 싶은 것이 있나?"

『딱히─ 그렇지! 자이크온 신의 성인(聖印)이나 성수를 가져다줘!』

"그건 상관없다만……."

왜 그런걸?

교구가 아닌 족제비 제국의 도시에도 적긴 하지만 신전은 있었을 텐데.

『이쪽에서는 좀처럼 구할 수가 없어. 뭔가 허가를 받아야 한대. 배포하는 수에 제한도 있다고 하고.』

"그렇군."

족제비 제국에서는 신전 세력이라고 할까, 신성 마법이나 신탁 스킬을 쓸 수 있는 자를 제거하는 느낌이었지.

『폐하는 신을 싫어하나 봐. 그쪽에서 루~이한테 들었는데, 입국할 때 신성 마법 스킬을 가지고 있으면 못 들어온대.』

"루이?"

처음 듣는 이름이다.

『나랑 같은 전생자. 평소에는 입국 심사를 한댔어.』

"허어? 높은 사람인가?"

『응, 아마. 연예인 매니저나 정치가 비서 같은 사람이 잔뜩 있었어.』

"휴가 중인 그녀와 친해진 건가?"

『어? 아냐. 루~이는 일 하고 있었어. 나랑 네즈 씨랑 계약하려고 왔다고 했어.』

어이쿠, 뭔가 불온한 단어가 나왔군.

"무슨 계약이지?"

『어? 물어보는 거야?』

케이가 익살스레 말했다.

"프라이버시적인 내용이라면 말 안 해도 된다—"

『아하하. 거짓말이야. 대단한 건 아니고. 뭔가, 계약하면 족제비 제국에서 나갔을 때 족제비 제국에서 보고 들은 걸 잊어버린다고 했었어.』

"그것은 대단한 일이 아닌가?"

가볍게 말하지만, 강제적인 기억 소거잖아.

내 뇌리에 신기 이야기를 하러 온 족제비 신관이 떠올랐다. 그러고 보니, 그는 봉인도시의 이름이나 세부 사항을 떠올리지 못한다고 했었지.

어쩌면, 그도 「루이」란 자와 계약해서 기억이 소거된 걸지도 모른다.

『아니. 타국에 알려지면 난처한 일뿐이라고 했었어.』

"그 루이가?"

『응— 아, 아냐. 매니저 같은 누군가가 그랬어.』

단숨에 신빙성이 떨어졌군……. 케이와 친구가 된 「루이」 본인이 언급한 것이 아닌 이상, 기억 소거 범위의 정보는 반쯤 의심스럽게 생각하는 편이 좋겠어.

그 다음, 30분 정도 그녀의 근황이나 제도의 이야기를 듣고 원거리 통화를 풀었다.

케이와 나눈 대화를 요약해서 아리사에게 전하고 있는데, 히카루가 긴급 통지기로 호출하는 신호가 왔다.

"히카루, 무슨 일 있어?"

원거리 통화로 히카루와 대화했다.

『내일이라도 괜찮으니까 왕성에 올 수 있어? 족제비 황제가 정식 서한을 보냈어.』

오래 방치한 탓에, 족제비 황제가 참을성이 바닥난 모양이다.

내일이라도 된다고 하니까, 오늘은 예정대로 흑룡과 함께 연회를 즐겼다.

그리고 며칠 뒤, 우리는 만반의 준비를 하고 족제비 제국으로 출발하게 되었다—.

족제비 제국의 제도로

“사토입니다. 발 없는 말이 천리 간다, 라는 말이 있습니다만, 정말 나쁜 일은 숨겨져서 사람들 눈에 띄지 않도록 깊고 조용하게 진행되는 것 같아요.”

“데지마 섬이 보이기 시작했어.”

비공정의 정면 모니터에 비치는 섬의 형상을 발견하고 아리사가 모두에게 말을 걸었다.

“이쪽 섬이 뭉개졌어~?”

“미궁섬.”

“한가운데가 호수가 된 거예요.”

미궁섬은 중앙이 함몰되어 칼데라호처럼 되어 있었다.

족제비 수인의 마왕 타쿠야가 몽환 미궁을 자폭시킨 결과, 그 남은 터가 이런 식으로 되어버린 모양이다.

“주인님, 족제비 제국에는 이 비공정으로 가는 건가요?”

“아니, 정식 입국은 데지마 섬에서 나오는 배에 탈 필요가 있어.”

루루의 물음에 대답했다.

족제비 제국은 쇄국을 하고 있으니, 다른 나라에 유일하게 문호를 열고 있는 데지마 섬을 경유할 필요가 있다.

더욱이, 이번 방문은 용사 나나시의 대리 쿠로로서 갈 예정이다. 초대받은 것은 용사 나나시지만, 그 어조를 장시간 계속하는 건 힘들어서 쿠로로서 방문하기로 했다.

"그쪽엔 다 같이 갈 거야?"

"아니, 그 기억 소거 계약 건이 있으니까 최소 인원수로 갈 거야."

"주인님, 부디 저를 데려가 주십시오."

리자가 말하자, 다른 애들도 차례차례 동행하겠다고 나섰다.

"다들, 기다려. 이번엔 위험하니까, 나랑 실험을 같이 해줄 에치고야 상회의 애만 갈 생각이야."

"주인님, 위험하다면 더욱이, 저를 데려가 주십시오. 이 신명을 다해 주인님을 수호하겠습니다."

"마스터, 위험에서 지키는 것은 저의 역할이라고 주장합니다."

"준비를 제대로 했으니까 괜찮아."

동료들에게 구체적인 방법을 말해줬다.

케이에게서 정보를 얻은 다음, 여러모로 테스트를 해서 안전한 방법을 짜냈다.

"그러면, 에치고야 상회 애는 어째서 동행하는데?"

"아직은 어디까지나 가설이니까. 실제로 테스트할 필요가 있어."

아리사의 지당한 의문에 답하고, 구체적인 방법을 해설했다.

"그렇구나……. 그러면 괜찮을 것 같지만, 주인님의 유니크 스킬을 쓸 필요가 있어?"

"공간 마법으로는 무효화될 가능성이 높으니까."

그쪽에는 공간 마법 계통의 유니크 스킬을 가진 자가 있다.

"하지만……."

내 대답을 들은 아리사가, 반론하려다가 입을 다물었다.

뭔가 말하고 싶지만, 말하지 못하는 느낌이다.

아마, 논리는 납득하고 있지만, 감정을 억누르지 못하는 거겠지.

"나를 걱정해주는 건 기쁘지만, 안전 마진은 충분히 취할 거니까 괜찮아."

고개를 숙이는 아리사의 머리를 쓰다듬으며 설득했다.

"……응, 알았어."

아리사가 조금 생각하고 수긍했다.

"하지만, 만약을 위해서 이걸 가져가."

아리사가 가슴팍의 혼각화환을 풀어서 나한테 건넸다.

이건 유니크 스킬의 과잉 이용을 감지하고, 사용자의 혼을 지키는 비(아티팩트)보다.

"고마워, 빌려갈게."

나는 감사 인사를 하고 받아서, 잃어버리지 않도록 소중하게 스토리지에 수납했다.

"―주인님."

납득한 것처럼 보인 리자가 앞으로, 스스슥 나섰다.

아무래도, 그녀는 아직 동행을 포기하지 못한 모양이다.

"안전 대책이 충분하며, 에치고야 상회 인원이 테스트를 하게 되는 것도 알겠습니다. 그렇지만, 시가 왕국의 사자로서 가는 것이라면, 수행원이 필요할 겁니다."

"그건 그렇지만, 모두를 위험에 노출시키고 싶지 않아―."

"걱정 없어."

"예스 미아. 안전 확보의 테스트는 에치고야 사원이 확인할 것이라고 지적합니다."

내 말을 미아가 가로막고, 나나가 보충했다.

"아, 그렇네! 그러면, 우리가 같이 가도 괜찮은 거 아냐?"

그걸 깨달은 아리사가 걱정하는 표정에서 웃는 얼굴로 확 바뀌어 몸을 내밀고, 다른 애들도 동행을 바라며 소란을 피웠다.

"아무리 그래도 모두 같이 갈 수는 없어."

그건 아무리 그래도 너무 눈에 띈다.

"그러면 대표해서 제가—."

리자의 말에 모두가 타임을 걸고, 시끌벅적하게 각자의 주장을 했다.

결국 말로는 정해지질 않아서, 최종적으로 처절한 가위바위보 승부를 이겨낸 리자가 동행의 권리를 쟁취해냈다.

"그럼 맞이하러 다녀오지. 모두는 비공정에서 대기하도록."

쿠로로 변신한 나는 집보기 팀 애들에게 말하고, 에치고야 상회의 간부 아가씨— 돌 늑대를 좋아하는 로우나를 데리고 돌아왔다.

족제비 제국 본토행 배가 출항하는 항구에서 기다리는 리자와 루루랑 합류했다.

오늘 두 사람은 정체 누설 방지와 황제의 「강제」 스킬 대책으로, 마법 도구 미러 글래스를 걸고 있었다. 더욱이 긴 머리를 땋

아서 에치고야 상회의 제복을 입고 있으니, 평소랑 상당히 인상이 다르다.

참고로, 루루가 같이 있는 건 「수행원이 너무 적어!」라고 아리사가 지적했기 때문이다.

더욱이 정체 누설 방지의 일환으로, 두 사람을 코드네임으로 부르게 된다. 리자의 코드네임은 「황금기사 오렌지」, 루루의 코드네임은 「황금기사 블랙」이다. 둘의 머리색에서 차용했다.

물론 다른 애들은 머리색과 상관 없어서, 아리사가 「황금기사 레드」, 포치가 「황금기사 옐로우」, 타마가 「황금기사 핑크」, 나나가 「황금기사 화이트」고, 미아가 「황금기사 그린」이다. 아, 미아만 머리색이네.

◆

"이건 무슨 짓이지?"

데지마 섬의 항구에서 수하를 받아 「용사 나나시 님의 종자 쿠로」라고 대답하자마자, 병사들에게 포위되어 총독부로 연행되었다.

방금 전 말을 건 상대는, 데지마 섬의 총독이자 족제비 황제의 아우인 친왕이다.

클레어보이언스
멀리 보기 너머로는 몇 번이나 봤지만, 직접 면회하는 건 처음이다. 마주보고 대화하니 위엄이 느껴지는군.

"황제 폐하를 노리는 부정한 무리를 제거하는 것은 당연하지 않은가?"

"황제를 노린다고? 무슨 소리지?"

그럴 예정은 없습니다.

"용사를 자칭하는 암살자의 동료가, 이제 와서 시치미를 떼는가?"

"내가 섬기는 주군의 명예를 더럽히는 발언은 용서 못한다만, 그 말에 사과를 받는 것은 오해를 푼 다음에 하도록 하지."

쿠로답게, 거만한 태도로 친왕의 착각을 고쳐야지.

"오해라고?"

"그렇다. 애당초 우리는 귀국의 황제에게 초대를 받은 사자다."

내가 말하고, 황제가 시가 왕국에 보낸 정식 초대장을 보였다.

"우음…… 봉납과 싸인은 분명히 폐하의 것이다."

그 초대장을 살핀 친왕의 몸에서 살기가 사라졌다.

측근이 뭔가 귓속말을 하고, 친왕이 다시 날카로운 시선으로 나를 보았다.

"그러나, 용사 나나시 본인이 아니라, 종자 따위가 나서다니! 네놈은 우리 족제비 제국과 우리들이 경애하는 황제 폐하를 우롱하는가!"

"그런 의도는 없다. 내 주인은 귀인과 교섭하는 것이 서투르다. 이러한 초대에는 전권을 위임 받은 내가 대리를 맡게 되어 있지."

"……어쩔 수 없군. 마중 나오는 배를 부를 때까지는, 영빈관에서 푹 쉬도록 하라."

아직 불만인 것 같지만, 어떻게 납득을 한 모양이다.

며칠인가 기다릴 거라 생각했는데, 그 다음날에는 맞이하러 온 배―라고 할까, 비공정이 맞이하러 왔다.

우리가 언제 데지마 섬에 와도 괜찮도록, 본토 쪽에서 대기하던 모양이군.

기왕이면 데지마 섬에 대기를 시켰으면 될 텐데.

"쿠로 님, 비공정입니다."

얼마간 귀빈실에서 쉬고 있는데, 루루가 멀리서 다가오는 비공정을 발견했다.

"공항에 내리는 것치고는 감속하지 않는군요."

리자가 말한 것처럼, 비공정의 속도가 너무 빠르다.

"반전했는데?"

돌 늑대를 탄 로우나의 시선 끝에, 비공정이 180도 턴을 했다.

이어서, 비공정이 전력 분사로 감속했다.

―위험해.

"세 사람, 내 근처로 와라."

루루와 리자와 로우나를 불러들여, 자유 방패^{플렉시블 실드}를 창문 사이에 만들었다.

그것과 동시에, 충격파가 창유리를 분쇄했다. 유리 파편이 방 안에 날아들고, 영빈관 여기저기서 비명이 들렸다.

불행 중 다행으로 사망자나 중상자는 안 나온 모양이군.

"우와와와."

"상당히 난폭한 기동이군요."

"혹시, 저 비공정이 마중 나온 걸까요?"

루루의 불안이 적중하여, 우리는 마중 나왔다고 말하는 메이드의 안내를 받아 영빈관의 엔트랜스로 갔다.

"당신이 사자 나리인가!"

잘난 태도로 우리들 앞에 나타난 것은, 유려한 백은색 갑옷을 입은 장이족의 성당 기사─.

"내가 귀공들의 안내역으로 임명을 받은 성당 기사 리트디르트다."

족제비 제국 본토에 밀입국을 했던 때 만난 허당 가짜 엘프 리트디르트 양이었다.

그렇군. 그녀가 책임자라면, 방금 전 무모한 비공정의 기동도 이해할 수 있다. 그녀는 봉인의 신기를 아무 생각 없이 뽑아버리는 허당이니까.

"시가 왕국 최강 용사의 힘, ─어디 보여주시지!"

맹렬한 웃음을 보이고, 리트디르트 양이 양쪽 허리의 마검─ 청장미와 적백합을 손에 들고 공격해온다.

"─리자."

리자를 코드네임으로 불렀다.

"예."

리자가 맨손인 상태에서 순식간에 리트디르트 양의 눈앞으로 이동하여, 요정 가방에서 뽑은 마창 도우마를 내리쳤다.

리트디르트 양은 나에 대한 공격을 중단하고, 청장미와 적백합을 크로스해서 리자의 마창을 받아냈다.

리자가 창을 회전시켜서 턱을 노리자, 리트디르트 양도 몸을 틀어 피하면서 청장미와 적백합으로 하단과 상단을 동시에 베었다.

"창술사인 당신, 제법이군요."

리트디르트 양이 호적수(라이벌)를 발견했다는 표정으로 리자에게 말했다.

그러나, 그런 한편으로 리자는—.

"유감이지만, 당신은 기대에 못 미치는군요."

"뭐라고!"

"이것이 실전이었다면, 당신은 이미 두 번 죽었습니다."

리자가 말한 순간, 리트디르트 양의 목 보호대가 뜯겨나가 떨어지고 가슴 보호대가 움푹 패였다.

방금 전 공방 사이에, 리자가 두 번 정도 공격을 맞추기 직전에 멈춘 것이다.

"주—쿠로 님과 싸우고 싶다면, 하다못해 나와 그녀를 동시에 쓰러뜨릴 정도는 해보세요."

내 옆에서 태평하게 리자의 싸움을 보고 있던 루루가 「어? 저도요?」라고 말하며 당황하는 것이 귀여웠다.

그건 그렇고, 리트디르트 양은 용안이란 스킬로 강자의 낌새를 확실하게 포착할 수 있을 텐데, 수인 폼이 아닌 우리들을 예전에 만난 자라고 간파하지 못한 모양이다.

역시 그건 수인 폼과 인식 저해 장비가 간섭한 탓에, 본래의 기능을 발휘하지 못하고 리트디르트 양의 용안이란 것에 포착되어 버린 거겠지.

"—큭, 이 빚은 언젠가."

리트디르트 양도 역부족인 걸 실감했는지, 그 이상 싸우지는 않고 안뜰에 착지한 비공정에 올라타 데지마 섬을 출발했다.

집보기 팀의 동료들에게 일단 데지마 섬에서 철수하여, 마키와 왕국과 족제비 제국의 경계에 만든 세이프 하우스에서 대기하도록 말해뒀다.

◆

"쿠로 님, 도시가 보이기 시작했습니다."

리자의 보고에, 나도 몸을 내밀며 비공정의 창밖을 확인했다.

"어디어디~?"

"항만도시군요. 작은 요새 같은 것들이, 공중에 잔뜩 떠 있어요."

에치고야 상회의 돌 늑대를 좋아하는 간부 아가씨 로우나와 루루 둘도 나한테 달라붙으며 창 밖을 보았다.

세 명 다 번역 반지를 사용하고 있어서, 족제비 제국의 사람들과 의사 소통에는 문제가 없었다.

참고로, 함께 있는 로우나는 어떤 실험— 위험한 임무를 담당할 예정이다. 본래는 내가 그 역할을 맡을 셈이었는데, 동료들과 에치고야 상회의 간부들이 맹렬하게 반대를 해서 처음에 지원한 그녀가 담당하게 됐다.

충분하고 남는 안전 대책을 준비했다지만, 절대로 안전하다고 잘라 말할 수 없으니 이 임무가 성공하면 특별 보너스를 듬뿍 줘야지.

"제법 커다란 도시다."

"흥. 시가 왕국의 네놈은 믿을 수 없겠지만, 저것은 제도가 아니다. 우리 제국의 도시는 모두 시가 왕국의 왕도 수준으로 많은 백성을 품고 있다."

내 말을 재빨리 포착하여 자랑한 것은, 이 비공정의 주인인 족제비 제국의 성당 기사 리트디르트 양이다.

"그렇군."

"흥, 패배를 인정하지도 못하는가?"

내가 건성으로 대답한 것이 마음에 안 들었는지, 리트디르트 양이 밉살맞은 소리를 했다.

그녀하고는 모게이바 시에서 만난 이후로 마규바 시의 슬럼가에서 「신탁」 스킬을 가진 토끼 귀 소녀를 둘러싸고 다투었고, 봉인도시에서는 마족이나 마왕과 전투에서 공투했다—라는 건 어폐가 있을 정도의 미묘한 관계다.

현재는 황제에게 초대받은 사자인 내 호위로 제도에 가고 있다.

"고도가 내려가는가?"

"저 레테 시에서 탈 것을 바꾼다."

부유감을 느끼고 중얼거리자, 리트디르트 양이 가르쳐 주었다.

그녀도 하늘 여행이 지루했는지, 어쩐지 안도한 표정이다.

"늦었다!"

"미안하군. 조금 **준비**에 시간이 걸렸다."

준비를 마친 우리가 레테 시의 대기실에서 나오자, 기다리다 지친 리트디르트 양이 기분이 틀어져 있었다.

"입국 심사실은 이쪽이다."

"생각보다 한산하군."

"우리나라는 쇄국하고 있다. 평소의 입국자는 하루에 몇 명, 많아도 열 명을 넘지 않아."

리트디르트 양을 따라가자, 수많은 호위에 둘러싸인 보라색 머리카락의 미소녀가 기다리고 있었다.

그녀와 우리들 사이에는 투명한 마력 장벽이 전개되어 있으며, 평범한 중급 공격 마법 정도라면 여유롭게 막을 수 있는 느낌이었다.

전생자인 그녀의 이름은 루이즈. 일본인치고는 보기 드문 이름이지만, 전생자가 일본인이라고 정해진 것도 아니다— 어쩌면, 부모가 라노벨을 엄청 좋아했던 걸지도 모르지.

스킬 등은 은폐되어 보이지 않는다. 레벨은 34, 종족은 타마와 마찬가지로 고양이 귀 종족이다.

쫑긋쫑긋 움직이는 고양이 귀가 귀엽다.

"그쪽 의자에 앉아 주세요."

눈을 깔고 그렇게 말한 소녀가, 시선만 올리며 이쪽을 보고 눈을 크게 떴다.

『배, 배우 알렉스? 하지만, 백발이니까 아닌가?』

소녀는 일본어로 중얼거리고, 감정을 하려고 하는 건지 나를 응시했다.

알렉스라는 이름은 짚이는 게 없지만, 아마 쿠로의 얼굴을 만들 때 참고한 외국인 탤런트겠지. 배역 이름은 기억하는데, 배우의 이름까지는 모른단 말이지.

"직무라면 상관없지만, 흥미 본위로 남을 감정하는 건 매너 위반이다."

나 자신은 제쳐두고 그렇게 말하자, 소녀는 혼난 것처럼 어깨를 으쓱거리며 「미안해요」 하고 당황한 목소리로 사과했다.

아무래도, 애는 꽤 솔직한 성격인가 보네.

"그보다도, 입국 심사란 것을 진행하지."

"앗, 네!"

내가 잘난 체하며 말하자, 소녀의 호위가 불쾌한 기색으로 눈썹을 찌푸렸지만 배경처럼 무시했다.

"제 말을 듣고, 이견이 없으면 『서약한다』라고 말해주세요."

소녀가 말하고서, 보라색 인광에 휩싸였다.

아마도, 유니크 스킬을 쓴 거겠지.

"레테 시의 이 방에 들어온 뒤, 족제비 제국을 나갈 때까지의 기억은, 그때까지의 것과 분별되어, 족제비 제국을 나가는 시점에서 잃게 됩니다."

소녀가 익숙한 느낌으로 말하고 침묵했다.

우리가 「서약한다」라고 말하는 걸 기다리는 거겠지.

"서약합니다~."

로우나가 힘차게 말하자, 그녀의 머리 부분에 보라색 빛으로 생긴 관이 한순간만 표시되고 사라졌다.

저것이 유니크 스킬이 발동한 증거겠지.

—그러면, 검증 시간이다.

나는 로우나를 방에서 마키와 왕국의 에치고야 상회 지사에 유닛 배치로 이동시켰다.

"사, 사라졌어?!"

자취를 감춘 로우나에게 루이즈 양이 놀란 소리를 내고, 그것에 반응한 그녀의 호위들과 리트디르트 양이 검에 손을 올렸다.

"당황하지 마라."

나는 한 손을 흔들어 그걸 제지하고, 대기실에서 교대한 「쿠로 인형」을 빙의 모드에서 원격조작 모드로 전환하여 지사의 본체에 의식을 되돌렸다.

시야가 전환되고, 방금 전까지 쿠로의 모습을 하고 있던 카피 인형에 빙의하는 형태로 보고 있던 레테 시의 입국 심사실 광경에서, 나 자신의 눈으로 보는 에치고야 상회 지사의 방이 되었다.

"기억은 어떻지?"

지사로 되돌린 로우나의 **인형**과 로우나 본인에게 확인했다.

"로그 및 위치 정보는 레테 시 도착에서 끊어졌습니다."

"저는 입국 심사실에서 있었던 일 기억나요~."

그렇군. 빙의 모드에서도 영향을 받는 건 카피 인형뿐인 것 같다.

이 빙의 모드는 연구 좋아하는 하이 엘프, 케제 씨와 사제 씨 두 사람이 발견한 카피 인형— 거울상 의사체의 기능인데, 자신의 모습을 카피한 인형에 의식을 깃들여 활동할 수 있게 된다.

"그렇군. 그러면 루이즈란 자의 힘은 예상한 범위 안이었던 것 같다."

루이즈 양이 쓰는 유니크 스킬의 기억 소거가 「정신에 간섭하는」 타입인지 「육체에 간섭하는」 타입인지 확인하기 위해, 카피 인형의 빙의 모드를 써서 실험을 해봤다.

>칭호 「꼭두각시 술사」를 얻었다.

"협력에 감사한다. 나는 임무에 돌아가지. 이번 공적의 보답으로 유급 휴가와 특별 보너스를 준비할 테니, 오늘은 느긋하게 휴양을 취해라."

"야호~!"

내가 위무하자, 로우나가 뛸 듯이 기뻐했다. 짝꿍인 돌 늑대 골렘도 기뻐 보인다.

로우나를 그 자리에 남기고, 나는 족제비 제국에 남겨둔 **쿠로 인형**을 원격조작 모드에서 빙의 모드로 되돌렸다.

그러자, 미약한 시간지연 뒤에 다시 레테 시의 입국 심사실이 시야에 돌아온다.

나는 품에서 녹색과 붉은 보석이 달린 더미 마법도구를 꺼냈다.

"녹색이 빛나고 있다. 아무래도, 본국에 되돌린 부하에게 문제는 없는 것 같군."

"뭐라고요! 저를 의심한 건가요?!"

내가 예정대로 말하자, 섭섭하다는 듯 루이즈 양이 일어서서 분개했다.

"초면인 상대를 무조건으로 믿을 수 있나?"

"그, 그건 그렇지만요……."

내 말에 루이즈 양이 어물거렸다.

그녀의 호위들이 입을 모아 나를 비난하는 말을 했지만, 상대하는 것도 귀찮으니 흘려들었다.

"그 마법도구는 건네줘야겠습니다. 그 밖에도 통신 마법도구가 있다면 이 자리에서 제출해 주세요."

"이건 수신 전용의 안테나 같은 것—이라고 해도 못 믿겠지. 맹세코 이것 이외의 통신 마법도구는 장비하지 않았다."

루이즈 양의 보좌관으로 보이는 남성이 이쪽 방으로 와서, 나한테서 마법도구를 받았다.

그는 내가 거짓말을 안 했는지 장벽 너머의 동료에게 확인하고, 본래의 방으로 돌아갔다.

"그래서, 서약은 아직 유효한가? 유효하다면, 이 자리에서 선서하겠다만?"

"아, 네. 괜찮아요."

루이즈 양이 수긍하는 걸 기다려서, 우리는 「서약한다」라고 말해서 의식을 마쳤다.

말할 것도 없이, 리자와 루루도 카피 인형을 이용 중이라 문제없다.

"저, 저기……."

"뭐지? 아직 다른 의식이 있나?"

리트디르트 양이 재촉하여 방을 나서려던 나를, 루이즈 양이 망설이면서 불러 세웠다.

"……이름을, 저기."

"쿠로다."

그녀는 이런 외국인 탤런트 얼굴을 좋아하나 보네.

"쿠, 쿠로? 혹시 일본인—."

"이것은 흑룡 산맥의 주인이 붙여준 이름이다. 그러고 보니, 내 주군 나나시 님도 쿠로란 이름을 듣고 비슷한 것을 물었군."

"그런, 가요."

물어보는 루이즈에게 명명 이야기를 했더니, 어째선가 실망했다.

그녀는 뭘 기대한 걸까?

"—여기서 사는 건 행복한가?"

"아, 네. 잔업 제로는 물론이고, 한 달에 절반 정도는 쉴 수 있고, 주변 사람들은 친절하고 여러모로 배려해주니까요."

내 질문에 고개를 갸웃거린 다음, 솔직하게 질문에 대답해 주었다.

그녀의 모습을 보니, 말 그대로의 상황 같았다.

그렇다면, 딱히 내가 참견할 필요도 없겠지.

"그렇군. 직장이 궁하면 인근 국가의 에치고야 상회 지사를 찾아가라."

하지만, 이 정도 참견은 용납될 거야.

◆

"여기서부터는 비행기로 제도의 공항에 간다."

"비공정이 아닌 건가요?"

리트디르트 양의 말에, 리자가 의문을 말했다.

또한, 이미 우리들 셋은 카피 인형에서 본래의 몸으로 돌아왔다. 앞으로의 위험도를 생각하면 빙의 모드 그대로가 좋겠지만, 아무래도 본래의 몸하고는 미묘하게 어긋남이 있어서 스트레스가 쌓인다.

최신 게이밍 스펙으로 쾌적하게 놀고 있던 게임을, 아슬아슬한 필요 최저 스펙의 싸구려 스펙으로 노는 것 같은 감각이라고 하면 이해하는 사람이 많지 않을까?

"그렇다. 비행기는 빠르지."

아이 같은 표정으로 리트디르트 양이 자랑했다.

안내받은 곳의 공항에는 20인승 정도의 작은 프로펠러기가 기다리고 있었다.

기체의 형태는 내가 아는 비행기에 가깝다. 기내는 자리 하나가 꽤 널찍하고, 좌우로 한 줄씩 8석밖에 없었다.

좌석도 호화롭고, 귀빈용 비행기 같군.

이륙할 때 리자와 루루가 작은 비명을 흘렸지만, 리자는 공보를 쓸 수 있고, 루루도 강화외장을 장비하면 비행이 가능한데 비행기가 무서운 건가 의문스레 생각했지만, 각자 다른 이유가 있는 모양이다.

"용에 탔을 때와 비슷합니다만, 급격한 부유감은 기분이 나쁘군요."

그러고 보니 용의 경우는 이륙이 점프라서, 부유감은 거의 안 느껴진다.

"저는 비행기가 떨어지지 않을까 불안해졌어요."

루루다운 걱정이다.

창에서 비행기의 날개가 떨리는 게 보이니까, 괜히 불안해졌을지도 모른다.

비행기가 떨어진다고 해도, 루루의 장비라면 긁힌 상처 정도로 끝나니까 걱정이 없을 텐데 말야.

"저 선은 철도일까요?"

"그런 것 같군."

"저것은 족제비 제국이 자랑하는 도시간 탄도 유송망의 연차로다."

리자의 질문에 대답하자, 리트디르트 양이 자랑스럽게 단어가 틀린 걸 정정했다.

우리에게 철도의 지식이 있다는 것을 의문으로 생각하지 않는 부분은, 허당답고 귀엽다고 생각한다.

그리고, 제도 근처까지 온 참에 리자가 그걸 발견했다.

"저건 뭔가요?"

"결계주치고는 커다랗군요. 무슨 탑일까요?"

"그것치고는 금속처럼 빛을 반사하고 있습니다."

리자가 발견하고, 루루가 고개를 갸웃거린 시선 끝에 있는 것은—.

"저것은……『브레인즈』의 백탑이다. 웅웅거리는 시끄러운 소리가 나니까, 제도에서 격리해뒀다."

싫은 표정으로 리트디르트 양이 고했다.

─로켓?

미사일치고는 커다랗고, 인공위성이라도 쏘아 올리려는 걸까?

리트디르트 양이 말한 것처럼, 정말로 로켓풍의 탑일지도 모르지만.

"정말이지 『브레인즈』 놈들은, 폐하의 총애를 내세워서 의미를 알 수 없는 것만 만들어낸다."

그녀가 말하는 「브레인즈」는 황제 직속의 조직으로, 자세한 이야기는 듣지 못했지만 철도나 과학 병기 등의 기술을 족제비 제국에 가져온 것은 그들이 아닐까 생각한다. 교구에 있던 의사 이야기로는 제도의 의료 기관이 지난 10년 정도만에 비약적으로 진보했다고 하는 데다, 케이의 말로는 네즈의 마왕화 해제에도 관여하고 있는 것 같은 말을 했었다.

"황제가 중용하고 있을 정도다. 도움이 되는 것도 만드는 것이 아닌가?"

"그것은 나도 인정해줄 수 있지만, 놈들은 그 이상으로 이해불능인 언동이 많다."

리트디르트 양은 「브레인즈」의 공적을 인정은 하지만, 궁합이 안 맞는 느낌일까?

그런 대화를 하는 사이에도 비행기가 고도를 내리며, 제도에서 조금 떨어진 교외의 비행장에 착륙했다.

아쉽게도 안개가 끼어 제도의 모습은 안 보였지만, 금방 도착하니까, 뭐 괜찮겠지.

강하할 때 리자가 좌석의 손잡이를 움켜쥐어 뭉개버리는 것이 인상적이었다. 또 타게 되면 좌석에 물리 방어 부여 마법을 써두는 게 좋겠어.

◆

"이것이 우리 제국의 수도다!"

공항에서 우리를 태운 연차가 터널을 빠져나가, 고지대의 노선에서 제도를 한눈에 볼 수 있는 장소로 나오자마자 리트디르트 양이 자랑스럽게 가르쳐 주었다.

"이, 이것이 제도."

"괴, 굉장히 커다란 건물이 잔뜩 있네요."

리자와 루루가 놀란 소리를 흘렸다.

그곳에는 난립하는 고층 건축물과 중앙에 위용을 자랑하는 거대한 돔 형태의 건축물이 보였다.

"어떤가! 제도는 굉장하지?"

"저 돔은 황제의 성인가?"

"그렇다."

의문을 말하자 리트디르트 양이 그것을 긍정해 주었다.

"별난 모양이군."

"흐흥. 멋으로 저런 형태를 하고 있는 것이 아니다."

리트디르트 양이 우월감 가득한 표정으로, 이쪽을 내려다보며 침묵했다.

아마도, 내가 물어보길 기다리는 거겠지.

이렇게까지 백치미를 보이면, 무심코 심술궂은 행동을 하고 싶어진다.

"하늘에서 오는 습격을 경계하는 것이겠지? 아니면 태양광 발전이라도 하는 건가?"

내 발언 중 하나가 정답이었는지, 리트디르트 양이 재미없다는 기색으로 고개를 홱 돌리며 침묵해 버렸다.

조금, 어른스럽지 못했던 걸지도 몰라.

그런 식으로 반성하는 사이에도, 우리를 태운 연차가 제도의 거대한 문을 빠져나가 훌륭한 역에 도착했다.

"뭐지? 환영 마차가 오지 않았지 않나!"

리트디르트 양이 관리의 실수에 역정을 내며, 어딘가로 달려갔다.

그러면, 이 틈에 「모든 맵 탐사」로 족제비 제국 제도의 정보를 상세하게 조사해야지.

인구는 30만 명을 넘는다. 최다를 차지하는 건 족제비 수인족이 아니라 쥐 수인족과 토끼 수인족 두 종족이고, 족제비 수인족은 제3위였다. 인간족도 있지만 그 비율은 별로 높지 않다.

특필할 점은, 노예가 한 명도 없다는 것이다.

계급은 1급 시민부터 3급 시민까지 있으니까, 3급 시민이 노예랑 같은 취급일 가능성은 남지만.

제국 신민의 평균 레벨은 3으로 시가 왕국의 평균과 비슷한 정도지만, 병사의 평균이 10레벨로 조금 높으며 기사들도 평균 30레벨 가까이 된다.

그리고, 리트디르트 양이 소속된 성당 기사단은 기이하리만치 정예가 모여있다. 레벨 50 오버가 107명이나 되고, 그 중에서 10명이 레벨 60을 넘으며, 기사단장과 넘버 2는 레벨 70에 달해 있었다.

이런 면면을 마키와 왕국의 침략 전쟁에 썼다면, 우리들이 개입할 틈도 없이 끝났을 게 틀림없어.

반면 궁정 마술사 레벨은 그다지 돌출되지 않고, 레벨 50대가 두 명 있는 것 말고는 평균 40 정도였다.

성당 기사단의 반이 마법 스킬을 가지고 있으니, 궁정 마술사의 역할은 전투가 아닌 쪽에 특화된 걸지도 몰라.

아쉽게도, 황제와 군사 두 사람은 맵에서 찾을 수 없었다.

어디 다른 맵에 숨어있는 거겠지.

"있잖아, 저거 봐! 저 얼굴 어디서 본 적 없어?"

"우~응, 알렉스 같긴 한데, 조금 키가 작지 않아?"

역사 안의 담화실에서 파르페를 먹고 있던 검은 머리와 보라색 머리카락의 인간족 여성들이, 나를 가리키며 대화하는 게 들렸다.

AR표시에 따르면, 그녀들은 족제비 제국의 연구기관 「브레인즈」에 소속되어 있는 것 같다. 리트디르트 양의 발언 탓에 기인과 별종의 소굴 같은 이미지를 가지고 있었는데, 뜻밖에 일반인 풍의 소속원도 있는 것 같다.

보라색 머리카락의 아가씨는 전생자라 치고, 또 한 명의 검은 머리 아가씨도 명백하게 일본인 같은 얼굴이다.

확인을 깜빡해서 재검색을 해봤더니, 제도 안에는 다양한 연령의 전생자가 10명 이상 있으며, 「브레인즈」에는 앞의 검은 머리

아가씨처럼 유니크 스킬이 **없는** 일본인풍의 이름인 자들이 수도 없이 소속되어 있었다.

메네아 왕녀의 조국 르모크에서 시행했던 「일본인 소환」 실험은, 족제비 제국 본국에서 계속된 모양이군.

아무래도, 제도에서 할 일이 하나 늘어난 모양이다.

담화실의 여성들이 즐거워 보이는 분위기라는 게 구원이군.

◆

"화사한 거리네요."

"네. 길을 걷는 사람들의 복장도 보면서 질리지 않습니다."

루루와 리자가 말한 것처럼 족제비 제국의 제도는 길을 걷는 보통 사람들도 화사하고 세련된 옷을 입은 사람이 많다.

물론, 노동 계급인 사람들은 수수한 복장이지만, 건강 상태는 나쁘지 않은 느낌이다.

"도착했다. 폐하의 알현까지 이 저택에 머물러줘야겠다."

리트디르트 양이 안내한 것은, 로쿠메이칸[#2] 같은 외관의 영빈관이었다. 쇄국하고 있어도, 이런 건물은 평범하게 있는 모양이다.

맵 정보에 따르면, 근처에 전생자나 전이자들이 생활하는 기숙사나 저택이 있으니 마침 잘 됐다.

마차가 입구에 들어서자, 그것을 깨달은 문지기가 우리들의 도착을 저택 안으로 알렸다.

#2 로쿠메이칸 일본의 대표적인 서양관. 실제로 외교 행사 등에 사용하기 위해 건축됐다.

아무래도, 리트디르트 양은 시지를 보내 기별을 안 넣은 모양
이다.

현관 앞에 급하게 정렬하는 사용인들 뒤에서, 문관풍 의상을
입은 족제비 수인이 나섰다.

"리트디르트 님, 그쪽이 시가 왕국의 사자 나리인가요?"

"—어째서, 내무성의 네가 여기에 있지?"

온화한 족제비 수인에 비해, 리트디르트 양은 적의를 드러냈다.

AR표시에 따르면, 내무성의 관리인 것과 동시에 국내의 내부
감사를 하는 부서에도 소속된 모양이다.

어쩐지, 관리치고는 레벨이 39로 높은 데다가 첩보계 스킬이
충실하다 싶었어.

"여기서부터는 제가 접대역을 교대하게 됩니다. 리트디르트 님
에겐 단장 나리께『즉시, 성당 기사단 본부까지 출두하라』라는
전언을 맡았습니다."

"다, 단장이, 말인가—."

관리의 말에, 리트디르트 양의 안색이 창백해졌다.

뭔가 사고를 쳐서 질책을 받는 느낌인가?

뭐, 데지마 섬의 영빈관에 비공정으로 난폭하게 착륙했던 참이
니 혼날 일이야 끊이지도 않겠지.

"어쩔 수 없군. 여기는 네놈에게 맡긴다."

관리에게 말하고, 리트디르트 양이 내 멱살을 잡더니 얼굴을
바짝 가까이 댔다.

"쿠로 공, 약속했던 용사 나나시의 이야기는 훗날에 들으러 오

지. 잊지 마라!"

리트디르트 양이 키스를 할 법한 거리에서 일방적으로 말하고, 마지막 말에 도플러 효과를 걸면서 달려갔다.

비행기의 기내에서 물어본 용사 나나시의 전력은 충분히 말해 줬을 텐데, 아직 뭔가 더 듣고 싶은 거라도 있나?

루루가 무슨 말을 하고 싶은 표정을 짓고 있는데, 이 자리에서 말하긴 그러니까 나중에 물어봐야지.

"처음 뵙겠습니다, 사자 나리. 족제비 제국 내무성의 도르그라고 합니다."

"시가 왕국의 사자로 온 쿠로다. 황제와 면회 예정을 듣고 싶군."

나는 쿠로다움을 의식하면서 관리에게 물었다.

"알현은 사흘 뒤에 예정되어 있습니다. 그때까지는 영빈관에서 편히 쉬시고, 제도를 산책하거나 하시며 자유롭게 지내시면 됩니다. 여러분에게는 제도를 잘 아는 호위를 붙일 것이니, 안내가 필요해진다면 그 호위에게 말씀하시면 됩니다."

흠. 호위라— 맵 검색을 한 범위에 눈앞의 관리랑 같은 계통의 스킬을 가진 실력자가 잠복하고 있으니, 우리들에게 붙은 호위는 방심시키기 위한 디코이가 아닐까 생각한다.

"후의에 감사하지."

내가 그렇게 말하고, 주어진 방으로 이동했다.

호위는 나중에 인사하러 온다고 했다.

우리들만 남게 되자, 방첩용 「밀담 공간」 마법을 사용했다.

"좋아, 이걸로 이야기가 밖으로 안 샐 거야."

그렇게 말하고 루루 쪽을 돌아보았다.

"—저, 저기?"

"아까 뭔가 말하고 싶은 거 아니었니?"

내가 물어보자, 루루의 얼굴이 새빨개졌다.

—어라?

리트디르트 양한테 뭔가 수상한 것을 느낀 거 아니었나?

"차를 타오겠습니다."

굳이 그럴 것 없는 배려를 발휘한 리자가 일어서고, 방 안쪽에 있는 포트 쪽으로 갔다.

아무래도, 저 포트는 마법도구의 일종 같았다.

"저기, 그게…… 질투해버렸어요."

—질투? 무슨 얘기지?

"리트디르트 씨도, 주인님을 좋아하는 걸까 해서."

아아, 아까 그 얘기 말이군.

"그건 아냐. 리트디르트 양은 무술 외길인 것 같으니. 틀림없이 용사 나나시한테 재도전을 하기 위한 정보 수집이겠지."

"그, 그렇군요!"

오랜만에 활약한 사기 스킬의 도움 덕분에, 루루의 의혹을 풀어줄 수 있었던 것 같다.

재도전이라고 했지만, 생각해보니 용사 나나시로서는 리트디르트 양하고 제대로 싸운 적이 없었을 텐데.

분명, 그녀는 강자라면 누구든지 싸우고 싶은 전투 너무 좋아 인간이겠지.

용사 나나시로서 만날 예정도 없으니까, 상관없겠지만.

◆

"사자님들의 호위를 담당하게 된, 호위관 자쿠가 노로위노라고 합니다."

영빈관의 객실에서 쉬고 있는데, 족제비 수인족 남성이 인사를 하러 나타났다.

AR표시에 따르면, 레벨 30이고 요인 경호에 좋은 스킬 구성을 하고 있었다.

"원로인 숙부가 사자님들을 연회에 초대하고 싶다고 말씀하십니다만—."

호위관이 기나긴 가문 자랑 같은 말을 하는 걸 흘려 들었다.

정보수집을 하고 싶기도 하고, 풍요로운 족제비 제국의 원로가 주최하는 연회라면 어떤 요리나 행사가 있는지 흥미가 있다.

"어쩌신지요?"

"그러면, 초대에 응하도록 하지."

기나긴 이야기가 끝난 모양이라, 단적으로 초대에 응했다.

그날 저녁, 마중 나온 마차를 타고 드레스업한 리자와 루루를 데리고 1급 시민가에 있는 노로위노 본가로 갔다.

참고로 리자는 홍색의 시크한 드레스, 루루는 검은 머리가 부각되는 하얀색을 기조로 한 가련한 드레스다.

겉보기엔 드레스지만, 초기형의 황금 갑옷에 가까운 방어력이
있다.

"우와~, 반짝반짝해요."

호화로운 저택의 모습을 본 루루가 흥분한 기색으로 소리를
흘렸다.

"족제비다운 저급한 조명입니다."

그와 대조적으로, 족제비 수인을 싫어하는 리자가 미간에 주
름을 만들었다.

같이 온 호위관은 주최자인 숙부에게 알리고 온다고 하면서,
우리를 엔트랜스에 남기고 혼자 안쪽으로 달려갔다.

"아! 알렉스다."

버릇없는 목소리에 시선을 돌리자, 접수처로 보이는 테이블 뒤
에 역에서 본 2인조 아가씨들이 있었다.

다른 접수처의 애들과 달리, 가슴의 골이 대담하게 드러난 옷
을 입고 있으니 초대객이기도 한 거겠지.

이쪽을 가리키며 웃는 검은 머리 아가씨와 대조적으로, 보라색
머리카락 아가씨는 굳어져서 창백한 표정이었다.

"—잠깐 기다려. 저 녀석 안 보여."

"보이는데?"

초조한 목소리로 중얼거리는 보라색 머리카락 아가씨가, 부스
밖으로 뛰쳐나가려던 검은 머리 아가씨의 팔을 붙잡아 말렸다.

"주인님?"

"이건 내가 대처하지."

내 앞으로 나서려는 리자를 손으로 말렸다.

루루가 방패 팔찌의 기동 스위치에 손을 대는 게 보였다.

"아냐! 스테이터스가 안 보인다는 거야!"

"어? 미콧치의 감정은 신이 내린 사양이라서 안 보이는 거 없다고 했잖아."

"그러니까 놀라는 거지! 경비들 불러와!"

"에~! 내가~?"

"얼른!"

"정말~, 다음에 쉴 때 역에서 파르페 기가 토핑 사줘야 돼~."

보라색 머리카락 아가씨에 떠밀려 검은 머리 아가씨가 마지못해 자리를 떴다.

당황한 보라색 머리 아가씨와 마이페이스인 검은 머리 아가씨의 온도 차이가 격렬하다.

내가 한 걸음 앞으로 나서자, 보라색 머리카락 아가씨의 몸을 옅은 보라색이 감쌌다.

그녀의 「기능 은폐」로 안 보이니까 자세히는 모르겠지만, 뭔가 유니크 스킬을 발동한 거겠지.

아마도, 검은 머리 아가씨까지는 못 지키는 계통의 유니크 스킬이라고 생각한다.

"그렇게 겁 먹지 마라—."

나는 팔에 감은 「도신의 장신구」를 풀면서 보라색 머리카락 아가씨에게 말을 걸며 다가섰다.

이 「도신의 장신구」는 전생자가 가진 신이 내린 「능력 감정」마저 물리치는 경이적인 성능을 가졌다.

"숨기고 있는 걸 보여주지, 토미코."

"토미코라고 하지마아아아아아아아아!"

긴장을 풀고자 AR표시되는 그녀의 이름을 말했는데, 큰소리로 거절의 외침을 질러 버렸다.

이름에 콤플렉스가 있는지, 방금 전 검은 머리 아가씨가 불렀던 별명이나 토미코 옆에 병기되어 있는 「쿠넬리아」라는 이름으로 부르는 게 좋을지도 모르겠군.

"거기 멈춰! 내 『자동반격(티트 포 타트)』은 받은 공격을 두 배로 상대한테 되돌린다!"

긴장한 표정의 토미코가, 만화의 등장인물처럼 자기 능력을 해설한다.

아마, 내가 손대지 못하도록 견제하는 거겠지.

"대치한 상대한테 자신의 유니크 스킬 능력을 말하는 건 하지 않는 게 좋다—."

나는 손가락 끝에서 「방전망(스파킹 넷)」을 썼다.

타마랑 포치가 좋아하는 「파직파직」 마법이다.

"꺄아."

비명을 지른 토미코에게서 두 배가 된 정전기가 돌아오지만, 내 앞에서 사라진다.

내가 땅바닥에 박아놓은 휴대용 피뢰침이 빨아들인 것이다. 전에 세류 시에서 제나 씨에게 선물한 것과 같은 녀석이다.

한편으로 튕겨낸 토미코는 정전기의 직격을 받았는지, 기껏 예쁘게 세팅한 머리가 엉망이 되어 버렸다.

"─이런 식으로 대처를 해버릴 테니까."

나는 그렇게 고한 다음, 「감정할 수 있게 해뒀으니 어서 봐라」라고 덧붙였다.

토미코가 고양이처럼 경계하면서도, 이쪽을 감정했다.

『아, 보인다─ 어라? 알렉스가 아니라 쿠로? 전생자─ 아냐, 유니크 스킬이 없어.』

사고가 일본어 혼잣말로 흘러나오는데, 그녀의 버릇인 모양이다.

『당신도 아스카랑 같은, 황제가 불러낸 새로운 전이자야?』

『황제는 상관없다. 제국 밖에서 왔다.』

일본어 질문에 일본어로 답했다.

곧장 토미코의 태도가 부드러워졌다.

『─바깥? 네즈 씨처럼?』

『네즈를 아는 건가? 네즈와 케이는 잘 지내고 있나?』

『뭐야, 알고 있잖아. 괜히 경계해서 손해봤어.』

공통적인 지인의 존재가, 그녀의 경계심을 풀어준 모양이다.

"쿠넬리아 님! 그 백발이 수상한 자입니까?"

그곳에 무장한 경비들이 뛰어들어왔다.

사자 수인이나 호랑이 수인의 건장한 남자들이다.

"아, 아냐. 오해였다니까!"

"─오해?"

대장으로 보이는 사자 수인과 토미코가 그런 대화를 나눴다.

"미콧치! 경비들 불러왔어!"

『아, 아스카―.』

남자들 뒤에서 온 검은 머리 아가씨를 보고, 토미코가 어색하게 중얼거렸다.

그때 호위관 남성이 돌아왔다.

"이건 무슨 일입니까?"

"저, 젊은 나리. 조금 오해가 있었습니다. 이쪽 분이―."

"이 분이 뭔가요? 이 분은 숙부님께서 부르신 오늘의 주빈입니다만?"

호위관의 말에 토미코와 경비원들의 안색이 창백해졌다.

아무래도 이 나라에서 원로원 의원의 기분이 틀어지면, 생각보다도 위험해지는 모양이군.

"사소한 일이다. 그보다도 이야기가 됐다면 어서 가지."

이야기를 괜히 복잡하게 만들 생각 없으니, 나는 호위관을 재촉해서 주최자에게 인사를 하러 갔다.

◆

"귀공이 시가 왕국의 사자인가? 사자라 했으니 공작이나 백작쯤 되는가?"

"어느 것도 아니다. 나는 작위도 관직도 없지."

사자니까 관직이 없는 건 아닌가?

나는 그런 생각을 하면서, 쓸데없이 벼락부자 취미인 호화로운 방에서 족제비 원로와 만나고 있다.

면회는 쿠로 한 명이라고 하길래, 리자와 루루는 대기실에서 기다리고 있었다.

"—아무것도? 황제 폐하를 알현하는데 말인가?"

"나는 용사 나나시 님의 종자. 주군의 대리로 여기에 있다. 시가 왕국이나 데지마 섬 총독인 친왕은 자격이 있다고 인정한 것 같은데, 귀공은 그것에 이견을 내는 것인가?"

"친왕 전하께서……."

이 사람은 친왕을 「폐하」가 아니라 「전하」라고 부르네.

아마도 황제파 사람인 거겠지.

족제비 원로가 마음을 가다듬고 여러모로 캐려 했지만, 슬쩍슬쩍 피해됐다.

기왕 만난 거, 이쪽에서도 족제비 황제나 군사에 대해서 캐봤다.

"—폐하는 위대하신 분이다. 열강에게 박해받던 변경의 소국에 지나지 않던 이 나라를, 한 세대만에 이 정도의 제국으로 만든 것이다. 어지간해서 할 수 있는 일이 아니지."

공적이 아니라 인품을 알고 싶었는데, 황제에게 심취한 그에게선 별다른 정보를 얻을 수 없었다.

한편으로 군사에 대해서는—.

"그 대머리 군사는 마음에 안 들지만, 유능하긴 하다. 황제 폐하의 『부국강병』 안을 실현한 것은 놈의 힘이 크지. 『브레인즈』를 만들고, 과학에 손을 대기 시작했을 때는 모반의 준비인가 의심했다만, 대머리 군사의 충성은 진짜였다."

뭘 근거로 진짜라고 생각하는 거지?

그 의문을 품고 질문하자, 뜻밖의 답이 돌아왔다.

"보라색 머리카락 놈들을 거느린 어리석은 성당 기사 타쿠야모리의 반란을, 놈이 막아낸 것이다. 그것도 자신의 몸을 희생해서, 폐하를 지켜냈지. 그 이후로, 놈은 외팔이 애꾸다."

데지마 섬에서 만났을 때는 상사의 사모님이랑 불륜을 해서 좌천됐다고 말했었는데, 꽤 위험한 일을 한 모양이군.

"물론, 타쿠야모리를 처형하지 않고 데지마 섬으로 유배 보낸 것은 아직도 비판을 받고 있다만."

"어설픈 처벌이란 건가?"

"그것도 있다. 그러나, 그 이상으로, 그러한 몸속의 벌레를 친왕 전하의 임지로 보내는 것은 모반을 선동하는 것이나 다름없지 않은가? 폐하의 판결에 이견을 내는 것은 아니지만, 지금부터라도 놈을 처형하고 싶다고 생각하는 자가 많다."

이렇게 말하는 걸 보면, 타쿠야모리가 데지마 섬의 몽환 미궁에서 죽은 건 알려지지 않았나?

"타쿠야모리라면 이제 없다."

"무슨 뜻이지?"

"몽환 미궁을 자폭시켜, 사가 제국의 용사들을 휘말리게 하려다가 그대로 생매장이 되었다고 하더군."

사실은 좀 다르지만, 미궁의 주인(던전 마스터)에게 걸린 주박에서 벗어나기 위해 용사를 죽이고 「진정한 마왕」의 칭호를 얻고자 했지만 협력자의 모략에 빠져 파멸에 내몰렸다는 건 설명이 너무 길어진다.

"그렇군. 불충한 자 나름대로, 마지막에는 황제 폐하를 위해 행동을 한 것이군."

"어떤 의미지?"

"그것은 귀공이 폐하와 알현을 이루면 저절로 이해할 수 있다."

이상한 플래그가 생길 것 같으니, 의미심장하게 말을 끊지 말아 주시죠.

뭐, 아마, 족제비 황제가 마왕이라는 소문에 관한 거겠지만.

"아버님, 회담중에 실례합니다—."

조금 더 이야기를 듣고 싶었는데, 연회가 시작되는 시간이 되어 우리는 연회장으로 갔다.

"굉장해—."

연회가 열리는 장소를 본 루루가 놀란 소리를 흘렸다.

만찬회장에는 장대한 테이블이 늘어서고, 테이블 위에서 굴러 떨어질 만큼 다양한 요리가 놓여 있었다.

족제비 제국의 번영을 보여주려는 노림수도 있을 거라 생각하지만, 손님의 반응을 보아 하니 일상적으로 이런 행사가 열리는 모양이다.

기름이나 버터를 쓴 것이 많고, 번쩍거리는 샹들리에가 조명을 반사하고 있었다.

참으로 소화가 어려울 법한 요리다.

고기 요리 사이에는 다리가 높은 그릇에 포도 등의 과일이 담겨 있으니, 그걸로 중간중간 입가심을 하는 거겠지.

예쁜 꽃도 잔뜩 장식되어 있지만, 그것에 눈길을 주는 자는 아무도 없어 보였다.

우리는 주최자와 가까운 자리에 안내를 받아, 연회 참가자들에게 호기심 어린 시선을 받으면서 착석했다.

"어쩐지, 굉장히 보고 있어요."

"족제비 놈들의 시선 따위, 티끌이라고 생각하면 되는 겁니다."

불안해 보이는 루루의 말에, 보기 드물게 다른 사람을 깔보며 리자가 대답했다.

두 사람의 대화는 시가 국어로 한 것이라, 주변 사람들에겐 전해지지 않았을 거야.

그리고, 주최자의 인사로 연회가 시작됐다.

"맛있네요."

"네, 요리에는 죄가 없습니다. 맛을 보도록 하죠."

젊은 루루랑 리자에게는 지방이 듬뿍 있는 고기 요리도 괜찮은 모양이다.

나는 후학을 위해 한 입씩만 먹고, 서빙하는 토끼 수인이 권하는 희귀한 술을 탐닉했다.

"—어?"

루루의 놀라는 시선을 추적해서 보자, 관엽식물 너머에서 토하고 있는 족제비 수인이 있었다.

토하는데 익숙한 건지, 사용인이 건네는 천으로 입가를 닦더니 당연한 것처럼 자리에 돌아가 식사를 재개했다.

아무래도 여기서는 먹을 수 있을 만큼 먹고, 위 속의 음식을 토해내고 또 다음 요리를 먹는 게 보통인가 보다.

뭐라고 할까, 고대 로마 제국의 쇠퇴기 직전 같은 느낌이다.

"오만한 족제비답군요. 다른 생물의 목숨을 먹고 있는 것인데, 그것을 버리다니."

리자가 구제불능이라는 듯 고개를 옆으로 저었다.

그러고 보니 아까부터 엄청난 양을 먹고 있는데, 리자도 루루도 배가 불러오는 낌새가 없다.

"리자 씨에게 『식사의 오의』를 배워둬서 다행이에요."

"네. 위의 음식을 압축해주면 마음껏 먹을 수 있으니까요."

—식사의 오의?

그러고 보니 포치랑 타마의 배가 불룩 나오는 옆에서, 리자는 언제나 스마트했었지.

그건 『식사의 오의』란 것의 효과였나 보다.

그런 리자의 시선이 테이블 중앙에 장식되어 있던 도마뱀의 통구이에 록온되었다.

"상대로 부족함이 없군요."

리자가 라이벌을 발견한 무사처럼 중얼거리더니, 통구이에 도전했다.

루루까지 리자의 분위기에 휩쓸렸는지 「리자 씨, 힘내요」라고 응원을 하고 있었다.

"오옷! 설마 『용의 통구이』에 손을 대는 것인가! 시가 왕국의 비늘 종족은 괴물인가!"

"어허, 설마. 『용의 통구이』에 손을 댄 자는 마지막까지 혼자 먹어야 한다는 것을 모르는 것이겠지."

리자가 통구이에게 도전하는 것을 본 빈객들이 놀라서 소리를 냈다.

부자연스럽게 손대는 자가 없었던 것은, 이상한 불문율이 있었기 때문인가 보군.

"맛있습니다."

리자는 주변의 잡음을 신경 쓰지도 않고 통구이를 공략했다.

푸드 파이터 뺨치는 양을 먹고 있는데, 리자의 식사 풍경은 참으로 우아했다.

듣자하니 성기사단의 주둔지에서 식사를 할 때, 총성 헤르미나 양에게 철저하게 매너 지도를 받았다고 한다. 다음에 감사 인사를 해야지.

"이놈! 이대로 손가락 빨며 보고 있기만 해서는 족제비 제국의 수치! 족제비 제국에 요산이 있음을 보여주마!"

이상한 대항의식을 가진 족제비 수인이 나서더니 다른 테이블의 통구이에 달려들었다.

어쩐지 모르게 멋진 대사긴 한데, 하는 짓은 그냥 많이 먹기다.

그리고, 고기 먹기 대회에서 리자를 당해낼 리가 없었으니—.

"와, 완식했다……."

"처, 처음 봤다."

놀라는 시선과 목소리가 리자를 향했다.

그러나, 입가를 손수건으로 닦는 리자에게는 안 들리는 모양이다.

"후우, 배가 불러요."

^{블랙}
"루루는 소식이군요."

"이것을 먹도록 해라. 입가심이 될 거다."

“감사합니다, 주— 쿠로 님.”

리자의 말에 쓴웃음을 지으면서, 루루에게 과실수를 권했다.

“같은 요리만 먹어서 조금 질렸습니다. 이번엔 새고기를 먹어보죠.”

그렇게 말하고, 급사에게 지시하여 새의 통구이를 나눠 받았다.

그 모습을 보고, 대식가 요산 씨와 몇 명의 부인들이 눈을 핑핑 돌리며 쓰러져 버렸다.

요리는 잔뜩 있으니, 나랑 루루는 맛있게 먹는 리자를 상냥한 눈으로 지켜보았다.

◆

연회 뒤에는 안뜰이 개방되어, 댄스와 게임을 하는 취향인 모양이다.

리자는 푸드 파이터들에게 둘러싸여, 뭔가 찬사를 받고 있었다.

들리는 말들로 미뤄보아, 아까 통구이 완식을 한 덕분에 리자의 팬이 잔뜩 생긴 모양이다.

리자가 족제비 수인을 상대로 성급한 짓을 하지 않도록, 루루에게 스톱퍼 역할을 부탁해 두었다.

그리고, 나는 어떤가 하면—.

“『브레인즈』? 연구기관이야~.”

“지구에 있던 편리한 물건을 이세계에서 만들자는 조직. 솔직히, 로켓보다도 스마트폰이나 에어컨을 만들었으면 좋겠어~.”

"그렇지~. 스마트폰 없는 생활에 익숙해졌지만, 역시 스마트폰이 그리운걸."

―전생자 토미코나 전이자 검은 머리 아가씨 아스카와 술을 나누면서 정보수집을 하고 있었다.

"전차나 전투기도 『브레인즈』에서 개발한 건가?"

"응~, 반쯤 정답?"

"그렇지~. 소장이 개발한 건 차랑 비행기야. 그걸 군용으로 개조한 건, 이 나라의 연구자나 마법사들이래~."

"마법사가 아니라, 연금술사 아니었어?"

"미안~, 잘 기억 안 나."

두 사람은 이렇게 말하지만, 전차의 포신이나 포탄은 현대과학의 향취가 느껴진다. 아마, 이 애들이 모르는 곳에서, 일부 멤버가 개발에 관여한 게 아닌가 생각했다.

소속 조직 이야기는 그쯤하고, 네즈나 케이의 지인인 그녀들에게 그들의 근황을 물었다.

"케이는 자주 만나지만, 네즈 씨는 처음 무렵뿐이네."

"네즈 씨는, 제국의 극비 연구소에서 치료를 하고 있던가?"

"연구소? 나는 유적이라고 들었는데?"

"그랬었나?"

"네즈 씨에 대해 알고 싶으면, 케이한테 물어보지?"

"그렇네. 케이는 매일 만나러 가는 모양이고, 『브레인즈』에도 자주 오니까 『브레인즈』의 본부에 와봐."

"그거 좋다! 알렉스―가 아니었지. 쿠로 씨라면 대환영이야!"

“그렇군. 갈 수 있다면 가지.”

“그거, 절대로 안 오는 거잖아!”

그럴 셈은 없었는데, 듣고 보니 분명히 신용이 없는 말이었다고 반성했다.

“시러시러, 와줘! 꼭 와야 돼?”

“그래. 알았다. 알았어.”

“야호~!”

“언질 받았다~!”

내가 약속하자 두 사람이 환성을 올렸다.

“뭐야? 성희롱 대왕이 죽었단 소문으로 신났어? 어머, 훈남이잖아. 어디서 꼬셔왔어?”

“아, 네카. 성희롱 대왕이 누구야?”

다갈색 머리의 서른줄 여성이 이야기에 끼어들었다.

그녀는 쿠로를 「알렉스」로 안 부르는 모양이군.

“미콧치. 성희롱 대왕은 껄렁한 족제비 수인 타쿠레기야.”

“그래 그거.”

타쿠레기라는 건 성당 기사 타쿠야모리의 별명인가 보군.

“타쿠레기, 죽었어? 꼴 좋다.”

“그렇지~. 성당 기사의 특권 써서 연극 티켓 따주는 건 좋지만, 그 대가로 몸을 요구하고, 네카를 창고에서 덮치려고 해서 위험했었다고 했었잖아.”

타쿠야모리는 여기서도 여러모로 사고를 친 모양이다.

“맞아. 부소장이 우연히 안 지나갔으면 위험했었지.”

"부소장, 화나면 무서우니까."

"브레인즈 최강의 사무라이 걸인걸."

부소장이란 사람에게 조금 흥미가 생기지만, 타쿠야모리의 악행을 이제 와서 알게 되어도 의미가 없고, 그녀들에게 얻을 수 있는 케이와 네즈의 정보도 충분하다.

"신이 난 참에 미안하다만, 황제나 군사는 만난 적이 있나?"

정보수집 대상을 족제비 황제와 군사로 바꾸었다.

"아~, 미안. 폐하에 대해서는 말을 못해."

"마찬가지."

"이유를 물어봐도 되나?"

"미안, 그것도 무리."

소문을 좋아하는데도, 족제비 원로가 말했던 족제비 황제의 정보를 말해봐도 한 마디도 정보가 안 나온다.

이 정도로 완고하다면 수비의무가 엄격하다기보다는, 족제비 황제의 「강제」 스킬 같은 걸로 정보 누설을 금지하고 있는 걸지도 모른다.

"군사에 대해서도?"

"그쪽은 괜찮아. 이름은 토우야. 레벨은 55라고 알고 있는데, 스킬 같은 건 나랑 마찬가지로 **은폐하고 있어서 알 수 없어.**"

"종족이나 연령도 알 수가 없단 말이지~."

"응. 감정하면 여러 가지 숫자나 단어가 떠올라서 알 수가 없게 된단 말이지. 『브레인즈』에선, 위장 계통 비보를 쓰고 있는 게 아닐까라고 했어."

“대머리지만 훈남이지.”

“어~? 가면 안쪽 봤어? 할아버지 같은 설교투의 가면 안쪽은 훈남이구나~.”

대머리 군사는 가면으로 얼굴을 가리고 있는 거구나. 외팔이 애꾸에 가면이라. 꽤나 속성이 많다.

그건 그렇고, 그녀가 거짓말을 하고 있는 거라는 생각은 안 하지만 연령이나 종족을 감추는 의미는 잘 모르겠다.

장명종이라는 것을 숨기고 있는 거겠지만, 숨길 만큼 중요한 정보도 아니라고 생각하는데…….

그런 식으로 생각하고 있는데, 문득 땅이 흔들렸다.

“진도 4 정도 되나?”

“꽤 이어지네.”

“이렇게 큰 건 처음인데, 요즘 들어 많아.”

“이 근처는 지진이 적을 텐데 이상하지.”

일본인 및 예전 일본인은 태연해 보이지만, 연회장의 사람들은 두려운지 수많은 손님과 급사들이 엉덩방아를 찧으며 겁을 먹고 있었다.

“슬럼가나 지하도에 나타나는 마물 소문도 그렇고, 뭔가 안 좋은 일이 일어날 조짐 아닌가?”

“역시 신전 관계자를 교구에 추방한—.”

“괜한 말은 마라. 신전 관계자는 교구를 신의 정원으로 꾸미기 위해 지원한 것이다.”

마물의 소문이란 소리에, 시가 왕국의 왕도에 있던 붉은 밧줄

사건 같은 게 아닐까 싶어 맵 검색을 해봤는데, 그 식량용 마물 말고는 존재하지 않았다.

아마도 식량용 마물이 도망쳐 나와서 소문이 난 거겠지.

식량용 고기가 마물이라는 것은 일부 사람들 말고는 비밀인 걸지도 모른다.

"나는 본부에 돌아갈게. 지진의 계측 결과를 기록해야 하니까."

그렇게 말하고 네카가 달려갔다.

"있잖아, 쿠로 씨. 여기 빠져나가서 미콧치의 저택 안 갈래?"

"어, 우리 집?"

"그치만, 나는 기숙사잖아— 벽이 얇은걸."

내 팔에 몸을 밀어붙인 검은 머리 아가씨가, 갑자기 그런 말을 했다.

기분 탓이 아니라 추파를 느낀다.

쿠로의 훈남 배우 얼굴 탓에, 테이크아웃이 되려는 모양이다.

따라갈 생각이야 없지만, 꽤 신선한 경험이다.

"미콧치의 집은 호화저택이야! 메이드랑 **집사**가 10명 정도 있다니까!"

"여기서는 보통이야. 『브레인즈』의 높은 사람들은, 벌써 한자릿수 위의 사용인이 있는 대저택에서 살잖아."

"아하하, 역하렘 과장이나 후궁 차장도 그렇지."

어쩐지 굉장한 별명이군.

아마, 수많은 이성을 거느리고 있는 거겠지.

"미안하지만, 이 다음에 원로들과 회담이 있다."

“그러면, 아까도 말했지만『브레인즈』에 놀러와.”

“내가 안내해줄게!”

“우리가! 독점 금지야!”

검은 머리 아가씨와 토미코가 떠들썩하다.

뭐, 본래 갈 예정이었으니까, 그 제안을 받아주자.

“내일이라도 좋다면 실례하지.”

“약속했어!”

밀어붙이는 검은 머리 아가씨와 토미코와 손가락 걸기를 나누고, 내 예정표에「브레인즈」방문이 추가됐다.

◆

“재미없는 직방체의 건물이군요.”

“이것이『브레인즈』의 본거지인가요…….”

리자와 루루가「브레인즈」의 본거지를 올려다보며 중얼거렸다.

연구소나 비즈니스 빌딩 같은 외관이다.

입구에는 두 명의 성당 기사단 소속 기사가 재미없다는 표정으로 서 있고, 이쪽에 있는 자쿠가 호위관을 보자마자 노려보았다.

호위관이 소속된 내무성과 성당 기사단은 사이가 안 좋은 모양이다.

“아~! 왔다왔다! 미콧치, 알렉스 왔어!”

“쿠로 씨잖아. 어제 만났는데 잊지 마.”

유리로 된 자동문이 열리는 것도 못 기다리는 기색으로, 검은 머리 아가씨가 팔을 붕붕 흔들었다.

검은 머리 아가씨 뒤에는 보라색 머리카락의 전생자가 세 명 정도 있었다.

그 중 한 명은 나를 여기로 초대한 토미코지만, AR표시에 따르면 나머지 두 명은 이곳의 소장과 부소장인가 보다.

"헤~, 그가 시가 왕국의 사자라는 배우구나."

"소장님, 시가 왕국은 귀족에 대한 예의가 엄격하다고 들었어요. 너무 예를 안 차리면 안 좋아요."

"에~, 어쩐지 귀찮네."

백의를 입은 소장이 천사 같은 미소를 흐렸다.

물론 아무리 미형이라도 소장은 남성이라, 미모가 흐려져도 마음이 흔들리는 일은 없다.

AR표시되는 상세 정보에 따르면 인간족인 그는 레벨 41이고, 놀랍게도 스킬을 은폐 안 했으며, 「만능 제도」와 「정밀 가공」이라는 유니크 스킬을 가졌다. 그 밖에도 생산계 스킬을 여러 모로 가지고 있는 것 같다.

부소장은 스킬을 은폐하고 있어서 잘 모르겠지만, 허리에 찬 크고 작은 일본도로 보아 근접계 스킬 구성인 것 같다. 토미코가 「사무라이 걸」이라고 부른 것을 잘 알 수 있는 용모였다.

"시가 왕국의 쿠로다. 작위가 없는 단순한 사자이니, 나에게 예를 차린 존댓말은 필요 없다."

평범하게 대화할 수 있는 거리까지 걸어간 참에, 이쪽에서 자기소개를 했다.

“어라? 방금 그거 들렸어? 소장인 켄지 오렐리앙이야. 가명 같지만, 이번 생의 제대로 된 본명이니까, 그건 잘 부탁해.”

소장은 생각 이상으로 가벼운 분위기인 것 같다.

그리고, AR표시되는 그의 이름은 「켄지」였다.

그런데도 오렐리앙이라는 가문 이름을 덧붙이는 것은, 전생 뒤의 가족을 소중히 여기기 때문이겠지.

가볍게 인사를 나눈 다음, 그들의 안내를 받아 관내를 걸었다.

그리고, 호위관은 빠르게 격리되어 버려서, 여기에는 없다.

“밝군— 조명에 『빛 알갱이』를 쓰고 있나?”

^{라이트 드롭}

“아니아니, 저건 『LED』야~.”

내 물음에 소장이 가벼운 어조로 대답했다.

“엘이이디?”

루루의 발음이 어쩐지 귀엽다.

“타쿠야 씨가 좌천된 다음에는, 재료 입수가 힘들어졌어.”

“성희롱 자식이었지만, 용의 소굴에 훌쩍 다녀올 수 있는 건 그녀석 정도였으니까.”

부소장과 토미코의 대화를 들어보니, LED 소재는 성당 기사 타쿠야모리가 조달했던 모양이다.

“아까운 사람을 잃었어.”

딱히 아까워 보이지도 않는 기색으로 부소장이 어깨를 으쓱거렸다.

“레어 메탈을 합성할 수 있는 편리한 유니크 스킬을 가진 전생자를 발견하면 간편할 텐데 말야.”

"황제 폐하의 칙명으로 상인들이 전 세계를 찾아봐도 새로운 전생자 발견 보고가 없으니, 이제 무리일지도 몰라요."

그렇군. 족제비 제국에 전생자가 많은 건 그런 거였구나.

미궁 하층에 은거하는 전생자 무쿠로의 「금속 창조」라면 레어 메탈 정도는 얼마든지 만들 수 있을 것 같지만, 친구를 팔 생각은 없으니 묵비했다.

"재료만 있으면, 나나 사에키 씨가 만들 수 있는데~."

맵 검색으로 확인했는데, 사에키라는 것은 딱히 스킬이 없는 레벨 한 자리의 사람이 있으니, 본래 세계에서 LED 관련 개발을 하던 기술자였겠지.

그렇지, 한 가지 확인을 해둬야겠어―.

"LED 조명을 쓴다면 발전기가 있는 건가?"

"응? 있어~. 하지만 가솔린 정제에 수고가 드니까, 지금은 전기 거북이나 전기 개구리가 방전한 걸 배터리로 담아서 쓰고 있어~."

내 질문에 소장이 대답했다.

"마물을 발전기 대신 쓰고 있는 건가―."

납득하려다가, 지금 그 발언이 농담이란 걸 깨달았다.

"―거짓말이군? 증기 터빈을 돌리는 것뿐이라면, 평범하게 석탄이라도 될 텐데?"

연차도 있으니까, 증기기관 정도는 있을 거야.

"에이~, 눈치채는 거 빨라. 기껏 견학자용 더미 발전실이 있는데~."

볼을 부풀리며 화내는 소장을, 부서장과 검은 머리 아가씨가 홀린 표정으로 감상하고 있었다. 토미코만 그런 세 명을 싸늘한 눈으로 본다.

복도를 빠져나가 전시실에 들어서자 유리 케이스가 몇 갠가 놓여 있고, 전자 레인지나 전화기 등, 여러 가지 물건이 진열되어 있다.

"희한한 물건이 잔뜩 있네요."

"<ruby>주인님<rt>쿠로 님</rt></ruby>이 만드시는 마법도구와 비슷합니다."

루루와 리자가 흥미롭게 물건들을 둘러보았다.

"그쪽은 전이자가 소환될 때 가지고 있던 물건이야~. 아직 재현은 무리인 게 대부분이지~."

소장이 약간 분한 기색으로 말했다.

그의 유니크 스킬로 집적회로의 설계도를 만든다고 해도, 그걸 만들기 위한 설비가 없는 거겠지.

얼마간 복도를 나아가자 왼쪽 벽이 통째로 유리가 되고, 아까 그가 말했던 것처럼 전기 거북이와 전기 개구리가 발전하는 장소를 지났다.

"여기는 연구의 후원자들에게 설명하기 위한 방이야~. 섣불리 화력 발전을 보여줘 버리면, 증기기관차를 개조해서 발전시키는 사람도 나올 것 같으니까~."

족제비 수인을 얕보고 있는 건가 생각했는데, 그는 족제비 수인족을 나름대로 경계하는 모양이군.

"건조 중인 대형 화력 발전소가 작동하면, 족제비 제국은 현대 일본처럼 밤에도 밝은 장소가 될 거야. 전선이나 전화선을 까는 건 큰일이니까 도시째로 발전소를 만들 필요가 있겠지만~."

"멋진 일입니다, 소장님. 제도 전체가 과학의 은혜를 받게 되는 거군요."

부소장이 진지한 표정 그대로, 작게 박수를 쳤다.

"그런데 소장—. 신들의 금기에 대해서는 알고 있나?"

"응? 물론이지~."

내가 작은 소리로 소장에게 묻자, 그는 태연하게 대답했다.

웃으며 앞을 보는 그의 눈만 웃지 않는다.

"저기 검은 건물이 보여~?"

소장이 작은 창으로 보이는 옆의 커다란 건물을 가리켰다.

내가 수긍하자, 「저기에 뉴하고 클리어한 병기가 있어」라고 고했다.

뉴하고 클리어— 핵병기^{뉴클리어}로군…….

"핵으로 신을 위협할 건가?"

맵 검색을 해봤는데, 건물 안에는 각종 현대병기— 놀랍게도 원자력 잠수함까지 존재했다. 함내에는 핵 마크가 붙은 SLBM까지 있는 모양이다.

그러고 보니 마키와 전쟁 마지막에는 ICBM이 날아왔었지.

아마, 전생자의 누군가가 유니크 스킬로 소환한 거겠지.

점검 같은 건 어떻게 하는 걸까 신경 쓰이지만, 아마도 고정화 마법으로 현상 유지를 하는 게 틀림없어.

"지상에 태양을 만들 정도의 공격이라면, 신을 상대로도 어떻게 되겠지~."

비핵 3원칙 아래에서 자란 몸으로서는 핵병기를 사상적으로 부정하고 싶지만, 이번 경우는 다른 의미로 부정해야 한다.

"소용없다. 신에게 물리공격은 통하지 않아."

그 근거는, 성검으로 상처 하나 안 난 「신의 조각」이다.

"헤~, 마치 싸워본 적 있는 것 같잖아?"

소장이 눈을 가늘게 뜨고 나를 보았다.

어느샌가, 토미코와 검은 머리 아가씨가 없었다.

아무래도, 나와 소장의 대화를 깨달은 부소장이 두 사람에게 용건을 말해서 물린 모양이다.

"내 주인의 이야기로는, 마왕마저 베어내는 성검으로도 『신』에게 간섭조차 할 수 없었다고 한다."

"흐~응. 시가 왕국의 용사 나나시는 상당히 록한 인생을 걸고 있구나~."

소장이 미묘하게 가여움을 담은 소리로 말했다.

나로서도, 가능하면 태평하게 관광만 하고 싶다고.

"뭐~, 그건 그렇다 치고, 신이랑은 토우야 씨가 어떻게든 하겠지~."

"군사하고는 친한가?"

"아하하~, 농담이라도 관둬."

내 질문에 소장이 웃으면서 대답하지만, 싸늘하기 짝이 없는 그의 눈동자가 웅변적으로 양자의 관계를 말하고 있었다.

"그 사람은 정면에서 정정당당 타입도 아니고, 신을 쓰러뜨리기 위해서 너의 주인이나 이름을 꺼내기만 해도 싫어하는 그걸

갖다박을 생각이 아닐까~?"

소장이 작은 창에서 하늘을 올려다보며 말했다.

그것은 뭘까?

사가 제국의 새로운 용사도 아닐 거고, 「이름을 꺼내기만 해도 싫어하는 그것」이라는 말에서 연상되는 신들에게 대항할 수 있는 존재라면 에피도로메아스인데.

"그건 인간이 편리하게 쓸 수 있는 존재가 아니다."

"알아. 알고 있어. 독은 독으로 다스린다는 거지."

"그 맹독이 자신을 파멸시키지 않도록 조심해야 할 거다."

"알고 있다니까."

그렇게 말한 소장이 올려다보는 낮의 하늘에는, 하얀 달이 희미하게 떠올라 있었다.

"―저건?"

"가속기의 목업이야~."

안뜰에 만들어진 고리 모양 오브제에 대해 물어보자, 그런 대답이 소장에게서 돌아왔다.

"저건 마소의 정체를 알기 위한 연구에 쓰는 거야."

―마소의 정체?

"나는 말야, 미지인 것을 용서 못해. 마소를 알아내면 다음은 스킬이나 레벨 같은 비과학적인 것이 있는 이유를 조사하고, 마지막에는―."

소장이 진지한 표정으로 말하고, 내 귓가에 다가와서 「신의 정체를 조사하고 싶다」라고 마지막 말을 고했다.

"지금 그건 모두에겐 비밀이야~. 아직 아무한테도 말한 적 없거든~."

소장이 농담처럼 말하자, 내 뒤에 조용히 서 있는 부소장이 거무죽죽한 분노를 일으켰다.

분노에 반응해 부소장에게 맞서 위압하는 리자의 어깨를 두드려 자중시켰다.

그건 그렇고…….

마소의 정체 연구도 그렇고, 소장은 정말로 과학자인가 보군.

엔지니어인 나하고는 사고방식의 근본이 다른 모양이다.

"하지만~, 이 세상에는 방해되는 게 많아서 실험도 힘들다니까~."

가속기의 목업을 바라보며 그가 말했다.

"그 가속기는 전장 10킬로미터 정도 필요한데, 지상에는 마물이 많아서 금방 망가져 버린다니까."

"연차의 레일은 더 길지 않나?"

"아하하~, 쿠로 씨는 재미있네~. 기관차의 레일 정도라면 금방 고칠 수 있지만, 가속기는 그럴 수 없지~."

소장이 웃으면서 경멸의 시선을 나에게 보냈다.

"교외에서 발사 실험을 했던 로켓이 정지 위성 궤도까지 올라가면, 다음은 금방인데 말야~."

리트디르트 양이 「백탑」이라고 부른 것은, 예상대로 우주 로켓이었던 모양이군.

"다행히, 동료 중에 보물창고 스킬이나 무한수납 스킬을 가진
사람이 있으니까 그들이 부품을 우주까지 올려주면 발사 횟수도
적어지고. 이런 부분은 판타지 세계의 좋은 점이네."

그의 연구에는 조금 흥미가 있고, 내가 협력하면 금방이라도
실험이 가능하겠지만, 명백하게 금기를 건드리게 될 것 같으니 협
력하겠다고 하는 건 자중했다.

—왜 자중하는 거야? 하고 싶으면 하면 될 텐데.

그런 악마의 속삭임이 뇌리에 들린 것 같지만, 아무리 그래도
이 세계를 만들어낸 자들이 정한 룰에서 일탈할 생각은 없다. 적
어도 자기자신이나 친한 동료들을 위해서가 아닌 한.

그리고—.

"에에에~엑! 우주에도 마물이 있어?!"

"엘프들은 괴생물이라고 했다. 내가 아는 것은 세계수에 기생
하는 우주 해파리뿐이지만, 아는 것처럼 우주는 넓다. 더욱 흉악
한 괴생물도 숨어있겠지. 그야말로 대괴어급의 괴물이 있어도 이
상하지 않다."

"지, 진짜냐~. ……젠장, 신은 죽었다!"

소장의 원통한 목소리에 무심코 둘 정도 죽어 있다고 말할 뻔
했지만, 그는 그런 대답을 바라는 게 아닐 테니까 그를 위로하는
역할은 부소장에게 맡겼다.

그때 토미코 일행이 돌아왔다.

"소장, 왜 저래?"

"조금 쇼크인 일이 있었던가 보다."

기분이 안 좋아졌다고 하며 자기 방에 돌아가는 소장 대신, 이후의 안내는 토미코 일행이 해주었다.

별종인 건 소장뿐이었는지, 다른 직원들은 공장의 할아버지나 후줄근한 중년 엔지니어 같은 보통 사람들이었다.

우리를 위해 식당에서 환영회까지 열어준 마음씨 좋은 사람들이다.

환담 중에 케이가 오지 않았는지 물었더니, 오늘은 안 왔다고 했다. 케이가 오면 나한테 연락한다고 해주었다.

"—본래 세계에 돌아가고 싶냐고?"

내 질문이 뜻밖이었는지, 환영회에 참가한 사람들이 조용~해졌다.

"농담이라도 그만둬."

"그렇네. 왔을 때도 물어봤지만, 그런 세상에 돌아가는 건 사양하겠어."

"이쪽은 밥도 맛있고, 사치도 부릴 수 있고, 집도 자가용도, 무엇보다 정사원으로서 직업도 있으니까."

"색시는 아직이지만, 예쁘고 열심히 일하는 메이드나 아직 못 본 엘프나 고양이 귀 소녀도 있는 세계를 버리다니 생각하기도 싫어."

아무래도, 족제비 제국에 소환된 사람들은 소환 때 의사 확인이 있었나 보군.

여기 있는 건 좋은 대우에 기뻐하는 사람들이 대부분이고, 돌아갈 생각이 없어 보이는 사람들뿐이다.

"그런 건 슬럼가에 떨어진 녀석들한테 물어보는 게 좋지 않아?"

중년 엔지니어의 말로는, 이세계에서 필요한 기능이나 지식이 없고, 잡무도 거부한 일부 사람들이 슬럼가에서 식사 배급에 의지하는 생활을 하는 모양이다.

여기를 뛰쳐나간 일본인 대부분은, 거리의 생활에도 적응하지 못하고 그 코스를 밟는 자가 많은 것 같다.

"그 녀석들은 자신이 가여운 것뿐이니까, 연관되지 않는 게 좋을걸?"

그렇게 말했지만, 일단 자기 눈으로 확인하기로 했다.

"—신의 천벌이 가깝다! 사람들이여! 신에게 기도하고, 자비를 구하라!"

슬럼가로 온 내 귀에, 그런 설법의 말이 들어왔다.

그쪽으로 시선을 돌리자, 고목 같은 족제비 수인 노신관이 충혈된 눈을 형형하게 빛내면서 소리를 지르고 있었다.

입에서 불이라도 뿜을 법한 느낌이다.

"선동가의 성의에 자수된 성인이 자이크온의 것입니다. 명령해 주시면, 처리하고 오겠습니다만?"

리자가 혐오감을 감추지 않고, 노신관을 노려보았다.

세류 시에서 자이크온 신전의 뚱뚱한 신관장에 선동된 사람들에게 돌을 맞아 죽을 뻔했던 기억이 되살아난 걸지도 모른다.

"아니, 그럴 필요 없어."

내가 가리키는 방향에서, 몇 명의 관헌이 달려왔다.

"보도라조그 존사, 황제의 앞잡이가!"

"후퇴한다! 경건한 젊은이들이여, 나를 따르라!"

노신관이 10명 정도의 젊은이를 이끌고 뒷골목으로 몸을 돌렸다.

그와 함께 도망치는 젊은이 중에, 내가 찾으러 온 전생자가 있다.

아무래도 슬럼가의 배급을 의지해서 생활하는 사이에, 수상쩍은 종교 활동에 경도되어 버린 모양이다.

……이거 제법 업보가 깊은걸.

물론 수상쩍은 활동에 경도되지 않고 길거리 생활을 하는 전이자도 몇 명인가 있었지만, 너무나 무기력한 그들하고는 대화가 성립하질 않고, 의사 확인 이전의 단계에서 발목을 잡히고 말았다.

내가 봉사 정신이 넘치는 인격자였다면 여기에 계속 다니며 그들이 마음을 열어줄 때까지 기다리겠지만, 유감스럽게도 나는 위선적인 범인이라서 어울려줄 생각은 없다.

물론, 그들이 의지해 온다면 다르겠지만.

그리고 돌아온 저택에는 리트디르트 양이 와 있었다.

"쿠로 공! 황제 폐하의 지시다! 궁전으로 가지!"

리트디르트 양이 내 팔을 잡고 꾹꾹 잡아당겼다.

쇄국하고 있는 탓이라고 생각하는데, 늘 그렇지만 그녀는 국외의 요인에 대한 배려라는 게 없는 모양이다.

"지금 당장 말인가?"

예정으로는 좀더 나중이었을 텐데.

"그래! 폐하께서 기다리시면 안 된다. 그 차림 그대로 괜찮으니 따라와라."
　생각보다 황제가 성질이 급한가 보네.
　자, 황제를 알현하러 가볼까요—.

알현

"사토입니다. 어느 나라든 완력으로 결판을 내고 싶어하는 사람은 있습니다. 평화로운 현대 일본이라도 적지 않으니까요. 위협이 가까운 이세계에서 그 비율이 늘어나는 것은 어쩔 수 없는 일일지도 모릅니다."

"훌륭한 회랑이네요."

호화로운 궁전의 회랑을 걸으면서, 루루가 감탄의 한숨을 흘렸다.

금은이나 상아 같은 것으로 장식된 회랑은 손질도 잘 되어 있어서, 참으로 화사하다.

"벼락부자 취향일 뿐입니다."

시가 왕국하고는 문화가 다르니까, 리자의 말처럼 벼락부자 취향으로도 보이지만, 그런 거라고 납득해버리면 제법 풍류가 있는 장식이라고 생각한다.

여기 온 것은 우리들 세 명과 따라오는 리트디르트 양, 그리고 선도 역할의 시녀 다섯 명뿐이다.

궁전까지 동행했던 자쿠가 호위관은, 여기에 도착하자마자 리트디르트 양의 동료인 성당 기사가 시비를 걸어서 빠져버렸다.

취급이 꽤나 심하지만, 딱히 동행해줘야 할 이유도 없으니 그대로 방치했다.

입상이나 기둥의 장식에 대해 루루랑 이야기하면서 걷는데, 문득 시녀가 길을 벗어났다.

그걸 지적한 것은 리트디르트 양이었다.

"어이, 어디로 가나? 알현실은 이대로 똑바로 가면 될 텐데?"

"죄송합니다. 이 앞 통로가, 그것이, 개장 중이라서…… 사용할 수가 없사옵니다."

힐문하는 리트디르트 양의 기세가 무서운 건지, 시녀가 눈을 깔고 이유를 말했다.

―어라?

한가해서 어쩐지 모르게 맵을 봤더니, 이 앞 회랑에 개장 중으로 보이는 장소는 없다.

맵을 3D 표시로 전환해서 빙글빙글 돌려봐도 안 보이길래, 공간 마법 「멀리 보기」로 회랑을 확인해봤다.

그 결과 시녀가 거짓말을 한 것이 확정되어, 복화술 스킬로 옆을 걷는 리자와 루루에게 귓속말로 알렸다.

"개장 중인가…… 얼추, 길젬이나 다제림 같은 바보가 궁중에서 승부라도 한 거겠지. 정말이지 도리가 없는 바보들이다."

리트디르트 양은 시녀의 거짓말을 믿은 모양이다.

어쩌면, 시녀는 리트디르트 양의 「용안」에 거짓말을 간파당하지 않으려고 눈을 깔고 있었던 걸지도 몰라.

경계하면서 회랑을 나아가자, 전방의 기둥 뒤에서 수상쩍은 자를 발견했다.

"여어, 길쭉귀."

기둥 뒤에서, 3미터쯤 되는 가느다란 칼을 찬 거한 족제비 수인이 나타났다.

레벨이 70이나 되는 성당 기사단의 넘버 2다.

레벨만 따지면, 현재 레벨 69인 리자나 루루와 동격의 강함이라고 할 수 있다.

"괄바 공인가……. 미안하지만 폐하의 칙명으로 행동중이다. 겨루기라면 다음에 하지."

"용건이 있는 건 네가 아냐."

리트디르트 양을 내려다보면서, 비웃는 것처럼 고했다.

"이 몸이 용건 있는 건, 그쪽 용사의 종자다."

"타국의 사자에게 검을 겨누는가?"

"뭐어라고오? 용사의 종자씩이나 되는 자가 무서운 거냐? 이거야 터무니 없는 겁쟁이군."

—싸구려 도발이네.

"괄바 공! 쿠로 공은 족제비 황제 폐하의 손님이다!"

"그래서, 어쨌는데! 강한 녀석이 눈앞에 있는데 싸우지도 않고 넘어갈 수는 없지."

리트디르트 양의 제지를, 괄바가 전투민족 같은 논리로 튕겨냈다.

타국과 연관이 없는 쇄국 국가라서, 이런 문제를 일으켜도 어떻게 되는 거겠지.

그런 환경에서 지금까지 계속 살아왔다면, 이런 성격이 되어버리는 것도 수긍이 된다.

"이래선 네 주인도 『용사』가 아니라 『겁쟁이』라고 해야 하는 게 좋지 않냐?"

"그걸 도발이라고 한 건가?"

더 이상 말하게 내버려두면 내 뒤에 있는 리자가 폭발할 것 같으니, 싸늘한 시선으로 모멸하면서 고했다.

"항! 주인이 모욕을 당했는데도 이를 드러내지 않는 종자 따위, 쓰레기나 다름없지."

재미없다는 듯 말하는 괄바의 눈앞에, 빨간 열광을 두른 마창 끝이 있었다.

"뭐, 뭣이! 대체, 어느 틈에."

괄바가 허겁지겁, 순동으로 후방을 향해 뛰었다.

그 이마의 털이 빛나는 것은, 식은땀인가?

"죄송합니다, 쿠로 님. 금방, 이 잔챙이를 청소할 테니, 잠시 기다려 주십시오."

리자가 괄바에게 시선을 둔 채 행동한 걸 사과했다.

그녀가 폭발할 것 같은 낌새를 느낀 시점에서, 괄바를 걷어차 기절시켜줘야 했군.

"알았다. 교전을 허가하지. 큰 부상을 입혀도 되지만, 가능한 죽이지 마라."

"예."

내가 허가를 내린 것이 뜻밖이었는지, 리트디르트 양이 급하게 막으러 끼어들었다.

"기다려라, 쿠로 공! 괄바 공은 성격이나 행동이 최악이지만, 성당 기사단에서도 단장 말고는 당해내지 못할 정도의 달인이다."

"길쭉귀! 이 몸이 단장보다 약해 보이는 표현을 하지 마라."

말싸움하는 리트디르트 양과 괄바에게 참을성이 바닥난 리자가, 양자 사이의 지면에 마인포의 작은 탄을 쏘아냈다.

"얼른 덤비세요. 주제를 가르쳐주겠습니다."

"좋은데에에, 이 도마뱀 같은 게!"

칼집에서 뽑아낸 괄바의 칼이, 파란 인광을 띠었다.

"서, 성스러운 무기?"

루루의 입에서 놀라는 목소리가 흘렀다.

그녀가 가진 요정 가방에도 성스러운 탄환이 몇 발이나 들어 있는데, 기특하게도 놀라주는 점이 루루답다.

역시, 솔직하고 귀여운 게 루루의 좋은 점이야.

"족제비 황제께서 하사하신 성도 모노포시 자오다. 하급 마물의 부위로 만들어진 가짜 마창은, 한 합도 못 버티지!"

"그 지저분한 입을 닫으세요. **주인님**이 만들어 주신 마창 도우마가 더러워집니다."

마창의 빨간 무늬가, 리자의 조용한 분노를 받아 두근두근 맥동했다.

리자가 내 호칭을 실수했지만, 아무도 그걸 깨닫지 못한 느낌이군.

"인사 대신으로 『비연참』이다! 일단 죽어둬라!"

순식간에 신체강화를 이룬 괄바가, 순동과 함께 장대한 성도를 대각선으로 내리쳤다.

공기 분자마저 찢어낼 듯 예리한 참격이, **리자의 모습**을 베어내고, 그 여파가 등뒤의 돌바닥마저 부쉈다.

굉음과 흙먼지가 복도 안쪽으로 흘러갔다.

싱글싱글 승리를 확신한 괄바의 표정이 얼어붙었다.

"—곡예사라도 되면 좋겠군요."

"마, 말도 안돼. 이 몸의 『비연참』을 피했, 다고?"

신음하는 괄바의 목덜미에 리자가 마인을 두른 마창을 겨누고 있으며, 그의 발치에는 아다만타이트 합금제의 넥 가드가 두 동 강이 나 떨어져 있었다.

"잔상을 미끼로 쓰는 것쯤이야, 제 동료라면 누구나 할 수 있어요."

그렇게 말하며 마창을 당기고, 다음 자세를 잡았다.

"준비하세요. 강자와의 싸움이란 것을 가르쳐 주죠."

승리를 뽐내지도 않고, 리자가 차갑게 선언했다.

◆

"—기다리셨습니다."

"수고했다. 그럼 가자. 족제비 황제가 기다리는 거겠지?"

벽에 파묻혀서 신음하는 괄바를 방치하고, 우리는 시녀에게 갈 것을 재촉했다.

리자에게 져서 프라이드가 박살난 모양이지만, 죽을만한 상처 가 아니니 저 족제비 수인은 방치해도 되겠지.

"앗, 네!"

넋이 나간 것 같은 표정을 짓고 있던 시녀도 내 재촉에 직무를 떠올렸는지, 자세를 바로잡고 대답을 한 다음 떨면서 우리들을 안내해 주었다.

"저, 저 괄바 공이, 그토록 일방적으로……."

"아마도, 동격 혹은 자신들보다 격이 높은 상대와 그다지 싸워본 적이 없는 거겠죠. 틈이나 낭비가 너무 많습니다."

믿을 수 없다고 중얼거리는 리트디르트 양에게, 냉정한 표정으로 리자가 고했다.

"……내가 당해낼 수 없을 만 하군."

리트디르트 양이 중얼거리는 걸 엿듣기 스킬이 포착했다.

리자는 타입이 다른 전투 방식을 하는 포치나 타마와 실전 같은 수련을 해온 데다가, 가끔 나나 히카루나 노련한 시가8검들, 더욱이 흑룡하고도 스파링을 하고 있으니까 강해지기도 하는 거지.

아무리 큰 부상을 입어도, 각자의 요정 가방에 상비하고 있는 상급 마법약이나 엘릭서 류를 쓰면 금방 상태 복귀를 할 수 있는 것도 클지 몰라.

"이 문 앞에서 기다려 주십시오."

검은 수수께끼 합금의 문 앞까지 온 참에, 시녀가 발 빠르게 문 앞의 기사에게 달려갔다.

이 기사들은 리트디르트 양이 속한 성당 기사단과 다른 부서 같았다. 장소를 봐서 근위 기사겠지.

"이 너머에 족제비 놈들의 황제가……."

리자의 희미한 중얼거림을 엿듣기 스킬이 포착했다.

맵으로 확인하자 분명히 있다. 이 틈에 나는 모든 맵 탐사의 마법을 재사용해서, 같은 맵에 있는 족제비 황제의 정보를 얻었다.

―흠.

족제비 신관에게 마왕 황제라고 불렸지만, 그는 마왕이 아니다.

그러나, 예상대로 전생자인지 유니크 스킬을 가졌다. 그가 가진 유니크 스킬은 「행운 초래」와 「불운 격퇴」, 「영역 지배자」의 셋이다.

또한 레벨 40에 스킬도 정치에 쓰는 교섭이나 절충 관련 스킬이 대부분이다. 유니크 스킬 말고 경계해야 할 것은 사전 정보에도 있었던 「강제」 스킬 정도겠지.

"여기서부터는 무기를 맡아두겠습니다."

"알았다."

나는 허리에 차고 있던 장식용 마법총을 근위기사에게 건넸다.

리자와 루루는 알현실 앞의 대기실에서 기다리게 된다고 해서, 무기는 그대로다.

"시가 왕국의 사자 쿠로 공, 황제 폐하의 어전까지 나아가시오."

시가 왕국의 알현실보다 더 안쪽까지 긴 공간으로 발을 들였다.

알현실에는 문무백관이 늘어서고, 융단이 깔려있는 세로로 긴 공간 안쪽에 족제비 황제의 권위를 드러내는 것처럼 훌륭한 옥좌가 있었다.

맵으로도 알았지만, 알현실에 그 군사는 없었다.

나는 시선을 옥좌로 향했다.

거대한 옥좌에 앉은 보라색 체모를 한 족제비 황제도, 또한 거대했다.

─주로 옆 방향으로.

지금까지 살찐 사람을 꽤 봤지만, 족제비 황제는 과거의 동료인 메타보 씨는커녕, 경기장에서 본 진짜 스모 선수랑 비교해도 훨씬 헤비급이다.

적게 잡아봐도, 보통 사람의 세 배는 폭이 있어.

"그대가 용사 나나시의 종자 쿠로인가?"

"처음 뵙는군, 족제비 제국의 족제비 황제여. 주군의 대리로 찾아왔다."

내 무례한 어조에 대신들이 시끌벅적하게 매도를 했지만, 족제비 황제가 한 손을 들자 금방 대신들이 입을 다물었다.

아무래도, 족제비 황제는 대신들을 완전히 장악하는 모양이다.

"어찌 그대가 왔는가? 짐이 부른 것은 그대의 주군이다."

"내 주군은 귀인과 교섭하는 것이 서투르다. 전투가 아닌 것은 내 영역이지."

예상했던 질문이 와서, 준비해둔 대답을 했다.

"전권대리란 것인가?"

"그렇게 생각해도 상관없다."

실제로 본인이니까.

"에이잇! 무례함에도 정도가 있다! 황제 폐하께, 그 말투와 태도는 무엇인가!"

주변에서 말리고 있던 족제비 수인 대신 한 명이, 제지하는 관료들을 때려눕히고 앞으로 나섰다. 족제비 수인은 혈기가 왕성하다고 하더니, 그건 지위가 높은 자도 변함이 없는 모양이네.

"폐하! 용사 따위를 참칭하는 우신의 앞잡이 놈들 따위, 이 자리에서 목을 쳐야 하옵니다!"

"아무렴 그렇지! 이러한 암살자 따위를 데지마 섬에서 건너오게 하다니, 아우님께 다른 뜻이 있다고 말할 수밖에 없구려!"

"그렇지. 암! 몽환 미궁이 망가졌는데도, 용사 놈들과 마왕 살해자를 국외 추방하는 것에 그치다니, 어찌 이리도 겁먹은 외교란 말입니까!"

어라? 어쩐지 방향이 이상한데?

"친왕 전하는 총독으로서 자질이 없는 것이 아닙니까?!"

"아니, 시가 왕국이나 사가 제국과 밀약을 나누어 황위를 찬탈하고자 하는 것이 틀림없소!"

내 태도에 불만을 표하고 있었을 텐데, 어느샌가 친왕을 성토하는 자리로 변해버렸다.

안 막아도 되나? 그런 마음을 담아서 족제비 황제를 보았다.

그러나, 족제비 황제는 가신들을 가늠하는 눈으로 내려다볼 뿐이다.

"황위 찬탈이라고?! 시가 왕국이나 사가 제국은 데지마 섬을 잘라내는 것으로도 모자라서, 황제 폐하께서 다스리는 제국 본토까지 수중에 넣으려 하는 것인가!"

"이놈. 이노옴! 우선은 시가 왕국부터 평정해주마!"

"이렇게 되었으면 무적의 비공정 부대로 시가 왕국의 왕도를 급습해야 할 것이오!"

"아무렴! 과학을 쓰지 않아도, 성당 기사단을 절반 투입하면

마키와 왕국에 나타난 용기사가 개입한다 해도 우리들의 승리는
흔들림이 없지."

알현실에 있던 족제비 수인의 대신들이, 친왕의 황위 찬탈이라
는 아무 근거 없는 착각으로 들떠버린다.

게다가, 어느샌가 방향이 친왕을 넘어서 시가 왕국이 됐다.

어쩌면, 족제비 제국의 대신들은 시가 왕국에 대한 콤플렉스
라도 있는지 모르겠군.

"폐하, 재가하소서!"

제일 먼저 시비를 건 대신이, 그렇게 말하며 황제에게 허가를
구했다.

"프테포 장군을 불러라."

족제비 황제의 말을 듣고, 시종 한 명이 발 빠르게 연회실을 나
섰다.

야야야, 설마 정말로 시가 왕국에 쳐들어가려고?

"말할 것도 없지만, 시가 왕국은 친왕과 밀약 따위 나눈 적이
없다."

그렇게 주장했지만, 아무도 내 말을 안 들어.

"프테포 장군이라고?"

"가문만 좋은 무능한 자에게 정벌을 맡기실 셈인가?"

"데지마 섬의 제압뿐이라면, 아무리 무능하다 해도, 가능하겠
다만……."

황제의 인선에 흥미가 옮겨진 모양이군.

그건 그렇고, 꽤나 신랄한 평가네.

"폐하, 부름받고 달려왔사옵니다."

잠시 시간이 지나고, 취침중에 불려와 급하게 예복을 입은 것 같은 어정쩡한 차림새의 프테포 장군으로 보이는 인물이 나타났다.

살짝 통통하고 그릇이 작아 보이는 족제비 수인이다.

"데지마 섬이 시가 왕국과 결탁하여 독립을 꾸민다는 의혹이 있다. 진위를 확인하기 위해, 귀공의 제3군을 파견한다."

"친왕 전하께서 반란이라니요! 저 프테포, 데지마 섬 전체를 불태우고, 살아있는 자가 없는 지옥으로 만들어내겠사옵니다."

"무용한 살생은 필요 없다. 아우의 진의를 확인하여, 반역의 뜻이 있다면 확실하게 포박 혹은— 치거라."

"폐하의 하명, 분명히 받들겠사옵니다."

프테포 장군이 연극조의 거창한 동작으로, 족제비 황제의 명을 받았다.

그 황제 폐하 좋아죽는 친왕이 반역 따위 꾸밀 리가 없다고 생각하지만, 여기서 아무 신용도 없는 내가 그렇게 주장을 해봐야, 이 흐름을 뒤집는 건 무리일 것 같다.

일단은, 이 촌극이 끝날 때까지 정관해야지.

""기다리소서, 폐하!""

그런 가운데 소리를 모으며 알현실에 들어온 것은, 성당 기사단의 예복을 입은 사자 수인과 호랑이 수인 두 사람이다.

"길젬 경과 다제림 경인가……."

"저 난폭한 자들인가. 자신들에게도 공적을 세울 기회를 달라고 끼어들러 온 것이겠지.”

폭력적인 오오라에 휩싸인 두 사람은, 대신들이 숙덕거리는 그대로의 분위기다.

“무능한 장군에게 시켰다가 지면, 폐하의 위광에 상처가 난다.”

“우리들에게 맡긴다면 직속 소대만 가지고도 처리할 수 있지.”

사자 수인 길젬과 호랑이 수인 다제림이, 근육을 어필하는 것 같은 포즈로 황제에게 호소했다.

분명, 족제비 제국에서 유행하는 스타일이겠지.

이거 참, 이문화 커뮤니케이션은 어렵다니까.

족제비 황제가 주변에 보이지 않도록 작게 한숨을 쉬고, 「이 바보 놈들」 하고 작게 중얼거리는 걸 엿듣기 스킬이 포착했다.

“짐은 프테포 장군을 신뢰하고 있다. 그러면 짐이 **희망한대로** 일을 해줄 것이다.”

족제비 황제의 말에 두 무인이 떫은 표정을 짓고, 프테포 장군이 자존심이 채워진 함박웃음을 지었다.

그건 그렇고—「**희망한대로** 일을 한다」란 말이지.

이긴다고 말하지 않는 것에서, 황제의 속셈이 슬쩍 보인다.

그는 아우에게 반역의 뜻이 있다는 대신들의 말을 진심으로 듣지 않고, 대신들이랄까, 황제파인 자들의 불만을 잠재우려고 「무능」하단 평판의 장군을 파견한 것 같네.

어쩌면, 내 생각이 미치지 않는 목적이 달리 있을지도 모르지만.

“그리고 너희들, 성당 기사단에는 **걸맞은 싸움**이 있다. 그때까지는 절차탁마하여 강함을 추구하라.”

그렇게 말해, 족제비 황제가 불만스러워 보이는 두 사람을 커버해준다.

"교외의 인조 미궁에 새로운 구역을 만들었다. 너희들이 공략하여 개선점을 알아내거라."

황제가 지시하자, 시종이 달걀 크기의 보옥이 올라간 쟁반을 두 사람에게 내밀었다.

저건 「전이석」이란 아이템 같았다.

이름 그대로의 아이템이라면, 꼭 제조법을 알고 싶다.

……그리고, 인조 미궁?

내가 만드는 유녀 미궁과 비슷한 걸까?

가능하면 후학을 위해서도 견학을 하고 싶은데, 족제비 제국의 은닉 미궁일 테니까 허가가 나올 가능성은 낮아 보인다.

"예!"

"실력 발휘를 해볼까."

희희낙락하여 「전이석」을 받은 두 사람이, 황제에게 경례하고 알현실에서 물러났다.

자, 이제 그만 족제비 황제와 면회를 하러 온 본론에 들어가자—.

과학과 금기 이야기를 해야지.

◆

"—황제, 다소 복잡한 이야기를 하고 싶다. 사람을 물리고 대화할 수 있겠나?"

내가 그렇게 말하자마자, 또다시 대신들의 매도가 나를 향했다.

그걸 무시하고 족제비 황제의 반응을 살폈다.

"좋다. 몇 걸음 더 이쪽으로 오라."

미묘한 함정 플래그 풍으로 족제비 황제가 말하지만, 함정 감지 스킬이나 위기 감지 스킬에 반응이 없으니까 괜찮겠지.

족제비 황제의 지시대로 몇 걸음 나아가자, 우웅 소리가 나며 옥좌 주변의 지면이 강하하기 시작했다.

아무래도, 옥좌 주위가 엘리베이터인 모양이다.

"너무 조심성이 없지 않나?"

요구한 것은 나지만, 성당 기사 한 명도 옆에 안 두고 사람을 물릴 줄은 몰랐다.

"걱정 없다. 짐의 행운 앞에 적은 없어."

그렇군. 족제비 황제는 자신의 유니크 스킬에 절대적인 자신을 가진 모양이다.

"그렇군."

이 엘리베이터는 맵 밖으로 이어지는 모양이다.

아마, 도시 핵^{시티 코어}의 방으로 이어지는 거겠지.

강하 속도는 상당히 느리군. 여기서라면 누가 엿들을 걱정도 없으니, 강하하는 동안 금기에 대해 이야기를 했다.

"—과학, 특히 통신 기술이나 철도가 신들의 금기에 저촉되는 것은 알고 있나?"

"물론이지."

내 확인에, 족제비 황제가 느릿하게 고개를 끄덕였다.

"그렇다면—."

캐묻는 나를, 족제비 황제가 한 손을 들어 제지했다.

"금기 따위 두려워할 것 없다. 준비가 되었기에, 시작한 것이다."

"준비라고? 설마, 『브레인즈』가 보유한 핵병기 말인가?"

미궁 하층에 사는 무쿠로가 핵병기로 신을 위협한 것처럼.

"크하하하하."

족제비 황제가 유쾌하게 웃었다.

"물론, 싸울 힘은 필수지만 그뿐이 아니다."

그렇게 말하는 족제비 황제가 도발하는 것처럼 입가를 올렸다.

"화교를 알고 있나?"

웃음을 그친 족제비 황제가 갑작스런 질문을 했다.

족제비 황제가 당황하는 나를 무시하고, 말을 이었다.

"그들은 세상에 퍼져, 어떠한 땅에서도 자신들의 문화를 잃지 않고 침투한다."

"그것이 어쨌다는 거지?"

좀처럼, 그의 의도를 알 수가 없어.

"그것이야말로 짐의 견본이다. 짐들의 종족은 상인으로서 세상에 퍼져, 설령 족제비 제국이 신의 분노로 멸망한다 해도 그 피와 문화는 끊어지지 않는다."

내 뇌리에 시가 왕국뿐 아니라 전세계에서 본 족제비 상인들이 떠올랐다.

그들은 어느 나라에서도 변함없이, 독자적인 문화로 장사를 하고 있었다.

“그래서, 제국이 멸망해도 상관없는 건가?”

“현명한 위정자는 길을 여러 갈래로 준비하는 법이지.”

족제비 황제의 말에, 족제비 제국 안에서 본 몇 개의 이미지가 뇌리를 스쳤다.

“혹시, 교구나 데지마 섬인가?”

“그래. 신이 바라는 경건한 신도나 신직만을 모은 교구, 과학 없이 우리 제국에서 격리된 데지마 섬, 그 둘은 신의 천벌 대상이 아닐 가능성이 높을 것이야.”

전자는 그냥 격리 시설이라고 생각했는데, 족제비 수인이 전멸하는 것을 막기 위한 시책이기도 한 것 같다.

그러나, 그래도 인구 비율로는 제국 본토의 1할도 못 구할 텐데.

“대다수의 신민을 희생하면서 말인가?”

“위정자가 백성을 내쳐서 어찌하는가? 방금 전 말은 만에 하나, 신에게 졌을 경우의 보험이다.”

내가 비난을 담아 질문하자, 족제비 황제가 웃음으로 답했다.

“신에게 이길 수 있다는 건가?”

그 질문에, 족제비 황제가 보기만 해도 저주받을 것 같은 악랄한 미소를 지었다.

아무래도, 정말로 신들에게 이길 셈인 모양이다.

“핵을 써도 신에게 이길 수 없을 가능성이 높을 텐데? 아니면 핵으로 신을 협박할 건가?”

“고대왕의 일화로군. 네놈도 『진실의 방』에 있는 석판이나 그 사본을 읽은 것인가?”

어이쿠, 수수께끼 워드가 나왔군.

"진실의 방?"

"태고의 옛적부터, 진실을 새기고 있는 성상(聖上)의 기록고다."

과연, 「성상」이란 것이 누구 혹은 무엇인지는 모르겠지만, 그 「진실의 방」이란 것이 족제비 황제의 정보원인 모양이군.

"신의 금기도, 금기에 저촉된 문명이 어떻게 멸망했는지도 모두 기록되어 있지."

"그럼에도, 신에게 저항하는가?"

"그래. 사람은 신의 『가호』라는 이름의 지배에서 자유로워질 때가 된 것이다."

자유라. 아무래도, 이세계에 온 다음부터는 「자유」라는 단어에 나쁜 이미지가 묻어 있다.

마왕 신봉 집단 「자유의 날개」나 「자유의 빛」이 남긴 인상이 강한 탓이겠지.

—어이쿠. 샛길로 빠졌네.

"기다려라."

신과 싸우는 방향으로 이야기가 가고 있지만, 그 전에 물어봐야 할 게 있어.

"어째서, 자신의 백성을 위험에 빠뜨려가면서까지 과학을 추진하고, 금기에 저촉되려 하는 것이지?"

그걸 고집하는 이유를 모르겠어.

"일부러 위험한 길을 고르지 않아도, 금기에 저촉되지 않는 범위에서도 방법이 있었을 텐데."

"그것은 강자의 헛소리야."

설득의 말을 들은 족제비 황제가, 토해내듯 부정했다.

"풍요로운 대국에 사는 네놈은 알 수 없겠지. 강한 군대를 가진 열강 사이에 끼인 부족의 비애 따위. 불모한 황야로 내몰려, 나무 껍질이나 돌 밑의 벌레까지 먹어 치우고, 어린 아이가 배를 곯아 약한 자부터 순서대로 죽어가는 것을, 이를 악물고 보는 수밖에 없는 왕족의 무력감 따위."

족제비 황제가 어두운 눈동자로 빠르게 말했다.

"그런 때였다. 노란 옷의 마법사라고 자칭한 남자가, 『진실의 방』이 존재함을 말해준 것은."

노란 옷의 마법사— 내가 노란 피부 마족이라고 부르는 고참 상급 마족이다.

"그곳에서 알았다. 전생자의 말로를. 과학이 발달하지 않은 이유를."

족제비 황제가 잠꼬대처럼 말을 이었다.

"**나**는 선택지와 맞닥뜨렸다. 마왕이 되어 암흑의 제국을 세울 것인가, 신의 금기를 어겨서라도 과학을 발전시켜 강대한 왕국을 세울 것인가, 아니면 모든 것에 뚜껑을 덮고 지금까지 그런 것처럼 빈곤한 소국에서 절망을 품고 살아갈 것인가……."

사고가 당시로 돌아간 건지, 그의 1인칭이 바뀌었다.

"백성을 생각하면, 마왕을 고를 수도 있었다. 그러나, 나에겐 아우가 있었지. 단 한 명의 육친이다. 그 녀석에게 『마왕의 아우』라는 그늘을 주고 싶지 않았다. 도박이라고 해도, 풍요로운 나라를 아우와 아이와 손자에게 남겨주고 싶었다.”

궁지에 몰려 금기를 고른 건가……? 그러나.

“빈곤한 소국에서 차근차근 나라를 키워나가면―.”

“그동안 몇 명의 동족이 죽는가? 그 죽어가는 자들 가운데, 아우가 포함될 지도 모르는 것이다. 그러한 지옥에, 나를 믿고 따르는 아우와 백성을 던질 수는 없다.”

족제비 황제가 피를 토하는 듯한 목소리로 고했다.

“전생했을 때 받은 힘은 나라를 지키는 것에는 쓸 수 있어도, 소국을 키우는 것은 할 수 없었다. 우리가 과학을 얻어 최초에 한 것은 화약을 만들어, 이웃 부족을 침략하여 식량을 빼앗는 것이었다. 그 정도로 우리들의 백성은 굶주려 있었다.”

“과학은 전쟁이 아닌 것에도 쓸 수 있지 않나?”

“공기에서 암모니아를 만들어 농지를 풍족하게 한 것은, 세 번째 부족을 침략한 다음이다. 그때까지는 그런 여유마저 없었다.”

그때부터 부국강병을 추진하여, 작은 부족을 몇 개나 병탄하고, 열강이었던 사자 수인이나 도마뱀 수인족의 나라를 함락하여 제국을 세우고, 마지막에는 동방 최강으로 칭송받던 호랑이 수인족의 나라까지 함락하여, 대국으로서 부동의 지위를 쌓아 올렸다고 한다.

“중간에 걸음을 멈출 수는 없었나? 화약이나 대포나 농약을 만드는 것이라면, 금기엔 저촉되지 않는다.”

“언덕을 굴러 내려가는 눈덩이는 멈출 수 없다.”

더욱 큰 부를, 더욱 편리함을, 그리고 더욱 강함을 바라며 과학은 발전하고, 기어이 신의 금기에 저촉되는 곳까지 내달려 버렸다고 한다.

"이제 와서 멈출 수도 없고, 무엇보다 멈출 생각도 없다. **짐**은 신을 죽여서라도 패도를 나아간다."

족제비 황제의 1인칭이 본래대로 돌아왔다.

당시의 그나 족제비 수인들의 처지엔 동정을 하지만, 금기를 금기라고 알면서 경솔하게 파고들어 버린 것은 동의 못하겠어.

되돌아갈 찬스가 있었는데, 되돌아가지 않은 것은 그들 자신이라는 건가…….

그러고 보니, 중요한 이야기를 아직 못했군.

"애당초 금기가 뭘 위해서 있는지 알고 있는 건가?"

"물론이지. 신앙을 통해 우신 놈들의 힘을 키우기 위해서지 않나."

"그 이유는 알고 있나?"

"이유? 그 우신 놈들에게, 뭔가 고상한 이유가 있다는 건가?"

역시, 거기까지는 모르나.

"그렇게 깔보지 마라. 신들은 이 세계를 외적에서 지키기 위해 힘을 필요로 하고 있는 거다."

"무슨 고문서나 비문인가?"

"아니, 신들에게 직접 들었다."

카리온 신이나 우리온 신이 말했었다.

―「**세계를 외적에게서 지키는** 것이 신의 역할」이라고.

"그렇다 해도, 짐은 방침을 바꿀 생각이 없다."

뭐, 에피도의 위험함은 직접 싸워본 자가 아니면 실감 못하겠지.

"그리고, 과거의 기록을 보는 한 우신이 일곱 모이지 않으면 본격적인 천벌은 내릴 수 없다. 자이크온 신이 빠져있는 지금, 천벌의 우려는 옅다. **그렇지 않은가? 용사 나나시의 종자** 쿠로여."

족제비 황제가 뭔가 속뜻을 품은 말투로 물었다.

"자이크온 신이 죽어 있다면 괜찮을 거라 말하고 싶은 거겠지만, 일곱 신들이 모여야만『본격적인 천벌을 내릴 수 있다』라는 정보는 신뢰할 수 있나?"

"『진실의 방』에 있는 석판은 짐들이 세운 제국의 초석. 그것을 믿지 못했다면, 제국의 현재가 없다."

아까도 말했었지.

아카식 레코드 같은 뭔가인가?

노란 피부 마족이 알려줬다는 시점에서 수상한데, 그 이상으로 흥미가 앞선다. 이 문답이 끝나면 열람할 수 있는지 교섭해 봐야지.

"네놈은 어찌할 것인가? 용사 나나시—의 종자 쿠로."

"어찌한다, 라면?"

"짐들의 행동을 알고, 신들의 주구가 되어 짐들을 칠 것인가?"

"그럴 셈은 없다. 우리들이 적으로 돌아선다 해도, 네놈들은 금기를 범하는 것을 멈추지 않겠지."

그 정도로 막을 수 있다면, 처음부터 금기를 넘어서진 않았을 거야.

그리고, 정의나 의분을 위해 양립할 수 없는 상대를 죽이고 다니는 건 전혀 내 취향이 아냐.

설령 족제비 황제나 이 나라의 간부나 「브레인즈」를 모두 토벌해도, 이 나라 사람들은 한 번 알게 된 편리한 문명의 이기를 놓으려 하지 않을 거야.

모든 문명의 이기를 파괴한다고 해도, 사람들에게 새겨진 과학의 씨앗은 언젠가 개화한다.

그것을 모두 지우려 한다면, 그야말로 민족 정화 같은 최악의 방법밖에 생각 안 나.

"그렇지. 짐들은 결코 멈추지 않는다."

성인군자라면 계속 설득하겠지만, 나는 그렇게까지 할 의리가 없어.

그렇다고, 신들 편에 서서 족제비 제국을 숙청하고 다니는 신앙심도 없다.

"그렇군. 다른 나라에 폐를 끼치지 않도록 열심히 노력해라."

내가 할 수 있는 건 그들의 활동 결과 신들이 약체화되어 에피도의 침입을 허용했을 때, 그 뒤처리를 하는 것 정도다.

애당초 나는 정의의 아군도, 구세의 영웅도 아니다.

내가 파트타임 용사를 하는 건 가까운 사람들의 행복이나 안전을 지키고, 기분 좋게 관광을 하기 위해서니까.

"말할 것도 없다. 짐이 신들과 싸우는 중에 네놈들— 네놈의 주인인 용사 나나시에게 바라는 것은— 중립이다."

"중립? 같은 편이 되어라, 가 아니라 중립을 바라나?"

전생자란 인연으로 족제비 제국에 가세하라고 하려나 생각했는데 아니었다.

“그렇다. 『신의 조각』을 가진 자는 신에게 거역하지 못한다.”

—그게 뭐야?

“처음 듣는군.”

“과거에 사례가 있다. 용사는 파리온 신의 요청을 물리쳐낼 수 없다.”

카리온 신들과 여행을 했을 때 그런 일은 없었고, 사니아 왕국 사건에서 헤랄르온 신에게 시련을 받았을 때도 명령을 강제할 수 있는 느낌은 없었다.

그러나, 그것은 우리들이 가진 유니크 스킬이 그 신에게 유래한 것이 아니었기 때문이란 가능성도 버릴 수 없다.

족제비 황제의 말을 다 믿을 수는 없겠지만, 「신의 조각」이 백도어 같은 거라면 해킹 정도는 간단하겠지.

예를 들어, 내 메뉴에 표시되는 정보를 자의적으로 조작할 수 있다면, 상태 「빙의: 마족」 같은 정보를 덧붙이기만 해도, 나는 그 상대를 경계할 거야.

그러나—.

내 뇌리에 구두전에서 본 「그림 속 소녀」가 스쳤다.

—그 무관심해 보이는 아이가, 외부에서 사람을 조작하는 귀찮은 일을 할 것 같지는 않아.

물론 그 애가 파리온 신이라고 말한 건 구두뿐이고, 본인은 부정했으니까 그녀가 파리온 신이었을 가능성은 낮다고 생각하지만.

“좋다. 중립을 약속하지.”

정말로 신들과의 싸움이 시작되면, 유니크 스킬을 가진 멤버를 데리고 유이카의 결계 안에 틀어박힐 필요가 있겠어.

그렇지. 기왕이니까, 이걸 교섭 카드로 써보자.

"나는 중립의 대가로, 『진실의 방』에 있는 석판의 열람권을 요구한다."

어쩌면, 새로운 대신 병장의 아이디어가 있을지도 몰라.

"허어? 그것이 짐이 세운 제국의 초석이란 것을 알고, 더욱이 그러길 바라는가?"

내 요구에, 족제비 황제가 유쾌한 기색으로 입가를 비틀었다.

"중립의 대가로는 다소 과잉되군."

"흠. 우리들에게 중립 이외의 협력을 바라나?"

─이건 상당히 추가로 바가지를 씌울 것 같은데.

"추가로 네놈에게 바라는 대가는 넷."

족제비 황제가 굵고 짧은 손가락을 펴면서 고했다.

그러고 보니, 어느샌가 엘리베이터의 강하가 중간에 멈춰 있었다.

"사람 머리 크기의 『현자의 돌』, 거대 로켓을 중력의 사슬에서 해방할 정도의 암정주, 이것으로 둘."

족제비 황제가 손가락을 접으며 고했다.

"나머지 둘은 뭐지?"

"우리들이 신들과 싸우게 되면, 그것이 원인으로 여러 나라의 내 동포가 박해를 받을 것이다. 그때 네놈들의 손이 닿는 범위면 된다. 내 동포를 보호해주기 바란다."

"알았다."

꽤나 동포를 위하는 발언이다.

세계각지에 있는 에치고야 상회의 본지점에 보호 지령을 내리면 되겠지.

"그리고, 마지막으로—."

족제비 황제의 마지막 요망은 다소 불온한 내용이었다.

◆

"—어떻지?"

"알았다. 이 앞에서 무엇을 봐도 파괴활동을 하지 않는다고 약속하지."

이 앞은 다른 맵이라 찔러본 수풀에서 뭐가 나올지 알 수 없지만, 있다고 해도 그 군사 정도겠지.

어쩌면 봉인 유적에 봉해져 있던 미경 마왕 같은 위험한 마왕을 숨기고 있을지도 모르지만.

의표를 찔러 부활 대기중인 자이크온 신이 봉인되어 있다면 놀랄 것 같지만, 특별히 생각하는 바도 없으니 여유롭게 무시할 수 있을 거야.

"일단 물어보는데, 인체 실험장이나 고문 유희장 따위는 아니겠지?"

사회적 약자가 그런 꼴을 당하고 있는 걸 목격하고, 태평하게 대화할 정도로 나는 초인이 아니라 만약을 위해 확인했다.

파괴 활동을 하지 않아도, 구조 활동은 할 수 있지.

"사람을 해치면서 기뻐하는 합리성이 없는 취미는 없다."

“그러면 됐다.”

족제비 황제의 말에 고개를 끄덕이자, 다시 엘리베이터가 강하를 시작했다.

그러고 보니, 족제비 황제는 나한테 「강제」 스킬을 안 쓴다. 이런 식으로 못을 박을 정도면 「강제」 스킬을 쓰면 간단할 것 같은데 신기한 일이다.

어쩌면, 안이하게 스킬에 의지하지 않도록 자기 경계를 하는 걸지도 몰라.

그런 것을 생각하는 사이에도 강하가 진행됐다.

레이더 표시가 미지의 에리어에 들어왔다고 알리는 것과 동시에, 엘리베이터 한쪽 벽이 투명해지고 지하의 대공동이 시야에 들어왔다.

암반이 드러나 있는 대공동의 중앙에, 천장까지 닿는 엄청 두꺼운 유리통이 있다.

통 안에는 녹색 액체가 가득하고, 백회색의 피부를 가진 거대한 생물이 포르말린 표본처럼 떠올라 있었다.

아무래도, 시체 표본이 아니라 잠들어 있는 것뿐인 것 같다.

나는 모든 맵 탐사의 마법으로 정보를 얻었다.

“거인의 태아…… 아니, **아니군.**”

─트롤이다.

범상치 않을 정도의 거구에, 숫소 같은 암자색의 뿔을 가졌다.

흉악한 외모에서 삐쳐 나온 송곳니가, 흑룡의 강인한 비늘마저 꿰뚫을 정도로 날카롭다.

그것도—.

"—**트롤의 마왕**, 이라고?"

분명히, 구두랑 싸울 때 이름이 나왔었던 것 같은데.

구두가 트롤의 마왕한테서 뭔가 유용한 유니크 스킬을 빼앗았다고 말했었지.

"그렇지. 저 마왕이 바로, 성상이라 불리는 『진실의 방』의 기록자다."

족제비 황제가 마왕의 스테이터스를 보라는 듯 턱짓을 해서 나를 재촉했다.

AR표시되는 칭호는 「마왕」을 필두로 「성상」이나 「진실의 기록자」라는 숨겨진 칭호도 있다.

레벨은 109로 높고, 마법계 스킬이 충실했다.

그리고, 마왕은 「용맥 접속」과 「무한 기록」이라는 두 개의 유니크 스킬이 있었다.

아마도 「용맥 접속」으로 얻은 정보를 「무한 기록」으로 어딘가에 기록하는 거겠지.

"봐라, 다음 석판이 태어난다."

족제비 황제의 말에 시선을 흔들고 있는데, 마왕이 잠든 유리통에서 연보라색의 석판이 돋아난 것이 보였다.

저 투명한 통은 유리하고는 다른 건가 보다.

석판이 다 돋아나더니, 그대로 자유낙하한다.

떨어진 석판이 딱딱해 보이는 바닥에 부딪혀 깨질 거라 상상했는데, 중간부터 낙하 속도가 저하되고 경질의 소리를 울리기만

했다.

그곳에 백의를 입은 복면의 남자들이 모여서 석판을 회수하고, 작업대 같은 것 위에 놓고 뭔가 기록을 시작하는 게 보였다.

"저것이 정보원인가?"

"보는 그대로다."

내가 확인하자, 족제비 황제가 수긍했다.

역시 족제비 황제가 가진 지식의 근원은 저 트롤의 마왕인 모양이다.

어쩐지, 「이 앞에서 뭘 봐도 파괴 활동을 안 한다」라고 약속을 시키더라니.

"트롤의 마왕이 정보 조작을 한 것에 속고 있는 것은 아닌가?"

내가 그걸 질문하자, 「흥」 하고 코웃음을 쳤다.

"나라를 맡고 있는 자가, 그 정도 뒷받침을 안 했을 거라 생각하나?"

그것도 그렇군. 자신의 목숨만 걸려 있는 게 아니니까.

"적어도 과거 700년 분량의 정보에 대해서는, 틀린 것이 기재되지 않은 것을 **확인했다.**"

족제비 황제가 자신만만하게, 자신감에 찬 표정으로 말했다.

드디어 엘리베이터가 정지하고, 플로어와 엘리베이터 사이의 공간에 술리마법 계통의 의사 물질로 만들어진 다리가 걸렸다.

"—여기서부턴 내가 말하지."

그 다리 너머에서, 검은색으로 보일 만큼 짙은 보라색 외투를 입은 인물이 나타났다.

깊숙하게 눌러쓴 후드 틈으로, 일본 전통 가면 노멘의 「오키나 (노인)」를 모방한 가면이 나를 보고 있었다.

그 모습을 보자마자, 뭐라 말하기 어려운 불쾌감과 혐오감이 솟았다.

그러나, 그 불쾌감과 혐오감은 금방 진정되었다.

그 부자연스러운 진정화가 신경 쓰여 로그를 열어봤다ㅡ.

> 「미움받는 자의 가면」의 효과에 저항했다.

ㅡ라고 표시되었다.

아무래도, 미움받기 위한 가면 같았다.

어쩐지 그를 아는 사람이 모두, 판박이처럼 그의 악평을 말하 더라니.

물론 가면의 능력은 그것뿐이 아닌지, 평범한 감정 스킬로는 그의 토우야라는 이름, 그리고 「군사」, 「미움받는 자」, 「고독자」라 는 칭호, 그리고 레벨 55라는 정보밖에 안 보이고, 다른 정보를 **감정 스킬에서** 감추고 있었다.

이것은 전생자가 가진 기프트 「기능 은폐」보다도 은폐되는 범 위가 넓다.

내가 가진 「도신의 장신구」만큼 완벽하진 않지만, 꽤 고성능이다.

"군사 토우야인가."

"그렇다. 시가 왕국의 사자 쿠로ㅡ."

노인 같은 목소리에 겹쳐서, 엿듣기 스킬이 소년 같은 맑은 목소리를 포착했다.

이 가면은 목소리도 위장해주는 모양이군.

그리고 목소리의 위장을 타파한 걸로도 알 수 있는데, 위장 정보에 겹쳐서 진짜 정보가 2중으로 AR표시됐다.

"—그리고, 그 정체는."

군사 토우야가 뜸을 들이며 말을 멈추었다.

그의 스킬은 「기능 은폐」로 감춰서 「불명」이 되어있지만, 그것 말고는 모두 판명됐다.

놀랍게도 그는 내가 아는 이름이었다.

"시가 왕국의 용사 나나시."

오키나의 가면 아래서 재는 표정을 짓는 **엘프**의 얼굴이 떠올랐다.

아마 눈을 반쯤 감으며 입가를 올린 표정이겠지.

"용케 알았군, 군사 토우야."

그렇다, 그의 종족은 엘프.

그리고, 그의 진정한 이름은—.

"아니면, 엘프의 현자 토라자유야라고 부르는 편이 좋은가?"

토라자유야

“사토입니다. 미스터리의 해결편에서 탐정 역할의 주인공이 화려하게 수수께끼를 푸는 장면은, 카타르시스가 가득해서 참으로 멋집니다. 다만, 그때 자신의 추리가 틀렸다는 것을 하나하나 알게 되는 괴로움도 찾아오는 것인 옥의 티란 말이죠.”

“호오? 용케 알았군. 정답이다.”

시치미를 뗄 줄 알았는데, 그는 간단히 인정했다.

군사 토우야— 아니, 엘프의 현자 토라자유야가 후드를 뒤로 내리며 가면을 벗었다.

애꾸인 눈동자 안에, 불꽃처럼 일렁거리며 흔들리는 보라색 빛이 보였다. 한편으로 머리 부분에 머리카락이나 눈썹이 없어 매끈하고, 뾰족한 귀의 끝 부분도 인간족처럼 형태를 성형한 모양이다.

그러고 보니, 내가 「토라자유야의 요람」에서 읽은 그의 수기에는 「내 목숨은 이제 곧 끝난다」라고 적혀있었을 텐데.

그는, 어째서 멀쩡한 걸까?

아무리 쿠로의 모습이라지만, 그래도 「너는 죽은 거 아니었나?」라고 질문하는 건 너무 실례라서 무리다.

"그러나, 엘프 토라자유야는 죽었다. 여기 있는 건 족제비 제국의 군사 토우야라고 이해해주면 좋겠군."

"무슨 뜻이지?"

현자로서의 자신을 말소하고 싶은 건가?

"토라자유야는 풋내나는 이상을 외치며 자살을 선택한 어리석은 자다. 종국에는 마왕화 직전이 되어서, 자신이 소중히 여기던 것을 멸망시킬뻔했다."

확증은 없지만, 「요람」을 만들 때 자신의 유니크 스킬을 과용했거나 그런 거겠지.

눈동자 안쪽 보라색 불꽃은 그 후유증일지도 모른다.

"그것을 구해준 것이 **폐하**다. 그리고, 그때 나는 전생과 토우야로서의 기억을 되찾아, 엘프의 현자 토라자유야로서의 인생을 마쳤다."

현자 토라자유야— 군사 토우야가 자조적인 기색으로 어두운 미소를 지었다.

다시 말해, 엘프의 현자 토라자유야로서 활동했던 기간은 전생의 기억을 상실하고 있었다는 건가?

"『요람』에서 있었던 일인가?"

"알고 있었나?"

만약을 위해 확인해봤더니 긍정이 돌아왔다.

그건 그렇고, 족제비 황제가 군사 토우야를 구한 것이 몇 년 전 일인지는 모르겠지만, 용케 한 나라의 정상이 멀리 떨어진 세류 백작령 근교까지 나섰네.

그 무렵의 그는 마음 편한 족장의 후계자, 혹은 계승권이 낮은 족장의 아이들 중 한 명이었을지도 몰라.

"그곳을 사용하는 엘프는 나타났나?"

"아니, 내가 아는 한은 없다."

"역시, 엘프는 아무리 시간이 지나도 엘프란 것인가……."

그토록 엘프들의 미래를 우려하던 현자 토라자유야와 달리, 전생자 토우야는 엘프를 싫어하는 모양이다.

"이야기를 되돌리지. 마왕화에서 구해준 은혜를 갚고자 족제비 제국 건설을 돕고 있는 건가?"

"─은혜?"

군사 토우야가 고개를 갸웃거렸다.

"아닌가?"

"이 땅에 이상적인 제국을 세우는 것을 도운 것은, 족제비 수인족의 유적에서 발견한 『미궁의 씨앗』을 양도받기 위한 대가다."

─미궁의 씨앗?

그 새로운 워드에, 나는 세류 시의 미궁을 떠올렸다.

전에 제나 씨의 동생 유켈 군을 단련시키려고 「악마의 미궁」에 들어갔을 때, 최심부에 있던 마족들이 그걸로 미궁을 만들었다 같은 발언을 했었지.

"그러한 것을 무엇에─."

"옛 친교를 다지는 것은 그쯤 해둬라."

남겨진 느낌이 있는 내 말을 가로막고 이야기를 본론으로 궤도 수정했다.

"미안하군, **타로우**. 조금 괜한 말까지 해버린 모양이다."

"황제를 붙여라. 여기에는 부하들의 귀도 있다."

"조심하지, 타로우 황제."

방금 전에는 「**폐하**」라고 불렀는데, 지금은 스스럼없는 느낌으로 족제비 황제를 이름으로 부른다.

좀처럼, 군사 토우야와 족제비 황제의 관계를 파악하기 어렵다.

그렇지, 그에게 하나 확인해둬야 하는 일이 있다.

"너희들에게 묻고 싶은 것이 있다. 시가 왕국에서 테러 활동을 한 것은 왜지?"

시가 왕국이 가상 적국이었던 족제비 제국의 행동이라면 후방 교란 같은 행동을 해도 신기하지 않아서 물어본 것인데, 이것이 시가 왕국에 호의적이었던 현자 토라자유야의 지시라면 그 의도를 확인해두고 싶었다. 뭐 전생자 토우야는 사고방식이 다른 것 뿐일지도 모르지만.

"테러 활동?"

시치미를 뗀다기보다, 뭘 가리키는 건지 모르는 느낌이다.

"^{몬스터 시드}전마환을 파리온 신국의 간자에게 건넨 건 너희들이잖아?"

"틀린 것은 아니지만 정확하지 않다."

군사 토우야가 에두르는 말투로 정정했다.

"우리가 전마환을 파리온 신국에 넘긴 것은 사실이지만, 그것은 중앙신전이 많이 있는 대륙 서방에서 난을 확대시켜 신들의 주의를 그쪽으로 끌어들이기 위해서였다. 파리온 신국의 간자가 전쟁은 제쳐두고 시가 왕국에서 테러 활동을 하는 것은 우리들에게도 예상 밖의 일이다."

나는 군사 토우야의 눈동자를 보았다.

흔들림이나 탁함은 없군.

그렇군— 거짓말은 아닌 것 같아.

세리빌라의 미궁 지하에서 시행된 마인약의 밀조도, 마족이 뒤에서 조종했던 것 같았고 말이지.

"그렇군. 시가 왕국의 왕을 만나게 되면, 그렇게 전해두지."

그 뒤에는 나라들끼리 외교 문제가 될 거고, 내가 할 말은 없다.

내 질문이 끝나고, 본론으로 들어갔다.

"토우야, 짐들이 아는 『신의 금기』에 대해서 알려줘라."

—응?

방금 이야기했던 금기를 범하는가 아닌가가 아니라, 그들이 인식하는 구체적인 내용 이야기인가?

"그것은 상관없지만, 스스로 자료를 찾아보는 편이 빠르지 않나?"

"2만 년 분량의 기록을 읽는 것은 불가능하지 않나? 검색 엔진에 접속할 수 있는 것도 아니니."

내 스토리지에 수납하면 검색할 수 있는데, 그걸 말 안 하는 편이 먼저 결론을 가르쳐줄 것 같군.

"자료는 나중에 읽도록 하지. 먼저 개요를 가르쳐 주면 좋겠다."

"과거에 신이 **금기로 취급한** 것은 『전생자나 전이자에 의한 집적회로 기술의 전수』, 『로우 코스트로 유지되는 고속 대량 운송 수단』, 『도시간의 간이적인 통신 수단』, 『공장의 근대화에 따른 대량 생산』, 『활판 인쇄』의 다섯 가지다."

집적회로 기술에 관해서는 처음 들었다. 무쿠로가 말했던 철도는 두 번째, 통신탑은 세 번째에 해당하는 거군.

범선이나 대형 비공정을 이용한 운송은, 가까스로 두 번째에 걸리지 않는 거겠지.

공간 마법이나 도시 핵 통신은 세 번째의 「간이적인」이라는 조건을 충족하지 않으니까 괜찮은 모양이다.

그건 그렇고, 네 번째는 위험했다. 조금 있으면 에치고야 상회에서 시작할 참이었어.

시가 왕국에 돌아가면 에치고야 상회의 아오이 소년과 시스티나 왕녀에게 못을 박아두는 게 좋겠다. 에치고야 상회의 매드한 박사들에게 알리면 역효과가 날 것 같으니까, 상식인 아오이 소년에게 핸들을 맡기고 싶네.

다만, 첫 번째의 집적회로 기술은 「현자의 돌」이나 마핵을 베이스로 한 의사 지성의 제작 기술이, 거의 유사할 텐데— 아니, 엘프들 말고 아는 건 나 정도로군.

그렇다면, 그 기술도 밖으로 유출되면 위험하다는 건가…….

마법 기술이니까 세이프인 것 같기도 하지만, 위험한 다리를 건널 수도 없군.

—잠깐, 뭔가 이상해.

"금기로 『**취급했다**』?"

내가 군사 토우야의 말을 반복하자, 족제비 황제가 흉악한 미소를 지었다.

"그렇다. 신은 명확하게 『이것이 금기다』라고 말하지 않았어. 금기를 범한 나라에 천벌을 내리고, 그 나라가 금기를 범했다고 신탁의 무녀를 통해 통달한 것에 지나지 않아."

그것만 들으면 영 심한데, 외적에게서 세계를 지키기 위해 신앙이 필요하니까, 신앙이 내려가는 경향이 있는가 아닌가가 판단 포인트가 되는 거라고 생각한다.

"기록을 읽으면 알 수 있지만, 금기에 해당된 행동에서 천벌까지는 상당한 시간 차이가 있다. 빠른 경우는 이튿날에, 늦은 경우는 10년이나 경과한 다음에 천벌이 떨어진 일도 있다."

"너는 그 차이를 이해하나?"

군사 토우야 대신, 족제비 황제가 나에게 물었다.

"신앙심의 저하 속도에 따라 차이가 생기는 거겠지. 신이 사람에게 바라는 것은 신앙심이다."

"그 대답은 50점이군."

"50점? 달리 있다는 건가?"

소녀신들과 여행을 한 경험으로는, 신에 대한 신앙심이 제일 중요하다고 생각했는데…….

"방금 전에도 말하지 않았나? 준비가 되었다고."

족제비 황제가 힌트를 주듯이 말했다.

—금기 따위 두려워 할 것 없다. 준비가 되었기에, 시작한 것이다.

엘리베이터가 강하를 시작했을 때, 족제비 황제가 그렇게 말했었지.

"그 이야기와 천벌 발동의 시차에 무슨 관계가 있지? 준비가 되었기에 금기를 범해도 발동이 늦어진다고 말할 셈인가?"

"짐들은 금기 따위 범하지 않았다."

족제비 황제가 말을 이었다.

"과학을 시작하고 10년. 아직도 신의 천벌 따위 떨어지지 않는다."

―그렇게 전부터?

족제비 황제의 말에 놀라움을 감출 수 없다.

그러나, 천벌이 떨어지지 않았으니 금기를 범하지 않았다는 것은 조금 난폭한 것 같은데.

"천벌이 떨어지는 전제로 과학을 발전시킨 건가?"

"짐이 무방비하게 신민을 위험에 드러낼 리 없지 않나? 금기에 저촉되는지 저촉되지 않는지는 모반자들이 만들도록 한 괴뢰 국가― 구프트 공화국에서 시행하도록 하고, 금기가 되지 않는 것을 확인하고서 본국으로 가져온 것이다."

그렇군, 실험장을 먼저 준비한 건가.

구프트 공화국은 시가 왕국 관광성의 지도에 실려있지 않고, 관련 자료에도 국명이 실려있지 않았다.

"그 괴뢰국가는 어떻게 됐지?"

"마지막 실험으로 멸망했다."

―진짜냐.

"그 나라에 살던 사람들은?!"

"수도에 사는 수만 명은 수도와 함께 소금 기둥으로 변해 죽었다. 다른 백성은 염해에 고통받으며, 대부분이 기아로 죽거나 다른 땅으로 이주했다 들었군."

"실험을 위해, 수만의 백성을 학살한 건가!"

시뮬레이션 결과를 고하는 연구자처럼 냉정한 말에, 위선적인 분노가 솟아올랐다.

아는 사람이 없는 나라가 멸망해도 상관없을 텐데, 아무래도 감정이입을 해버린다.

"분노를 거둬라. 우리가 멸망시킨 것이 아니다."

간자가 가져간 기술을 희희낙락하여 도입한 것은, 그 소국의 왕 자신이다. 족제비 황제는 그렇게 고했다.

일부러 간자에게 넘겨준 것뿐이다, 라고.

"타로우. 인간족은 족제비 수인족처럼 합리적 사고를 못한다. 그것은 용사라도 마찬가지— 아니, 용사이기에, 약자가 일방적으로 착취되는 것을 싫어할 거다."

"흠. 어느 쪽이든 내 나라에 송곳니를 드러내는 나라를 한 명도 남김없이 섬멸할 예정이었다만?"

"그렇다고 해도다."

군사 토우야가 족제비 황제를 타이르는 것을 들으며, 나는 크게 심호흡을 해서 마음을 진정시켰다.

최대치인 정신치^MND 덕분에, 스위치를 전환하듯 냉정함이 돌아온다.

편리한 몸에 감사해야겠지만, 어쩐지 모르게 자기자신에게 으스스함을 느껴 버린다.

"어차피 목숨을 빼앗는다면, 의미가 있는 죽음을 주는 것이—."

"거기까지만 하지. 나는 약속을 깨고 싶지 않아."

족제비 황제의 말을 가로막고, 일방적으로 고했다.

일단, 정보의 대가로「여기서 파괴 활동을 하지 않는다」고 약속을 했으니까.

"—합리적인 사고를 가진 자를 찾는 것은, 사막 속에서 별의 조각을 찾는 것보다 어려운 것 같군."

족제비 황제가 뭔가 탄식했지만 가볍게 무시했다.

분노보다 먼저 확인할 일이 있다.

"이야기를 되돌리지. 방금 말했던 『마지막 실험』이 뭐지?"

"신을 자칭하는 지저분한 염탐꾼— 그 하수인인 성직자를 보내는 것이다."

다시 말해서, 금기의 트리거는 신의 하인을 보내는 것?

신성 스킬이나 신탁 스킬을 가진 자가 금기를 금기로 인식하는 것으로, 신들의 천벌을 유발한다는 건가?

그래서, 리트디르트 양은 모게이바 시에서 신탁 스킬을 얻은 어린 소녀를 죽이려고 했나?

그것을 족제비 황제에게 확인하자 「바로 그거다」라고 긍정했다.

"그 교훈에서 짐들은 교구를 만들고, 성직자를 격리한 것이지."

그렇군, 이해했다.

방금 전의 나머지 50점은 관측자— 신성 마법 스킬이나 신탁 스킬을 가진 자의 유무란 거군.

"다시 말해서, 금기는 신앙심 저하를 신과 관계된 스킬을 가진 자가 관측하는 것으로 발동한다, 라는 거군?"

"그렇다. 신기하게도, 우리온 신에서 유래한 『단죄의 눈동자』 같은 선천성 스킬로는 천벌이 일어나지 않는 것 같다. 신성 마법 소지자도 스킬이 낮으면 신에게 닿지 않는다."

가능성이 낮아 보이는 순서로 실험을 했다고 족제비 황제가 자랑스럽게 말했다.

그렇군. 그 실험 결과를 기반으로 국가를 개조해서, 교구에 관측자들을 격리하고 과학을 제국 안에 퍼뜨린 건가.

그러나―.

"다시 말해서, 이 족제비 제국은 살얼음 위에 성립되고 있다, 란 거군?"

"다모클레스의 검 아래 있다고 말해도 된다."

족제비 황제가 지구의 고사로 내 말에 동의했다.

"다만, 검을 매단 것은 가는 실이 아니라 강철제 와이어로군."

족제비 황제가 큰소리를 치지만―.

"제정신이라고 생각할 수가 없군."

―이 나라의 모습은, 너무나도 위험하다.

그런데, 족제비 황제는 내 말에 화를 내기는커녕 유쾌하게 웃었다.

"웃고 있을 때가 아니다."

이 제국에 사는 사람들은 천진하게 족제비 황제를 믿고 있을 텐데.

이 녀석은 그 민중을 칩 삼아서, 치킨 레이스를 즐기는 짓을 하고 있다.

"그렇게 역정을 내지 마라. 짐들도 국민을 맨몸으로 총 앞에 세우고 있는 건 아니다."

족제비 황제가 귀찮다는 식으로 말했다.

"신에게 대항할 수단은 제대로 준비해뒀다."

"성검이나 마검으로는 신을 이길 수 없다."

신이 내린 성검이라도 「신의 조각」에는 휭휭 빠져나간다. 적어도 신 본체는 그 이상이겠지.

"걱정 없다. 제대로 된 수를 생각해뒀지."

족제비 황제가 꽤 자신만만하다.

초상의 존재를 상대하는데 적합한 전생자의 유니크 스킬이나 신기 같은 걸 준비라도 했나?

"열쇠는 『누구나 아는 장소이면서, 아무도 그곳에 도달하지 못한다』에 있지."

"퀴즈나 선문답인가?"

"아니, 말 그대로의 장소다."

"타로우, 뜸 들일 필요는 없어."

군사 토우야가 대화에 끼어들었다.

"『브레인즈』가 개발하는 로켓은 보았겠지?"

그 질문에 가볍게 수긍했다.

"답은 우주다."

—어라? 생각보다 평범한 답이야.

"시시하군. 대답을 먼저 말하면 어찌하나."

족제비 황제의 반응을 봐서, 군사가 나를 얼버무리려고 아무 말이나 하는 건 아닌 것 같다.

"이 세계의 신이 이미 아는 범위는 지상부터, 고작해야 세계수의 끝부분이 있는 저궤도. 지상에서 보이지 않는 달의 뒷편쯤에라도 과학기술을 계승하는 시설을 만들면, 놈들은 손댈 수 없다.”

그렇군— 그렇게 간단한 것도 아니라고 생각하지만, 족제비 황제가 나에게 요구하는 내용하고도 일치한다.

—응?

한순간, 불과 한순간만 족제비 황제의 표정이 움찔했다.

“폐쇄형 콜로니라도 만들어서, 신에게 독립을 선언해야겠지.”

족제비 황제가 말을 돌리듯 모 로봇 애니메이션 같은 화제로 나를 따돌리려 한다.

군사 토우야가 말한 것은 거짓말이 아니겠지만, 그것뿐이 아닐 가능성이 있군.

지금 물어봐도 대답하지 않을 거고, 조금만 마음속에 담아둬야겠어.

“로켓의 이야기로 떠올렸다. 토우야, 네놈이 필요하다고 한『현자의 돌』과『암정주』를 입수할 방도가 생겼다.”

“그것은 잘 됐군. 이걸로 남쪽 바다까지 나서서, 있을지도 모를 해저도시를 찾을 수고를 덜겠다.”

내가 생각하는 사이에, 족제비 황제와 군사 토우야가 그런 대화를 나누고 있었다.

그러고 보니 내가 대량으로 어둠 광석이나 암정주를 발견한 것은 남쪽 바다의 지하 유적이었지.

“그래서, 언제 들어오지?”

“그것은 그 녀석에게 달렸지.”

족제비 황제가 나를 향해 지방으로 뒤덮인 턱짓을 했다.

"당장이라도 넘기지."

"—뭣이?"

나는 아이템 박스에서 꺼낸 「현자의 돌」과 「암정주」를 군사 토우야에게 넘겼다.

이 「현자의 돌」은 같은 양의 창화와 교환해서 입수한 것이다.

"과연 용사군. 무한수납은 수납 상한이 없으니, 언제든지 아이템을 가지고 다닐 수 있다는 건가."

군사 토우야가 부러운 기색으로 중얼거렸다.

아리사 말로는 전생자도 「무한수납」을 가질 수 있다고 말했던 것 같은데, 아직은 만난 적이 없다.

"감사하지, 용사여, 이걸로 **달 로켓**의 건조를 앞당길 수 있다."

군사 토우야가 기뻐하며 받은 것을 아이템 박스에 수납했다.

그렇군. 암정주는 로켓용 중력 제어 장치나 뭔가에 쓰는 건가? 나는 분명히 신들의 공격을 막아내는 마법 장벽이나 마법 흡수 장치에 쓸 거라고 생각했는데.

"로켓으로 우주에 이민하는 건 좋지만, 우주도 평화롭지 않다."

"그 정도는 알고 있어."

족제비 황제가 말하고 군사 토우야를 보았다.

그렇군. 엘프인 그라면, 세계수를 노리는 해파리— 사악한 해파리의 존재를 알고 있을 거고, 심우주에는 그 해파리를 포식하는 먹이사슬 상위의 괴생물이 존재할 가능성도 이해하고 있을 거야.

"우주 이민이라—."

조금 흥미는 있지만, 실현하는 건 큰일이다.

"신을 어리석다고 깔보는 것 같은데, 그것이 실현되기까지 신들이 족제비 제국의 현재 상황을 깨닫지 못할 거라고 생각하는 건 다소 지나치게 낙관적이군."

"깔보진 않는다. 신이 얼마나 방심할 수 없는 상대인지는 충분히 고려하고 있다."

"방금 전에도 말했지만, 우신이 일곱 모이지 않으면 본격적인 천벌은 내릴 수 없다. 자이크온이 빠진 지금, 천벌이 떨어져도 제도 하나 정도가 고작이야. 어리석은 왕의— 존귀한 희생 덕분에, 제도 신민의 피난 준비는 만전이다."

아마도 희생시킨 구프트 공화국이 멸망한 상황을 보고, 안전한 피난 장소를 준비한 거겠지.

"신은 죽은 인간을 되살리는 신기를 만들 수 있다. 죽은 자이크온 신을 되살리는 신기가 없다고 장담할 수 없을 텐데?"

마왕 부활에 희생된 무녀 세라는 공도의 테니온 신전에 있는 테니온 신의 신기 「소생의 비보」로 되살아났다.

물론 금방 자이크온 신이 되살아나지 않는 걸 보면, 부활이 가능하다고 해도 신들이 망설일 만큼의 대가가 필요한 게 아닐까 생각한다.

"그것은 기우다. 자이크온은 과거에 몇 번이나 죽었지만, 부활까지 최단으로 50년은 걸렸다. 놈이 마지막으로 죽은 것은 30년 전. 적어도 20년은 여유가 있지."

"『진실의 방』에서 얻은 정보인가?"

내 질문에, 족제비 황제가 자신 있게 수긍했다.

"자이크온이 부활하기 전까지, 본격적인 천벌을 일으키지 못할 만큼 신앙을 깎아내 놈들을 약체화시키면 우리들의 완전승리다."

그렇게 승리를 뽐내는 표정으로 말하고, 「물론, 우주 이민 준비는 병행해서 진행하겠다만」이라고 덧붙였다.

"그렇게 잘 될 거라 보나? 그리고, 신들이 그 정도로 약체화되면 팔팔한 외적이 대거 습격해온다. 그렇게 되면, 천벌 전에 세계의 파멸이 다가온다."

아까도 족제비 황제에게 말했지만, 군사 토우야가 있는 자리에서 다시 한번 못을 박아뒀다.

"우신 놈들이 막을 수 있는 적이다. 20년 있으면 대책도 할 수 있겠지."

족제비 황제가 낙천적인 발언을 했다.

"**놈들**은 강하다."

밖에서 이제 막 찾아온 침략자는, 마왕들이 빛바랠 정도로 강했다.

"싸운 적이 있나?"

군사 토우야의 질문에 수긍했다.

"과연 역대 손꼽히는 『황금의 저왕』이나 사신이라고 숭앙받는 『구두의 고왕』마저 단독으로 격추한 괴물이군."

사실이지만, 말이 심하잖아.

"싸운 감상은?"

"두 번 다시 싸우고 싶지 않다."

족제비 황제의 질문에 솔직한 감상을 고했다.

“그 정도의 적인가……. 그러나, 어떤 강적이 기다린다 해도 짐의 방침에 변경은 없다. 짐은 신민들이 무지몽매한 미개의 어둠에 가라앉는 것을 좋게 볼 수 없음이야.”

족제비 황제는 에피도의 존재보다도 신의 금기 탓에 문명의 발달이 저해되는 것을 꺼리는 모양이다.

“그리고 외적이란 것이 아무리 강하다 해도, 쓰러뜨릴 수 있는 존재라면 대처할 수 있지. 언젠가 멸망시킬 우신 놈들 뒤에, 놈들이 늘어나는 것에 지나지 않는다.”

각오를 굳힌 표정으로 족제비 황제가 말했다.

이미, 말로는 그들의 의지를 뒤집을 수 없을 것 같군.

◆

“문답은 이제 됐겠지.”

족제비 황제가 말하고, 옆에 있던 방울을 흔들어 떨어진 장소에 있던 복면들을 불렀다.

“쿠로여. 이쪽도 약속을 지키지. 여기서 가지고 나가는 것은 용납 못하지만, 성상의 기록고에 있는 석판을 마음껏 읽어도 좋다.”

족제비 황제가 말하고, 아리따운 바디라인을 가진 복면을 불렀다.

용모는 모르겠지만, AR표시에 따르면 120세쯤 되는 스피리건 여성 같다.

“안내도 없이 십수억 장이나 있는 석판을 찾는 것은 힘들겠지.

사서 한 명을 붙여주마. 마음껏 써라."

"감사하지."

나는 족제비 황제에게 인사를 하고, 사서를 따라서 석판고에 갔다.

이렇게 되면 그들이 의지하는 석판을 체크해서, 그들의 뜻을 돌릴 수 있는 재료를 찾아야지.

고고고고고 하는 구동음이 들려 돌아보자, 등 뒤에서 족제비 황제와 군사 토우야를 태운 엘리베이터가 알현실로 이동하기 시작했다.

뭐, 돌아갈 때는 귀환전이^{리턴}를 하면 되지.

"이쪽이옵니다, 손님."

석판고의 문에 사서가 손을 대자 빛이 확 들어오더니 자물쇠가 열리는 소리가 들렸다.

"이것이 『진실의 방』의 무한 서고입니다."

"공간 확장 같은 것이겠지만…… 대단하군."

석판고의 문을 통과하자, 끝이 안 보이는 책장이 어디까지나 이어지고 있었다.

"가장 오래된 석판의 장소로 안내해다오."

"네, 이쪽입니다. 저와 떨어지지 않도록 해주세요. 이 복면을 하지 않은 자가 길을 잃으면 다시는 밖으로 나갈 수가 없습니다."

사서가 겁을 주듯 경고했다.

귀환전이 마법이나 유닛 배치가 있으니까 나가는 건 간단하지만, 여기에 돌아오는 것이 귀찮으니까 그녀와 떨어지지 않도록 해야지.

몇 걸음밖에 안 걸었는데 등 뒤의 문이 사라지고, 주변의 책장도 상당히 오래된 것으로 변했다.

판타지한 느낌이라, 참 좋군.

방금 전까지의 삐걱대는 문답으로 지친 마음을 치유해준다.

"이쪽이 2만년 정도 전의 가장 오래된 석판입니다."

"알겠다."

—그러, 면.

석판 한 장에 기록된 양은 128문자 정도지만, 억 단위의 석판을 평범하게 읽는 건 시간이 너무 걸린다.

역시, 비장의 수를 써야겠어.

"조금 특수한 방식으로 읽는다. 놀라지 말아다오."

"특수? 석판이 상하는 일은—."

"물론, 상처 하나 안 난다고 약속하지."

나는 사서의 말을 가로막고 보증하며, 언제나 발동하고 있는 마술적인 염동력인 「이력의 손」을 뻗어 100장 이상 되는 석판을 선택하여 스토리지로 수납했다.

"—석판이!"

놀라는 사서가 말을 끝내기도 전에 석판을 본래 장소로 돌려놨다.

물론, 처음에 있던 그대로의 장소다.

스토리지 안에 수납한 석판의 내용을, 영상 데이터로 보존한 것이다.

이곳의 석판은 한 장에 문자 수가 적으니까, 영상 데이터를 검색 가능한 텍스트 데이터로 변환하는 것도 한순간이면 된다.

"자, 계속 가지."

"아, 네."

나는 사서를 재촉하여, 차례차례 복사를 했다.

점점 페이스를 올려가고 싶지만, 「이력의 손」으로 만진 수를 동시에 수납하는 것이 고작이라 병렬 사고 스킬을 이용해 보존이 끝난 내용을 흘려 읽으면서 복사 작업을 진행하기로 했다.

석판의 기록에 따르면 「신의 부유섬」 라라키에가 현역이던 시절, 트롤의 마왕이 구두의 고왕과 싸워 패배하고 이 석실에 봉인된 부분부터 기록이 시작됐다.

"─트롤의 마왕이 불평한 것뿐이잖아."

봉인되고서 100년 정도는 트롤의 마왕이 불평하는 말이나 구두의 악담이 많았다.

이어서 많은 것이, 신들과 라라키에 왕조에 대한 불평이었다.

트롤의 마왕이 기록한 말을 믿는다면, 당시의 라라키에 왕조는 신들의 가호를 배경으로 지상의 왕국을 속국 삼아 지독한 압정을 펼친 모양이다.

구두나 트롤의 마왕은 라라키에 왕조의 지배에서 지상의 나라들을 해방하기 위한 목적으로, 신들에게 반기를 든 모양이다.

다만 점점 구두가 폭주하여 구해야 할 지상의 나라들까지 멸망시키기 시작해서 트롤의 마왕과 반목하게 되고 마지막에는 패배하여 봉인되어 버렸다고 한다.

구두는 얼마 안 가 용신의 불꽃으로 격멸되어 버렸다고 기록되어 있었다.

그러나 구두는 세리빌라의 미궁을 모판 삼아서, 수백 년에서 천 년 정도의 간격으로 부활을 반복하는 모양이다.

대개의 마왕은 많아도 몇 번 부활을 반복하면 다시는 부활하지 못하는 것과 비교해서, 구두만 끈질기리만치 몇 번이고 부활하고 있다.

그때마다 싸움울 좋아하는 용들이 구두에게 리벤지 매치를 도전했다가 쓸려나가고, 신들의 애원을 받은 용신이 출진해서 쓰러뜨리는 것이 정석이었던 모양이다.

기록을 보니, 트롤의 마왕처럼 계속 봉인되어 있던 자는 소수 같다.

"이것은⋯⋯."

마왕의 정보를 추적하다가, 마신에 관한 기술을 발견했다.

방금 전 라라키에 왕조의 기술 근처에 있었는데, 마신은 2만년 전 당시에는 사람들 앞에 가볍게 모습을 드러내며 당시 주류였던 원시 마법이 아닌 새로운 마법— 현대에 전해지는 마술을 사람들에게 전수한 모양이다.

그렇기에, 마술의 신— 마신이라 불리기 시작했다고 트롤의 마왕이 기록하고 있다.

또한 마신은 자유의 상징으로 숭배받으며 「자유의 신」으로도 불리고, 그 신봉자들은 「자유의 백성」이라고 자칭했다고 한다. 현대의 마왕 신봉 집단이 「자유의 날개」나 「자유의 빛」처럼, 「자유의~」로 시작되는 이름은 마신의 별명에서 시작된 걸지도 모르겠군.

"마족과의 관계는 적혀있지 않은가……."

마족은 어느샌가 석판에 기록되기 시작했는데, 마신과의 관계성에 관해서는 기술이 없었다. 적어도 초대 용사의 시대에는 평범하게 있었던 것 같다.

덤으로 마신의 현재에 대해서도 조사했는데, 놀랍게도 마신은 신들에게 봉인당한 모양이다.

정보원 자체가 「신탁의 무녀」라서 어디까지 진실인지 수상하지만, 마신은 달에 봉인되어 있다고 적혀 있었다.

마신이 용신과 싸웠다가 지고 피폐해졌을 때 봉인 당했다고 한다.

이것이 사실이라면, 아리사 같은 전생자에게 유니크 스킬— 신의 권능을 대여해서 전생시킨 건 누구지? 아니면 마신은 봉인된 그 상태 그대로 일본인들을 전생시키고 있는 건가?

—아니, 잠깐.

마신이 그걸 하고 있다는 확증이 없잖아. 지금은 상황 증거뿐이다.

억측에 억측을 거듭하는 건 관두자.

그렇지만, 이곳의 기록을 읽으면 읽을수록 족제비 황제들의 말이 사실이란 걸 알 수 있다.

그런 한편으로 족제비 황제가 말한 「『신의 조각』을 가진 자는 신을 거역하지 못한다」라는 이야기에 대해서는, 그다지 확증 같은 것을 얻을 수 없었다.

분명히 용사답지 않은 행동만 하던 용사가 파리온 신의 권능이나 가호를 잃고 마왕에게 살해당하거나, 마왕과 화해한 직후의 용사가 마왕을 암살하는 등 불가해한 행동은 있었다.

반대로 마왕이 평화적으로 통치하고 있던 왕국을 갑자기 자신의 손으로 멸망시키는 사례나, 용사와 함께 행동하던 전생자가 마왕을 퇴치하고 개선하는 도중에 용사를 해치는 사례는 분명히 있었지만, 신이 행동을 조종했다고 강변할 정도는 아니라고 생각한다.

기록 중에는 신이나 신의 사도에게 도전한 전생자나 용사가 몇 명인가 있었지만, 모두 승리하지 못했다.

사도 중에는 목을 베어도 소생하고, 잿더미가 된 상태에서 재생한 예까지 있으니, 평범한 방법으로는 완전히 쓰러뜨릴 수 없는 거겠지. 나랑 공투한 자이크온 신의 사도도, 어지간히 불사신이란 느낌이었고.

그런 사도도 무적은 아닌지, 구두나 「황금의 저왕」 같은 극히 일부의 마왕에게 패배했다.

물론 그런 마왕들이라도 신 자체에게 승리한 자는 없는 모양이다. 그 구두마저도, 신과 몇 번인가 비긴 정도였다.

군사 토우야는 이 사례에서 신에게 이길 방법을 발견했을 거라고 생각하는데, 나는 알 수 없었다.

석판을 3분의 2 정도 읽었는데, 아직 대신 마법의 개발에 성공한 자는 못 보았다.

이 석판에 적힌 기록이 전부는 아니지만, 내가 고대유적의 정보를 기반으로 대신 마법의 개발에 성공한 것은 나 자신이 생각한 것보다 기적적인 일일지도 모르겠다.

그것 말고 신과 싸워 이길 수단은, 동격 이상의 신을 격돌시키는 것밖에 안 떠오른다.

무쿠로가 한 것처럼 신을 협박하는 수법도, 성공한 것은 그의 한 번밖에 없었다.

그것 말고는 모두 협박을 무시하고 멸망 당했다.

"—이걸로 드디어 600년 전인가. 이제 조금 남았군."

아까부터 조용한 사서에게 시선을 보내자, 입에서 혼이 빠져나올 것 같은 표정으로 바닥에 주저앉아 있었다.

나는 힐끔 메뉴의 시각 표시를 확인했다.

응. 너무 열중했다.

앞으로 조금이니까 전부 읽은 다음에 돌아가고 싶은데, 그녀는 아무래도 한계 같았다.

안내 역할의 사서를 다른 사람으로 바꿔달라고 해야지.

나는 그녀를 안아 들고, 석판고의 입구에 축지로 이동했다.

이력의 손으로 문을 열면서, 내 뇌리에 한 가지 의문이 떠올랐다.

—우주에 거점을 가지는 게 목적이라면, 그 핵병기는 무엇을 위해 보관하는 거지?

과거의 경험과 석판의 자료로 생각해서 신에게 물리공격이 통할 것 같지도 않고, 역시 밑져야 본전으로 무쿠로 전법을 해볼 생각인 걸지도 모르겠다.

　　　◆

"위정자로서 실격이네."

"응, 부적합."

족제비 황제나 군사 토우야의 대화를 들려주자마자, 아리사와 미아가 불합격 선고를 했다.

지금 나는 세이프 하우스에서 대기하는 동료들 곁으로 귀환전이하여 보고를 하러 돌아왔다. 물론, 리자와 루루도 함께다.

"정말이지, 악랄한 족제비 놈들에 걸맞은 황제입니다."

족제비 수인을 싫어하는 리자가, 그것에 동의했다.

"주인님은 개입 안 해?"

"내정 간섭을 할 생각은 없어."

자신의 정의를 타인에게 밀어붙이는 건 내 스탠스가 아니다.

족제비 황제가 금기를 범해서 신과 적대할 지도 모른다는 걸 알면서도 하는 거라면, 내가 밖에서 이러쿵저러쿵 말할 필요 없겠지.

일단 핵병기가 이쪽으로 오면 싫으니까, 감시는 할 셈이지만.

"뭐, 주인님이라면 그렇게 말하겠지."

"족제비 놈들의 나라에, 주인님이 신경 쓰실 만큼의 가치는 없습니다."

아리사가 내 방침을 긍정하고, 리자가 과격한 발언을 했다.

"……."

루루가 뭔가 말하고픈 표정이다.

“루루, 사양하지 말고 말해봐.”

“아, 네. 족제비 제국은, 그렇게 나쁜 나라 같지가 않아서…….”

“뭐, 나라 자체는 그렇게 말할 수 없는 건 아니네.”

루루의 발언에 아리사가 소극적으로 동의했다.

“응. 주인님 이야기는 어려워서 잘은 모르겠지만, 족제비 제국에서 만난 사람들은 모두, 행복해 보였는걸.”

“예스 루루. 토끼 귀의 유생체 등 일부 예외를 제외하면, 비교적 만족스런 상태였다고 평가합니다.”

루루의 감상을 나나가 긍정했다.

“슬럼 말고는 굶는 사람들이 그다지 없었어요.”

“우이우이~, 배고파는 힘들어~.”

“네, 인 거예요. 가난하고 추운 건, 안되고 안 되고 안 되는 거예요!”

루루의 말에 괴로운 과거를 떠올렸는지, 타마와 포치가 쪼그려 앉고서 굳은 표정을 지었다.

“뭐, 그건 부정 안 하겠어. 우리가 비판하는 건 정상의 자세야.”

“응, **언페어.**”

“뉴~?”

“**학쑬**적인 이야기인 거예요.”

잘 이해하지 못했는지, 타마와 포치가 눈썹을 루프시킬 법한 표정으로 고개를 갸웃거렸다.

“조금 어려웠나? ……그렇네. 예를 들어서 말하면—”

아리사가 예를 들었다.

『어떤 곳에 배가 고픈 여자애가 있었습니다.』

여자애한테 공감했는지, 타마와 포치가 괴로운 기색으로 배를 눌렀다.

『그곳을 지나가던 남자가, 아주아주 맛있는 임금님의 빵을 여자애한테 주었습니다.』

두 사람이 안도한 표정을 지었다.

『하지만, 그 빵은 임금님의 식탁에서 훔친 빵이었습니다!』

두 사람이 경악해서 일어섰다.

『그곳에 위병이 나타나서 남자를 체포했습니다. 임금님의 빵을 먹은 여자애도 남자의 공범으로 위병에게 잡혀서, 그대로 남자랑 같이 처형당해버렸습니다.』

"위병 너무해~."

"그런 거예요! 여자애는 나쁘지 않은 거예요!"

"아하하, 그건 그렇지만, 위병한테는 남자랑 여자애가 같은 일당으로 보인 거야."

뭐, 보통은 제3자로서 죄를 묻지 않겠지만 예를 들기 위해 굳이 그건 무시한 거겠지.

"남자가 족제비 황제, 여자애가 족제비 제국의 사람들, 위병이 신, 처형이 천벌이란 거야. 신에게 족제비 제국도 족제비 제국 사람들도 똑같이 보이는 거야."

"그러면, 신이 나빠~?"

"그런 거예요! 나쁘지 않은 애를 처형하면 안 되는 거예요!"

뭐, 그렇게 되지.

"예를 잘못 들었을까?"

"그러네. 개미로 비유해볼까? 한 마리의 먹보 개미가 포치랑 타마의 간식을 전부 먹어버렸습니다. 둘은 어떡할래?"

"슬퍼~?"

"나쁜 개미한테『떽!』하는 거예요!"

"그 개미가 다른 개미랑 섞여서, 어느 개미인지 모르면?"

"그~게, 그~게, 그런 거예요! 개미들한테『떽』하는 거예요!"

포치가 고민하고서, 명안을 떠올린 것 같은 표정으로 말했다. 옆에 있던 타마도『나이스 아이디~어~?』라고 포치에게 동의했다.

그리고, 그것이 바로 내가 기다린 대답이었다.

"포치는 죄가 없는 개미한테도『떽』하는 거니?"

"그치만, 포치는 구별할 수가— 앗, 인 거예요."

"그게 신의 시점이야. 포치가 개미를 구별하지 못하는 것처럼, 신들도 인간을 구별하지 못하는 거지."

"하, 하지만, 인간은 다들 다른 거예요?"

"잘 보면 알 수 있지만, 개미도 미묘하게 크거나 작거나 해서 조금씩 다르거든?"

포치가 필사적으로 저항했지만, 그 대답은 예상하고 있었다.

"알겠니? 방금 아리사의 애기로 돌아가면, 빵을 훔친 남자가『이건 임금님에게 훔친 빵이다』라고 솔직하게 말했으면 여자애도 안 먹었을 거고, 여자애가 그래도 먹었으면 공범이라고 의심을 받아도 된다고 자기자신이 판단해서 정한 거야."

나는 거기서 말을 끊고 두 사람이 이해하는 걸 기다렸다.

어떻게 이해했는지, 포치와 타마가 작게 고개를 끄덕였다.

"그러니까, 족제비 황제가 족제비 제국 사람들한테 비밀로『신들한테 혼날만한 일』을 하는 게 안 된다고 하는 거야. 알겠니?"

"네잉네잉~."

"네, 인 거예요. 완전 이해한 거예요!"

타마와 포치가 일을 마친 표정으로 대답했다.

"하지만, 아리사. 그럼, 황제가 하고 있는 일을 국민에게 전해주면 안 되는 거야?"

"그러면 족제비 제국에서 내란이 일어날 거야. 그거야말로 천벌이 떨어지는 거랑 다를 바 없는 사람이 죽을지도 몰라."

루루의 질문에, 아리사가 어려운 표정으로 고개를 옆으로 저었다.

그리고 족제비 황제의 시책으로 미증유의 호경기를 맞이한 족제비 제국 사람들에게 금기 이야기가 퍼진다고 해도, 헛소문이나 풍문의 유포 취급을 받은 끝에 선량한 사람들에게 돌팔매질을 당할 것 같다.

그리고, 「브레인즈」나 제국 상층부는 모두 금기의 위험성을 알고서 은혜를 얻으려 하는 것 같고.

"족제비 놈들에게 천벌이 떨어지는 건 자업자득입니다만, 다른 국민이 말려드는 것은 가여운 느낌이군요."

"예스 리자. 유생체가 말려들게 되는 미래는 간과할 수 없다고 단언합니다."

"사토."

리자와 나나가 민중의 보호를 호소하고, 미아를 비롯한 모두가 나를 보았다.

사실 족제비 제국의 제도에는 시가 왕국의 왕도나 공도에 있는 것 같은 지하 쉘터가 잔뜩 있으니, 신의 천벌이 있어도 아마 전멸하지는 않을 거야.

"그렇네. 족제비 제국에 천벌이 떨어진다고 정해진 건 아니지만, 유비무환이라고 하니까. 만의 하나에 대비해서 민중을 구하는 수단은 준비해둘게."

지금 생각나는 건 「신기루」의 마법으로 만들어낸 신기루 도시에 사람들을 피난시키는 것이다.

수용량의 한계를 조사한 적이 없고, 신기루 도시는 상공에 나타나니까 그곳으로 피난시킬 수단도 필요해진다.

이거라면 내정 간섭이 아니라 인명구조니까 문제 없을 거야.

"나도 집단 전이를 시킬 방법이 없을지 마법서를 다시 읽어볼게."

"유니크 스킬은 금지다."

"안다니까아. 주인님이나 동료를 위해서라면 모를까, 알지도 못하는 남을 위해서 그렇게까지는 안 해."

아리사는 웃으며 말하지만, 그래도 정이 두터워서 막상 닥치면 도와주는 것이 아리사니까 아무래도 걱정을 해버린단 말이지.

"그렇지. 이거 돌려줄게."

아리사에게 빌리고 있던 혼각화환을 반납했다.

"이제 됐어?"

"그래, 이제 유니크 스킬을 쓸 예정은 없어."

여차할 때를 위해서도, 아리사가 가지고 있으면 좋겠다.

지금까지「유닛 배치」를 쓴 경험으로 봐서, 평범하게 몇 명 전이 시키는 것뿐이라면 몸에도 심리적으로도 부담이 없다.

아마도 전에「유닛 배치」실험을 했을 때 쓰러진 **그것**은,「용의 계곡」특유의 현상이 아니었나 싶어.

뭐, 일부러 시험해볼 생각은 없지만.

"─바로 움직여?"

생각하던 탓에 한순간 무슨 이야기인지 이해하지 못했지만, 족제비 제국의 천벌 대책 이야기겠지.

"나는『진실의 방』에서 조금 더 정보수집을 할 생각인데, 모두는 먼저 시가 왕국으로 철수해도 돼."

아리사의 장거리 전이 마법이라면, 유니크 스킬을 안 써도 두 번인가 세 번 정도의 전이로 돌아갈 수 있을 거야.

"삐리삐리삐리~?"

"통신기가 울리는 거예요!"

타마와 포치가 세이프 하우스의 마신기에 온 착신을 보고해 주었다.

"누구한테?"

"에치고야 상회야. 무슨 일이지?'

긴급 신호가 아니니까 트러블이 아닐 거라 생각하지만, 정기 보고 말고 전달할 필요가 있는 뭔가 일어났을 가능성이 높다.

「진실의 방」에서 석판을 마저 읽는 건 나중에 하고, 한 번 시가 왕국에 돌아가야겠군.

막간: 파나틱

"종교는 사람들의 마음에 안녕을 주는 근사한 것이다. 전생의 어린 시절, 종교가였던 부모에게 그런 말을 들으며 자랐다. 그것은 어떤 면에서 진실이었겠지만, 종교를 가림막 삼아 자신의 욕망을 채우는 가짜 종교가 또한 많이 보았다. 역시, 사람은 아무리 가도 어리석은 것이겠지. 물론, 나 자신도 포함해서."

"참으로 흉흉하군."

아타셰 케이스 안에 엄중하게 봉인된 **그것**을 보고, 족제비 수인 노신관이 위태로움이 가득한 눈을 형형하게 빛냈다.

"섣불리 만지지 마라. 독기를 봉하는 결계도 직접 만진 자는 지킬 수 없다."

"네놈! 교주님께 무례하다!"

친절하게 주의를 해줬는데, 추종자 놈들이 입가에 거품을 튀기면서 힘차게 불평을 했다.

"자이크온 신의 가호가 두터운 보도라조그 존사에게, 이 정도 독기 따위 통하지 않는다!"

그러면 시험해 보라고 도발하고 싶었지만, 그건 자중했다.

이 바보 놈들이라면 정말로 시도해서, 귀중한 **연옥저주**를 망쳐

버릴 수도 있다.

"정말이지, 가져올 거라면 『신의 약(소마)』이나 가져오면 좋을 것을."

신관복을 입은 보라색 머리카락 남자가 앞으로 나섰다. 고목처럼 메마른 남자다.

한심스레 기른 긴 머리카락에 가려 알기 어렵지만, 머리카락의 틈으로 보이는 눈은 움푹 들어가 있어서 참으로 건강하지 못한 얼굴이었다.

전에 본 「브레인즈」의 자료에는, 남자는 「무병장수(인빈시블 헬스)」, 「생존전략(서바이벌 라이프)」이라는 무해한 유니크 스킬이 있었을 거다.

무슨 생각으로 생활이 보장된 「브레인즈」를 뛰쳐나가, 이런 수상쩍은 종교단체에 들어왔는지.

"공방은 모두 근절했다고 생각했는데, 아직 유통되고 있었나……."

신의 약(소마)이란 것은 마약처럼 중독성이 있는 약주(드러그)를 말한다.

당연히 족제비 제국에서는 생산이나 유통은 물론, 소지도 사용도 금지되어 있다.

"덕분에 입수하기가 힘들어. 지금은 경건한 신자 동료에게 나눠 받는 수밖에 없다. 이러한 사악한 것을 가지고 올 정도라면, 『신의 약(소마)』을 가지고 와라!"

보라색 머리카락의 남자가 반복했다.

"그것은 중독성이 높다. 구하기 어려운 걸 기회로, 끊도록 해라."

"흥. 내 유니크 스킬 앞에서는, 아무리 위험한 드러그라도 단순한 담배나 술과 같은 기호품에 지나지 않아."

자신의 유니크 스킬을 과신해서 금지 약품에 손을 댔다가 빠져 버렸나.

"그렇군. 충고는 했다. 신을 따르기 전에, 목숨을 잃지 않도록 해라."

"흥, 네놈의 걱정을 들을 이유는 없다."

나도 참 괜한 참견을 했다.

약물 의존증인 자 따위 그냥 못 본 체하면 되는 것인데.

"그래서? 네놈은 교주님에게 이러한 사악한 물건을 건네 무엇을 시키려는 거냐?"

"마음대로 써라. 추천은 네놈들을 포박하러 나타나는 성당 기사에게 쓰는 것이다."

"성당 기사를 주살하고 싶은 것인가— 기다려라! 성당 기사가 우리들을 포박하러 나타난다고?!"

"지금 당장은 아니다. 그러나, 황제는 네놈들의 활동을 염려하고 있다. 그리 멀지 않은 미래에, 성당 기사들이 너희들을 섬멸하러 나타나겠지."

"포박이 아니라, 우리들을 학살한다고?"

"그만큼, 네놈들은 위험시되고 있다는 것이다."

내 이야기를 듣고 보라색 머리카락의 남자가 입을 다물었다.

"어째서, 체제측의 네놈이 그걸 우리에게 알리나?"

"간단하지. 황제는 지나쳤다. 불신심한 황제를 치고, 황제가 신심이 깊은 친왕에게 양위하는 것이야말로 제국 천년의 영화로 이어지는 것이다."

의문을 품는 보라색 머리카락 남자에게, 표면적인 헛소리를 고했다.

"그렇고말고! 귀공 같은 신심이 깊은 자가 있다니 제국도 아직 구제의 싹이 남아있군!"

노신관이 눈을 형형하게 빛내면서, 헛소리를 진심으로 받아들였다.

"교주님의 말씀이 제국 중추까지 도달했다니!"

"이 또한 보도라조그 존사의 가르침이, 위대하신 자이크온 신께 닿았기 때문입니다!"

"교주님과 위대하신 자이크온 신께 영광 있으라!"

추종자들이 입을 모아 노신관을 칭송했다.

맹신자 따위는 이런 법이군. 땅 밑으로 전락할 때까지, 자신이 보고 싶은 것만 보고 있으면 된다.

"······."

그런 가운데, 보라색 머리카락 남자만 의심이 가득한 눈으로 나를 보았다.

"무슨 일이 있어도 **그것**을 자신에게 쓰지 마라? 네놈들 전생자가 쓰면, 죽지도 못하고 마왕으로 타락해 버리니까."

"우리들에겐 신의 약이 있다! 그러한 사악한 물건에 의지하는 일은 없어!"

보라색 머리카락의 남자가 내 충고에 코웃음을 쳤다.

"애당초 얼굴도 드러내지 않는 남자의 말을, 간단히 받아들일 수 있는가?"

“그러면 된다. 언제나 의심해라.”

내가 긍정하자 보라색 머리카락의 남자가 당황한 표정을 지었다.

뭔가 물어보고 싶은 기색의 남자에게 말을 걸지 않고, 나는 몸을 돌려 그 자리를 떠났다.

그들의 거점에서 충분히 떨어진 어두운 골목에서, 나는 혼잣말을 했다.

“거짓말은 안 했다. 그러나, 자네는 자신의 신앙을 추구하기 위해 스스로 마왕으로 타락하겠지. 신의 약(소마)이나 연옥저주에 침범된 자네가, 그래도 신앙을 추구할 수 있다면, 그때는 자네의 신앙이 승리한 거야.”

그러나, 우신의 강림은 가깝다.

마왕이 된 자네가, 영혼에 새겨진 역할에 저항할 수 있을까?

신의 숨결

"사토입니다. 동서고금, 갖가지 형태의 카미카쿠시 이야기가 전해집니다. 단순한 사고나 행방불명부터 아이 강탈로 불리는 납치 범죄까지, 그 기원은 다양하겠죠. 개중에는, 정말로 요괴나 신불에 의한 카미카쿠시도 있었을지 모릅니다. 그리고, 그런 이야기는 이세계에서도—."

"어서 오십시오, 쿠로 님. 족제비 제국에서 돌아오셨군요."

에치고야 상회에 돌아온 나를 재빠르게 발견한 것은, 예리한 미모를 가진 티파리자였다.

"마침 돌아온 참에 연락이 있었다. 무슨 일이 있었나?"

정기 보고가 아닌데도 전할 필요가 있다고 그녀가 판단했을 정도니까, 나름대로 중요한 안건이 틀림없어.

"네. 자이크온 신의 신탁 건으로 진척이 있었습니다."

티파리자가 고요한 목소리로 보고했다.

"신탁이 있던 시가 왕국 주변의 77곳 모두에서, 정말로 스탬피드 같은 것이 발생했습니다."

"피해는?"

"사전에 자이크온 신전의 신관들과 함께 전직 탐색자들이나 현역 탐색자들이 동행하여, 부상자는 있지만 사망자는 없습니다."

"그것은 잘 됐군."

반신반의였는데, 도움을 주길 잘했어.

활약한 자들에게 보너스를 주라고, 티파리자에게 말해뒀다.

그건 그러면 된다 치고—.

"『스탬피드 같은 것』이라고 했지?"

"샤루루룬의 보고에 따르면—."

샤루루룬은 변장이 특기인 전직 괴도이며 현재는 에치고야의 첩보원이다.

"분명히 샤루루룬은……."

"네, 『태양의 나라』 사니아 왕국에 파견했습니다만, 자이크온 신전의 예언 건으로 대륙 서방 나라들에서 일어난 스탬피드의 조사를 하도록 보냈습니다."

샤루루룬은 사니아 왕국에서 여러모로 신세를 졌지.

소사해 다음은 대륙 서방이라. 상당히 편리하게 부려 먹히고 있네. 대륙 서방에서 돌아오면, 좀 긴 휴가랑 일시금을 줘서 위무해야지.

"그녀의 보고입니다만—."

『현지의 증언을 검증했는데, 종래의 스탬피드하고는 명백하게 다르다. 소규모의 마물 집단이 산발적으로 도시나 마을들을 습격했으며, 마물의 영역 안에서 너무 늘어난 마물이 격류처럼 흘러나오는 통상의 스탬피드하고는 다르다. 조사해본 바로는, 마물의 영역 얕은 부분에 있는 마물들만 작은 집단이 되어 습격해온 것 같다.』

"—라고 하여, 어쩐지 작위적인 느낌을 받았다고 합니다."

"누군가의 자작극이란 건가?"

아무리 그래도 자이크온 신전의 자작극이라고 단정하는 것은, 이번 스탬피드 사건의 범위가 너무 넓다.

말하긴 좀 그렇지만, 쇠락해가는 자이크온 신전에 이 정도 규모의 사건을 일으킬 법한 자금도 인재도 없을 거야.

그야말로, 은밀하게 부활한 자이크온 신이 암약했다는 게 더 믿음이 간다.

"보고는 그것뿐인가?"

"아뇨. 마지막은 억측이라고 주의가 붙어 있습니다만 『마치 커다란 힘을 가진 누군가가, 일부러 작은 소동을 일으킨 것 같은 인상을 받았다』라는 소감이 있었습니다."

현장을 조사한 샤루루룬도, 나랑 비슷한 느낌을 받은 모양이군.

"그렇군. 샤루루룬은?"

"그녀에게는 서방 소국군의 다른 나라들에 조사원을 파견해 달라는 요청이 있었고, 샤루루룬 자신은 자이크온 신의 앞마당, 자이크온 중앙신전이 있는 『변환의 나라』 피아로오크 왕국으로 갔습니다."

분명히, 무슨 일이 있다면 거기겠지.

"샤루루룬에게 너무 깊이 파고들지 않도록 주의할 것을 전달해라."

자이크온 중앙신전에는 「에피도로메아스」가 봉인되어 있었고, 섣불리 파고들어서 범의 꼬리를 밟는 사태가 일어나면 난처하니까.

“네. 엄중 주의를 하겠습니다.”

“적당히 해도 된다. 이런 조사에서 우수한 조사원을 잃고 싶지 않은 것뿐이야.”

샤루루룬과 그녀의 동료 피핀 같은 인재는 얻기 어려우니까.

나는 다른 긴급 의뢰가 없는 것을 확인하고, 동료들이 기다리는 비밀기지로 「귀환전이」했다.

◆

“어서 와, 주인님. 에치고야 상회는 괜찮았어?”

“그래, 문제없었어. 신탁 건으로 호출한 거였다.”

아리사를 비롯하여, 흥미가 있어 보이는 멤버에게 에치고야 상회에서 들은 이야기를 전했다.

“분명히 누군가가 뒤에서 조종하는 느낌이네. 역시, 단골들— 마족이나 마왕 신봉 집단인가?”

“아냐.”

“예스 미아. 마족 관련이라면 더욱 피해가 커질 것이라고 고찰합니다.”

아리사의 예상을 미아와 나나가 부정했다.

“그렇군요. 이만큼 광범위로 일을 꾸민 것치고는 사망자가 너무 적습니다.”

“하지만 리자 씨. 부상자는 많은 모양이고, 마을의 밭이나 도시의 건물이 큰 피해를 입었다는데요?”

"그게 수상해. 일부러 자이크온 신전의 신관들에게 신탁 같은 것을 내려서까지 대책을 마련하다니, 뭔가 꾸미고 있어요라고 말하는 거나 마찬가지 아냐?"

리자의 발언에 루루가 반응하고, 아리사가 보충했다.

참고로, 아까부터 조용한 포치와 타마와 류류는, 신작 햄버그 맛 육포와 새우 풍미 바삭바삭 육포를 맛보느라 바쁜 모양이다.

"단골이 관계없다 치고, 흑막인 누군가는 자이크온 신전을 움직여서 뭘 하고 싶은 걸까?"

"떡밥?"

"아~, 그렇구나. 이번에는 신탁이 진짜라고 생각하게 만들고, 다음 가짜 신탁이 진짜란 패턴이구나!"

"그래."

아리사와 미아가 납득하는 옆에서, 루루가 신기하단 표정을 지었다.

"있지, 아리사. 신탁은 가짜야?"

"아마도. 왜냐면, 자이크온 신은 죽어있잖아? 아무리 신이라도 죽은 상태에서 신탁은 내릴 수 없어."

루루의 의문에 아리사가 대답했다.

"그리고 신성 마법은 여전히 쓸 수 없는 거지?"

아리사가 나한테 확인했다.

"아마도."

적어도, 자이크온 신관의 신성 마법이 사용 가능해졌다면, 내가 에치고야 상회에서 보고를 받았을 때 민완 비서 티파리자가 말하지 않았을 리 없어.

자이크온 신전에 그것을 비밀로 할 메리트가 전무하다. 오히려, 대대적으로 선전할 거야.

"샤루루룬이 『변환의 나라』 피아로오크 왕국에 있는 자이크온 중앙신전을 조사하고 있으니, 조만간 뭔가 정보가 들어올 거야."

그래서, 내가 적극적으로 조사할 생각은 없다.

지금은 시가 왕국의 왕도에 아리사가 말하는 「단골」이 침입한 흔적은 없다. 「수상하다」 이상의 정보가 들어오지 않는 한, 당분간은 어중간하게 손 놓고 있는 족제비 제국 건을 진행하는 게 건설적이겠지.

그걸 동료들에게 말해줬다.

"그럼, 또 금방 족제비 제국에 돌아갈 거야?"

"그렇네⋯⋯."

지금은 그쪽에 긴급 안건이 없다.

족제비 제도에서 네즈나 케이를 만나는 것을 깜빡했지만, 큰 탈 없이 지내고 있는 것 같으니 우선순위가 낮아도 상관없을 거야.

"기껏 시가 왕국까지 돌아왔으니, 나머지 석판을 읽으러 돌아가기 전에 이쪽에서 할 수 있는 일을 해둘 거야."

천벌이 그리 쉽게 떨어지는 일은 없을 거라 생각하지만, 그때를 대비해서 족제비 제국의 민중을 구조하는 방법을 모색할 생각이다.

"미안하지만, 아리사와 미아는 도와줘."

"오케이~!"

“응.”

아리사랑 미아가 즉답했다.

그녀들의 마법을 빌려서 우선 실험이다.

“포치는 필요 없는 애인 거예요?”

“타마도 없어~?”

포치와 타마가 글썽글썽하는 눈으로 올려다 본다.

방금 전까지 진지한 표정으로 신작 육포 맛보기를 하고 있었는데, 어느샌가 이야기를 듣고 있던 모양이다.

“그렇지 않아.”

나는 두 사람에게 말하고 리자를 보았다.

“두 사람은 나나와 루루랑 같이, 코어투의 미궁에 마물을 나르는 일을 도와주세요.”

“네잉.”

“네, 인 거예요! 포치는 마물 나르기의 프로인 거예요!”

“예스 리자. 몬스터 캐리어의 퀘스트를 수주한다고 보고합니다.”

사전 논의를 한 것은 아니지만, 리자는 내 의도를 파악하고 네 명에게 이야기를 꺼냈다.

“어? 저도요? 알았어요. 가끔은 운동을 해야죠. 배에 살이 붙어버리니까요.”

“고기~?”

“맛있는 거예요.”

타마랑 포치가 좌우에서 루루의 배를 냠 깨물었다. 물론 힘은 안 주었다.

"아하하, 타마, 포치, 간지러워요."

루루가 몸부림치자, 최근 성장하고 있는 가슴이 성장을 주장했다.

너무 빤히 보는 것도 섬세함이 부족하니까, 살짝 시선을 피했다.

"리자, 이쪽은 부탁한다."

"알겠습니다."

뒷일은 리자에게 맡기고, 나는 아리사와 미아를 데리고 벽령으로 귀환전이해서 이동했다.

"천벌 때 족제비 제국 사람들을 피난시키는 거지?"

"그래. 비공정으로는 이동속도가 부족하고, 대도시의 주민을 운반하기엔 승객 수가 너무 적어."

"게이트?"

미아가 말하는 「게이트」는, 아리사의 상급 공간 마법 「전이문」^{트레블 게이트}이다.

"우~웅, 게이트는 너무 크게 만들지는 못하고, 열어둘 수 있는 시간도 1시간 정도가 고작인걸? 만반의 준비를 하고 줄을 선 군인이라도 1시간에 3만 명 정도가 한계야. 잡다한 일반인이라면, 1만 명 이하라도 이상하지 않을 거야."

"1만 명이라……. 복수의 게이트를 열어놓는 상급 마법이나 보조하는 마법 도구로 어떻게 안 될까?"

"어려울 거야. 그리고, 자기가 살던 도시에서 떠나는 걸 싫어하는 사람이나, 가재도구를 포기 못해서 짐을 잔뜩 실은 마차로 길이나 게이트를 막는 바보는 반드시 나올 거고."

　그런 인간을 설득하거나, 배제할 필요도 있구나…….

"어쩐지, 불가능할 것 같아졌어."

"하지만, 포기할 생각은 없지?"

"응."

　아리사가 당연한 듯 말하고, 미아가 위로하듯 내 등을 통통 두드렸다.

"애당초 어디로 피난 시켜? 게이트로 보낸다고 해도, 이웃나라에 이동시키는 게 고작인걸?"

"이거에 피난시키려고 생각 중이야."

　내가 말하고 「신기루」 마법으로 벽령 상공에 신기루 도시를 불러냈다.

"오~, 오랜만이네! 파리온 신국에서 시즈카를 피난시켰을 때 이후 처음 아냐?"

"응, 그리움."

　아리사와 미아가 신기루 도시를 올려다 보았다.

"저기는 얼마나 피난시킬 수 있어?"

"자세하게 조사한 적이 없으니까, 한 번 안에 들어가서 계측해 볼까?"

　아라비안 나이트풍의 건물이 잔뜩 있고, 수로에 물도 흐르고 있었으니 나름대로 많은 사람을 수용할 수 있을 것 같은데.

"사토."

　미아가 「안아 들어라」고 말하듯 팔을 펼쳤다.

"아! 나도!"

아리사가 즉시 편승했다.

"그래그래. 말씀 따르겠습니다."

공주님에게 하는 것처럼 공손하게 두 사람을 안아 들고, 천구로 상공의 신기루 도시에 향했다.

신기루 도시는 맵이 존재하지 않는 공간이다.

"넓이를 어떻게 잴 거야?"

"작은 실프."

요전의 봉인 유적 「이경 미로」에서 한 것처럼 작은 실프를 뿌려서, 위치 관계로 신기루 도시의 넓이를 계측하는 느낌이군.

"그걸로 부탁해."

"응, ■······■ ^{크리에이트 실프} 바람 정령 창조."

미아가 긴 영창을 거쳐, 바람의 의사정령 실프를 소환했다.

"작은 실프, 가."

―퐁.

미아가 명하자 실프가 무수하게 작은 실프로 분열하여, 신기루 도시의 안쪽을 향해 퍼져나갔다.

100미터, 200미터, 300미터······ 1킬로······ 10킬로······ 어디까지 이어지는 거지?

공간 마법 「멀리 보기」를 발동하여, 실프 하나에게 타깃을 맞추었다.

멀리 보기의 시야에 비치는 것은, 어디까지나 펼쳐지는 사막이었다.

“미아, 작은 실프 하나를 되돌려줄래?”

“응, 돌아와.”

마침, 타깃으로 맞추고 있던 하나가 출발점을 향해 이동했다.

사막 너머에 오아시스가 보이기 시작했다. 도시부는 그 너머다.

오아시스가 있는 것이, 여기서 6킬로 정도의 범위. 도시부는 여기서부터 3킬로 정도의 범위로 퍼져 있다. 오아시스까지의 공간을 생활권이라고 생각하면, 임시 피난소로서는 충분하고 남는 넓이가 있다고 생각해도 되겠지.

“물자 보관소 같은 거 만들 수 있을까?”

그렇게 생각하여, 사막 지역까지 이동했다. 미아가 흙의 의사정령 게노모스를 불러내 지반을 굳히고, 내 흙 마법이 합세하여 지하창고를 만들어봤다.

그곳에 임시 물자를 세팅하고, 한 번 밖으로 돌아가 「신기루」 마법을 해제하여 신기루 도시를 없앤 뒤 얼마간 시간을 두고서 다시 한번 「신기루」 마법을 써서 신기루 도시를 재소환했다.

“물자는 있을까?”

“아마 괜찮아.”

신기루 도시로 피난시킨 시즈카가 괜찮았었고, 전에 도시 안에 물건을 설치해서 시험했을 때도 괜찮았다.

과연 결과는―.

“―있다.”

“지하는 시원하니까, 식품도 딱히 상하지 않았어.”

“시간 별로 안 지나서 그런 것도 있잖아.”

사막 에리어의 지하에서도 들여온 물자나 건조한 건물이 유지되는 모양이라, 여러 개의 지하 창고와 쉘터를 만들어 보존식을 넣어뒀다.

이 보존식은 벽령의 도시에서 자동 생성되는 것들이다.

원재료는 스토리지에 사장되어 있던 동식물계의 마물 소재라서, 도시 핵에서 리퀘스트를 할 때마다 소재를 챠지했더니, 생산물인 보존식이 말도 안 될 만큼 쌓여 버렸다.

대개는 벽령의 도시 하나에서 보호하고 있는 구름 거인의 아이들이 식량으로 삼지만, 그래도 도무지 소비하지 못할 정도의 양이었다. 고대 프루 제국의 기술은 어마어마하다니까.

일단 족제비 제국의 사람들이 3개월 정도 피난할 수 있는 물과 식량을 준비해뒀다. 물은 오아시스에 있는 호수에서도 채취할 수 있고, 식사를 절약하면 반년 정도는 버틸 수 있을 거야.

"피난 장소는 여기면 된다 치고, 문제는 여전히 『어떻게, 여기로 피난시킬 것인가』네?"

"실프?"

"실프로 운송을 한다고?"

"응?"

"실프로 한 번에 옮길 수 있는 건 수십 명이잖아? 그건 내 게이트 전송보다도 무리일 거야."

"우음."

미아의 정령마법으로도 아리사의 공간 마법으로도 무리라…….

사람 수가 좀 더 적으면 어떻게 될 것 같은데, 최대로 제도 하나 분량, 수십만 명을 피난시켜야 하니까 상당히 난제다.

"드라이어드."

"그거다!"

미아가 중얼거린 말에 아리사가 짝하고 손뼉을 쳤다.

나무정령은 녹색 머리카락과 피부를 가진 정령의 일종으로, 나무를 매개로 전이문을 여는 힘이 있다.

"전송력은 아리사의 게이트랑 별 다를 바 없을 것 같은데."

게다가 연비가— 필요 마력량은 아리사의 공간 마법보다도 훨씬 많다.

"내 유니크 스킬을 쓰면—."

"기각이야! 기각! 주인님이 그렇게까지 몸을 던질 의리는 없잖아!"

유닛 배치를 쓰자고 제안하려 했더니, 아리사가 기겁하여 기각했다.

족제비 제국 사람들을 「아군 유닛」으로 인식할 방법이 없으니까, 애당초 사용 불가능이기도 하다.

"우웅."

"뭔가 좋은 방법이 없을까?"

"어쩔 수 없지. 누군가에게 지혜를 빌리자—."

결국 셋이서는 지혜가 부족하니까, 이런 경험이 많아 보이는 인물에게 상담하기로 했다.

후보로는, 유구한 시간을 살아온 보르에난 숲의 하이 엘프, 사랑스런 아제 씨나 시가 왕국을 건국한 히카루, 그리고 미궁 하층의 전생자 무쿠로를 비롯한 면면을 들 수 있다.

우선 처음으로 아제 씨에게 상담해봤는데, 드라이어드를 의지하거나 엘프의 공간 마법사를 총동원해서 게이트를 여러 개 여는 것 정도밖에 방법이 없다고 했다. 아무래도 족제비 제국의 문제니까, 라기보다 천벌이 떨어질 법한 위험한 상황에서 엘프들을 총동원하는 건 너무 위험하니까 협력의 요청은 사양했다.

다음으로 상담한 히카루는, 고대의 오크 제국이나 프루 제국에서 쓰였다는 「전이문」의 마법 장치를 말해줬지만, 전이문의 개통에 어느 정도의 시간이 걸리는 데다가 한 번의 전송 코스트가 막대하다고 해서 후보에서 제외했다.

"―그리하여, 상담하러 왔습니다."

"뭐가 『그리하여』냐고!"

미궁 하층을 찾아가서, 흡혈귀의 진조 반의 상야성에서 회의란 이름의 연회를 하고 있다.

참고로 나한테 태클을 건 목소리는 「주검의 왕」 무쿠로다.

"상관없잖아. 오우미 소 스키야키에는 죄가 없다."

달걀물에 담근 고기를 맛있어 보이게 먹은 것은, 알맹이가 없는 갑옷과 투구인 「강철의 왕」 요로이다.

여전히 아무것도 없는 공동에 사라진 음식이 어디로 가는지 신기하지만, 맛을 제대로 보고 있다면 그래도 된다고 생각한다.

"내가 애음하는 『렛세우의 혈조』도 재고가 위태로웠으니, 보충을 해줘 고마운 것이다."

이 성의 주인인 반이, 레드와인을 우아하게 마셨다.

"화내지 말고 무쿠로도 먹거라. 이대로는 요로이가 맛있는 고기를 전부 먹어버린다."

쑥갓을 올린 고기를 맛있게 입으로 옮기는 소녀는, 「소귀 공주」 유이카다. 그녀는 다중인격이지만, 지금은 오리지널인 초대― 자칭 「칠흑의 미희 다크 라 프란세스」 포이르니스 라 벨 피유인 유이카 3호다.

"흥, 쿠로가 예비로 준비했을 게 당연하지 않나. 이 바보가 독점을 해도, 태연하게 더 내놓을 거다."

내 쪽을 힐끔 본 무쿠로에게 수긍했다.

내 성격을 상당히 이해하고 있네.

"……맛있군."

스키야키를 먹은 무쿠로가, 무심코란 느낌으로 한 마디 중얼거렸다.

"어쩔 수 없군. 맛있는 스키야키를 봐서 들어주지."

"정말이지, 영감탱이 주제에 솔직하지 못한 놈이니라."

"시끄러워, 할망구! 애당초 영감탱이는 당연히 완고한 거다."

무쿠로가 편견이 가득한 폭언을 뱉었다.

나이가 들었다고 해서 완고하다고 장담할 수는 없다고 생각한다. 실제로 우리 할아버지는 나보다 훨씬 유연한 사고방식을 가졌다.

그건 그렇다 치고, 허락을 받았으니 족제비 제국의 현재 상황과 내가 하려는 일을 말했다.

다 들은 무쿠로 일행이 족제비 황제를 한껏 깎아내린 다음, 표적이 나로 바뀌었다.

"애당초, 바보 놈들의 뒤처리를 네가 할 필요가 어디 있나?"

"그렇지. 신에게 싸움을 건다는 건, 천벌로 전멸할 정도의 각오는 다 하고 있겠지."

"스스로 뒤처리도 못하는 불장난을 하는 놈이 불에 휩싸여 죽는 것도 자업자득인 것이다."

무쿠로 일행이 상당히 엄격하다.

신을 싫어하는 무쿠로라면 신들에게 싸움을 걸려는 족제비 황제를 칭찬할 줄 알았는데, 예전 위정자로서 자기 나라의 민중을 위험에 드러내는 자세를 용납 못한 모양이다.

"박정한 녀석들이로고. 멍청한 왕에 끌려가는 민초를 가여워하는 정도의 정은 가져야 하지 않느냐?"

"그렇게 말을 하지만, 너도 싫지 않냐?"

"그거야 그렇다마는……."

유이카가 무쿠로 일행을 타일러 주었다.

"나도 포이르니스의 생각이랑 같아. 족제비 황제의 방식은 문제투성이라고 생각하지만, 그건 그렇다 치고 만에 하나의 때 아무것도 모르고 말려드는 족제비 제국 사람들을 구하고 싶은 거지."

"천벌의 와중에 피난소까지 민중을 옮긴다는 거지?"

"무리로군. 여러모로 문제가 있지만, 시간적으로 무리다."

"쿠로는 피난시킬 장소는 준비를 해둔 것인가?"

"아아, 물론이지. 『신기루』란 마법으로, 상공에 도시를 소환할 수 있어."

내가 반의 질문에 답하자, 모두 다 「이 녀석, 뭔 소리지?」란 표정을 지었다.

"그것은 저것인가? 신화에 나오는 신기루 도시인가?"

"라라키에 시대 때, 압정에 괴로워하는 지상의 민초를 데리고 간 환상의 도시로구나."

무쿠로와 유이카는 신기루 도시를 아는 모양이다.

"허어? 그런 도시가 실재했던 것인가? 참으로 흥미롭군."

"나도 모른다. 신화 같은 건 흥미 없었으니까."

한편으로, 반과 요로이는 몰랐던 모양이다.

"쿠로가 소환할 수 있는 것이, 진정한 신기루 도시라면 이야기는 간단하구나."

유이카는 그렇게 서론을 두고, 나한테 신기루 도시의 신화를 들려주었다.

"—그러니까, 비실체화한 도시를 겹쳐서, 민초를 데려간다는 거야?"

"할 수 있지 않은고?"

그리고 보니, 두루마리를 썼을 때 「신기루」는 환영의 도시였다.

"조금 시험해봐도 돼?"

"재미있군. 시험 삼아 내 성의 주민을 데려가 보는 것이다."

"그거 좋구만. 우리도 한꺼번에 해봐라!"

주정뱅이들이 장난 같은 말을 하고서 웃었다.

뭐, 취했다고 해도 성주의 허가를 받았으니, 시험해 보자. 마법의 성질상, 잘 되지 않아도 마법 자체가 발동하지 않을 뿐일 거야. 상야성의 주민에게 위해가 가는 일은 없겠지.

"간다ㅡ."

나는 메뉴의 마법란에서 「신기루」를 선택하여, 비실체화한 신기루 도시를 상야성과 천장 사이에 불러냈다.

응, 잘 됐어.

다음은 신기루 도시의 좌표를 조작해서…… 아, 어렵네.

부감한 모습을 이미지하고 위치 관계를 파악했다. 이어서 선택한 신기루 도시를 드래그해서 상야성에 겹치고ㅡ.

"도시의 환영이 눈앞에 있으니 기분이 안 좋구나."

"그렇군. 슬슬 마무리를 해봐, 쿠로."

유이카와 무쿠로가 불평을 했다.

ㅡ데려간다.

우옷, 엄청난 마력을 빼앗겼어. 700포인트 정도지만, 마법 중에서 한 번에 이 정도의 마력을 먹는 건 동료들한테 「마력 양도」를 할 때나 「유성우」 마법 정도다.

""우옷.""

"이것은 깜짝 놀랄 일이로고."

시야가 한순간에 마계 같은 상야성에서 아라비안 나이트 풍의 신기루 도시로 전환됐다.

그렇군, 자신도 포함해서 데려갈 수 있구나.

"훌륭한 것이다."

"스키야키 냄비랑 화로까지 같이 오다니, 잘 알지 않나."

"흥, 여전히 재주가 좋구만."

삼자삼색의 평가지만, 모두 술병을 쥐고 있는 건 같았다.

“““반 님!”””

신기루 도시 저쪽에서 흡혈 공주들이 날아왔다.

그러고 보니 그녀들에게 아무 설명도 안 했군.

나는 흡혈 공주들이나 상야성의 메이드들에게 고개를 숙이고, 사정을 설명하고 사과의 선물을 바치는 것으로 어떻게 용서를 받았다. 뭐 반이 허가를 했다고 들은 시점에서 사과의 선물은 필요 없다고 했지만, 폐를 끼치고 놀라게 한 것은 사실이라 내 성의로서 건넬 생각이다.

또한, 신기루 도시에 데려왔을 때 일을 들어봤는데, 계단을 오르내리던 메이드들이나 취사를 하던 메이드도, 둥실하면서 공기 쿠션 같은 것으로 보호되어 다치지 않았다고 가르쳐 주었다. 이 마법을 만든 누군가는, 상당히 배려를 잘 아는 인물이었나 보다. 어쩐지 친근감이 느껴지네.

연회 뒤에, 벽령의 빈 도시에서 대량의 골렘을 준비해서 해본 실험으로, 수십만 명 단위의 주민이 있는 대도시에서도 문제없이 「데려가는」 것이 가능하다고 확인했다.

이걸로 만에 하나 족제비 제국에 천벌이 떨어진다고 해도, 일반인의 피해를 막을 수 있겠어.

>칭호 「납치자」를 얻었다.
>칭호 「도시전설」을 얻었다.
>칭호 「식인 도시의 주인」을 얻었다.

로그를 보니, 악평이 퍼질 법한 칭호가 있었다.

뭐, 인명 구조의 준비니까 못 본 걸로 하자.

◆

시가 왕국에서 용건을 마친 우리는, 다시 족제비 제국으로 돌아왔다.

수행원 리자와 루루 말고 다른 멤버는, 지난번과 마찬가지로 마키와 왕국과 족제비 제국 사이에 있는 세이프 하우스에서 대기다.

"꺄아."

우리들에게 배정된 영빈관의 방에 「귀환전이」를 하자, 방의 청소를 하고 있던 메이드가 놀라버렸다.

"놀라게 해서 미안하군, 메이드 양."

"사, 사자님. 어, 어서 오십시오."

심장이 쿵쾅거릴 법한 표정으로, 메이드가 어색하게 귀인에 대한 예를 표했다.

전이하는 모습을 보여버렸지만, 「용사의 종자」 쿠로라면 전이 정도는 해도 신기할 것 없을 거야.

"조금 외출한다. 뭔가 전언이 있나?"

"아, 네! 있습니다. 기다려 주세요!"

메이드가 허둥지둥 달려갔다.

중간에 상관을 만났는지, 메이드가 혼나는 소리가 여기까지 들렸다. 미안해, 메이드 아가씨.

얼마 지나 방에 들어온 것은, 아까 전의 메이드가 아니라 양수인의 집사였다.

"사자님. 전언은 이것이옵니다."

가장 위는 자쿠가 호위관, 두 번째는 안내 역할인 리트디르트 양, 그것 말고는 원로 주최의 파티에서 인사를 했던 사람들의 초대장 같았다.

아니, 그 속에 섞여서 「브레인즈」의 전언이 있었다.

"오늘 아침 날짜로군—."

그들한테, 케이랑 네즈가 방문했다는 것이었다.

나머지 석판을 읽으러 가기 전에 「브레인즈」의 시설에 들러야겠어.

또한, 자쿠가 호위관의 전언은 고관과 면회의뢰 중개 같았으니 무시해도 되겠지. 리트디르트 양은 한가하면 성당 기사단에서 운동이라도 하자는 것이었다. 리자에게 갈 거냐고 물어봤는데, 「주인님의 경호를 하는 것이 몇 배나 중요합니다」라며 정색하고 거절했다. 이쪽도 다른 편지랑 같이 무시하자.

"아~! 알렉스다!"

"아스카와 토미코로군. 케이와 네즈가 왔다는 전언이 있었는데, 두 사람은 아직 있나?"

있는 건 맵 검색으로 알고 있지만, 두 사람을 만나러 왔다고 전하기 위해 물었다.

"토미코라고 하지마~! 나는 미코라고 해!"

"그러면 나도 알렉스라 부르지 마라. 내 이름은 쿠로다."

정정하지 않고 방치하면, 「브레인즈」에서 알렉스로 부르는 게 정착될 것 같단 말이지.

"정말~! 잘못 부른 건 아스카잖아."

"미안미안, 쿠로 씨. 미콧치도 미안해. 사과의 뜻으로 두 사람 불러올게."

검은 머리 아가씨가 접수처로 달려가, 케이와 네즈에게 면회라고 전해주었다.

현관 로비의 테이블에서 토미코와 잡담을 하다 보니, 신관복을 입은 케이와 원색의 조끼를 입은 네즈 두 사람을 데리고 검은 머리 아가씨가 돌아왔다.

그러고 보니, 케이는 자이크온 신의 신관 견습이었지.

"어~어, 누구? —네즈 씨랑 아는 사이야?"

"나도 몰라. 내가 아는 건 케이뿐이니까."

네즈와 케이가 당황하고, 토미코가 나한테서 두 사람을 지키듯 이동했다.

"이 모습으로 만나는 건 처음이다. 이러면 어떻지?"

"아~! 우티스 씨!"

붕대 오리하르콘을 이용해 도마뱀 수인의 모습으로 변신하자, 곧장 케이가 떠올려주었다.

"그래 맞다."

내가 수긍하고, 그녀가 부탁한 기념품— 자이크온 신의 성인과 성수를 그녀에게 건넸다.

"와~, 성수 병이 빛나고 있어! 이런 거 처음 봤어!"

케이가 받은 성수 병을 눈빛을 반짝이며 보았다.

이상하군……. 내가 신전에서 받았을 때는, 성수 병이 빛나지 않았는데. 자이크온 신의 성수는 알맹이가 그냥 물일 거고, 어째서지?

아무리 그래도 **내가 가지고 있기만 해도, 그냥 물이 진짜 성수로 변하는** 일은 없을 거고 말야.

"케이랑 아는 사이야?"

"그거, 네즈 씨. 마키와 왕국에서 우리를 구해준 사람이야! 용사 애들이랑 같이 있던 사람!"

"아~, 그러고 보니……"

케이와 달리 네즈는 별로 기억이 없는 모양이군.

그때는 케이를 지키려고 필사적이었으니까.

"네즈는 마왕화가 풀린 모양이군."

놀랍게도, 네즈는 마왕의 칭호와 함께 유니크 스킬도 잃었다.

"응, 군사란 사람이 비밀 장소로 안내해줬어."

과연 엘프의 현자 토라자유야. 정말로 마왕화를 풀 수 있을 줄은 몰랐다.

"다행이군, 네즈. 본래대로 돌아왔으니."

"응. 하지만, 마왕화를 풀어도 쥐의 몸은 그대로야."

네즈가 고개를 숙이며 울분에 차서 중얼거렸다.

"특별한 힘을 잃은 쥐는 그냥 쥐야."

흠. 네즈는 마왕인 채가 더 좋았던 걸까?

뒤에서 루루가 「어쩐지 알 것 같아요」라고 말했다.

어디에 공감 포인트가 있는지는 모르겠지만, 기껏 본래대로 돌아왔는데 긍정적으로 살아갈 수 없는 건 가엽다고 동정을 하고 있다가 어떤 물건이 떠올랐다.

"네즈, 이걸 써보겠나?"

"이게 뭐야?"

내가 내민 물건을 보고 네즈가 경계심을 드러내며, 두런두런 중얼거렸다.

"변신 팔찌다. 이걸 끼면 인간족으로 변신할 수 있지."

"정말?!"

네즈가 뛸 듯이 기뻐하고, 내가 건넨 팔찌를 아무 의심도 없이 끼웠다.

누군가 야무진 사람이 옆에 없으면, 금방 사기에 걸릴 것 같아 무섭군.

"우와와와와."

네즈가 작은 쥐 수인의 모습에서 인간족의 모습으로 변했다.

"이거 나? 거울! 거울 어딨어?"

"자, 이거."

흥분하는 네즈에게, 검은 머리 아가씨가 콤팩트를 건넸다.

본래 모습이 기준이 되는 건지, 네즈는 변신 뒤에도 어쩐지 쥐 같은 느낌이 빠지지 않는 느낌이다.

이건 글렀을지도 몰라. 네즈를 격려할 말을 생각해낸 내 귀에, 네즈의 환성이 뛰어들었다.

"굉장해! 인간 얼굴이다! 전생의 내 얼굴이랑 닮았어!"

네즈가 본 적 없는 함박웃음을 지으며 들떠 있었다.

아무래도, 네즈는 변신 뒤의 모습에 만족한 모양이다.

"다행이네, 네즈 씨. ■ 축복! —해볼까~."

케이는 별 생각 없이 한 거겠지만, 노란색의 반짝이는 빛이 케이의 손바닥에서 흩어져 네즈를 축복했다.

"고마워, 케이, 예쁘네."

"—어?"

기뻐하는 네즈와 달리, 케이는 자신이 한 일에 놀란 건지 자기 손을 보고 있었다.

"무슨 일이야? 처음으로 마법이 발동했어."

내 로그에도 실려있다.

케이가 발동한 건 신성 마법이다.

나도 케이와 마찬가지로 놀라고 있었다. 왜냐하면, 그건 있을 수 없는 일이니까. 케이가 사용한 것은 「죽어있을 자이크온 신」 유래의 신성 마법이었다.

"우티스 씨, 왜 그래?"

케이가 웃으면서 나한테 물었다.

내가 놀란 이유를 말하기 전에, 그 자리에 제3자가 모습을 드러냈다.

"소란스럽군."

거창한 의상을 입은 젊은 족제비 수인과 그 호위로 보이는 종자들이었다.

AR표시에 따르면, 그는 족제비 제국의 황태자였다. 복잡하게 도, 그는 족제비 황제의 양자인데, 게다가 친왕의 친자식 같았다.

어떤 정치 역학이 작동하면 그렇게 되는 건지, 참으로 흥미롭다.

이런 경우가 아니면 이것저것 물어보고 싶지만, 아무래도 타이 밍이 안 좋아.

"케이와 다른 이는 누구지? 무슨 일이 있는 건가?"

"전하! ―우티스 씨, 이 분은 족제비 제국의 황태자 전하야! 제 도에 온 뒤부터, 아주 잘 대해주셨어~."

케이가 기뻐하며 말했다.

그녀에게 호의적인 인물인 것은 좋지만, 제3자가 있으면 그녀에 게 신성 마법을 쓸 수 있는 걸 비밀로 하도록 말할 수가 없다. 그 렇지만, 이 나라의 후계자를 쫓아낼 수도 없으니 답답한 일이다.

"대단한 일은 안 했다. 그보다 뭘 하고 있었지?"

그런 내 속셈도 모르고, 황태자가 털털한 목소리로 파멸을 재 촉했다.

"그렇지!"

케이가 들뜬 목소리로 말했다.

"전하한테도 해줄게! ■"

"기다―."

"축―."
^{블레}

"무례한 것!"

내가 말릴 틈도 없이, 케이가 황태자에게 축복을 쓰려다가 호 위기사에게 제압됐다.

아슬아슬하게 세이프다. 하마터면, 황태자가 족제비 제국의 도시 핵을 계승하지 못하게 될 참이었어. 이유는 모르지만, 신의 축복을 받은 자는 도시 핵의 계승을 못하게 되는 모양이니까.

"그 역도의 목을 쳐라!"

황태자의 명령을 받고 호위가 주저 없이 케이의 목을 치려고 하길래, 가뿐하게 밀어내고 케이를 해방시켰다.

"양쪽 다, 진정해라."

"처음 보는 네놈은 친왕파인가! 비키지 않으면, 네놈도 대역죄로 목을 치겠다!"

중재하고 싶은데, 황태자가 흥분해서 건드릴 수가 없군.

"전하, 어째서?"

"케, 케이는 못 죽여!"

겁먹은 케이를, 네즈가 떨면서도 필사적으로 지키려 했다.

우선 틀림없이, 케이는 도시 핵의 계승 같은 건 모르는 거겠지. 설명하고 싶지만, 아쉽게도 그런 느긋한 상황이 아니다.

"어째서, 라고? 우신의 하수인이란 것을 숨기고 나에게 접근한 것이냐!"

황태자도 혼란스러운 것 같다.

"감추고 말고, 케이는 계속 신관복을 입고 있었던 모양이다만?"

"무능한 자이크온을 은신처로 삼다니 교활하구나! 그러나, 그 음모도 이제 끝이다! 이미 지원을 불렀다. 이제 곧 성당 기사단이 여기로 쏟아져올 것이야!"

다행히도, 황태자와 측근들은 일의 중요성을 정확하게 이해 못했다.

황태자의 계승도 중요한 일이지만, **족제비 제국에 훨씬 심각한 사태를 불러들일 수 있는** 것이다.

"그러한 잔챙이가 몇 명 있더라도, 주인님의 발끝에도 못 미칩니다."

리자도 휘젓지 말자.

그런 카오스한 상황 속에서, 어디선지 모르게 신비적인 종소리가 들렸다.

이때는 아직, 이 종소리가 바로 **끝의 시작이라고**, 나를 포함해 아무도 깨닫지 못했다.

"예쁜 소리네요."

그렇기에, 루루가 무심코 말한 느낌으로 중얼거려도 그걸 탓하는 자는 없었다.

깊고 조용하게 울리는 음색에서, 제작한 장인의 탁월한 기량이 느껴진다. 시가 왕국에도 하나 있으면 좋겠다고 태평한 생각을 할 정도로.

"좋은 음색이다. 족제비 제국에는 좋은 장인이 있군."

"흥, **이러한 종 따위 들어본 적도 없다.** 어떠한 아름다운 소리라도, 환청으로 나를 얼버무릴 수는 없다."

사태를 어물쩍 넘기려고 생각한 내 말을, 황태자가 매정하게 내쳤다.

―잠깐.

이때, 드디어 나는 깨달았다.

계속 제도에 살고 있던 그가 모른다면, 이 종은 어디서 들리는 거지?

그 의문은 금방 풀렸다.

최악의 형태로, 전부.

《《《경청하라》》》

위압감 있는 목소리가 **하늘에서 내려온다.**

여러 종류의 말이 겹쳐서 들려오는 것 같았다.

흙 소리와 천이 스치는 소리의 합창이 귀에 닿았다.

"……신, 이시여."

멍하니 케이가 중얼거리는 게 들렸다.

나 말고 다른 사람들이 땅바닥에 고개를 숙이고, 이마를 땅에 대고 있었다.

그것은 황태자도 예외가 아니다.

《《《경청하라》》》

또다시, 하늘에서 소리가 내려왔다.

아무래도, 최악의 사태가 시작된 모양이다.

천벌 〔서장〕

"사토입니다. 천벌이라고 하면 성경을 떠올립니다만, 일본에서도 신벌이
나 「천벌 받는다」라는 말이 여러 가지 우화 등에서 존재하고 있습니다. 물
론, 직접 천벌이나 신벌을 받는 일은 없지만요."

《《《경청하라》》》

위압감 있는 목소리가 다시 **하늘에서 내려왔다.**

내 시야 안에 AR표시되는 로그 정보에 따르면, 이것은 **신이
내리는 계시** 같았다.

여러 가지 말— 아니, 여러 가지 의미를 가진 말이 뇌리에 직접
닿는다.

아무래도 계시를 내리는 신은 음성으로 대화하는 게 아니라
직접적인 방법으로 수많은 사람에게 통달하려는 모양인데.

잠시 침묵한 다음에, 본론이 시작된다—.

《《《금기》》》

《《《금기》》》

《《《금기》》》

날개 소녀 시로우와 크로우를 구하려고 간 모래바다에 떠 있는 「태양의 나라」 사니아 왕국에서, 헤랄르온 중앙신전의 「신의 시련」을 받았을 때의 신탁하고도 조금 다르다.

《《《금기》》》《《《족제비》》》《《《금기》》》《《《불손》》》《《《금기》》》《《《멸망》》》 《《《금기》》》《《《천벌》》》《《《금기》》》《《《집행》》》《《《타락》》》《《《처벌》》》《《《신 앙》》》《《《기도》》》《《《평온》》》

뭐랄까, 감정이 너무 앞서서 제대로 설명을 못 하는 사람 같은 인상을 받았다.

아니면 튜닝이 안 되어 혼선된 라디오를 듣는 느낌인가?

주변 사람들 사이에서, 고통스런 소리가 흘렀다.

아무래도, 격렬한 이미지의 연쇄가 사람들을 괴롭히는 모양이군.

그럼에도 누구 한 사람 일어서지 않고, 그 고통에 견디고 있다. 그리고 그것은 정도의 차이는 있지만, 리자나 루루도 예외가 아니다.

그만큼 신에 대한 경외란 것이 강한 거겠지.

나만 멀쩡한 이유가 조금 신경 쓰이지만, 그 이상으로 루루와 리자를 이런 상태로 방치할 수 없다. 유닛 배치로 리자와 루루 두 사람을, 아리사 일행이 집보기를 하고 있는 세이프 하우스로 보냈다.

이어서 케이와 네즈 두 사람도 유닛 배치로 보냈다. 내 정체가 들킬지도 모르지만, 아무리 그래도 여기에 두고 가면 회복한 황

태자에게 처형될지도 모르니까.

이윽고 종소리가 잦아들고, 격류 같은 이미지를 동반한 신의 계시가 끝났다.

좀처럼 의미를 알 수 없는 말이 섞여 있었지만, 「금기를 범한 족제비 제국에 천벌을 내린다」라는 건 틀림없을 거야.

다만, 신경 쓰이는 것은 말이다.

직접 만난 적 있는 카리온 신이나 우리온 신이나 테니온 신, 그리고 구두전에서 만난 언노운의 어린 소녀는 평범하게 대화하고 있었다.

헤랄르온 신은 「신탁」을 받았을 때뿐이지만, 그것하고도 분위기가 크게 다르다.

—어쩌면, 방금 그건 신이 아니라, 신을 사칭하는 무언가인 걸까?

수많은 사람들이 웅크려 버렸지만, 의연한 사람들은 비틀거리며 몸을 일으키기 시작했다.

족제비 제국의 상황 파악보다, 동료들의 안전을 우선해야지. 토미코 같은 아는 얼굴을 두고 가는 건 조금 망설여지지만, 나는 일단 회복 마법만 뿌려두고 귀환전이로 동료들이 기다리는 세이프 하우스에 돌아왔다.

◆

““"주인님!"””

"사토."

"마스터."

세이프 하우스로 귀환하자, 나를 발견한 동료들이 외쳤다.

다들 괴로운 기색이다. 고레벨인 그녀들은 괜찮아 보이지만, 먼저 유닛 배치로 보낸 케이와 네즈 두 사람은 몸을 끌어안으면서 떨고 있었다.

집보기 멤버의 상태를 보니, 여기에도 신의 계시가 닿은 모양이군.

"여기를 벗어난다."

모두를 「이력의 손」으로 붙잡아, 귀환전이를 반복해 비밀기지로 돌아왔다.

"다들, 괜찮니?"

"응, 문제없어."

"추태를 보여드려, 면목이 없습니다."

아리사와 리자가 의젓하게 대답하지만, 아직 몸이 괴로운 느낌이다.

"조금 쉬어라. 나는 주변이 어떤지 보고 올게."

내가 말하고, 바로 옆에 있는 마왕 시즈카의 암자로 갔다.

중간에 쿠로의 변장을 풀고, 암자의 문을 노크해 불렀다.

"마슈타~!"

"어서와요, 사토 씨. 족제비 제국에 무슨 일 있었어?"

내 방문을 알아차린 파란 머리 어린 소녀 코어투가 센베이를 입에 문 채 뛰어들었다. 시즈카도 신기하단 느낌으로 나에게 이유를 물었다.

"혹시, 여기는 신의 계시가 닿지 않았나?"

"호헤? 그게 뭐야?"

의표를 찔린 표정의 코어투가, 말하는 도중에 물고 있던 전병을 떨어뜨렸다.

"그런 거 없었는데?"

시즈카가 고개를 옆으로 저었다.

여기엔 신의 계시가 안 닿은 모양이군.

신의 간섭마저 막아내다니, 유이카에게 결계를 쳐달라고 한 건 정답이었다.

"—혹시, 족제비 제국에 천벌이 집행됐어?"

시즈카가 진지한 표정으로 내게 물었다.

진지한 표정이 되는 건, 입가에 묻은 전병 가루를 털어낸 다음에 하자.

내가 긍정하며 코어투의 입가를 닦아주자, 그걸 본 시즈카가 입가의 참상을 깨닫고 얼굴이 새빨개져서 부엌으로 달려갔다.

그걸 배웅하는데, 여기 오는 도중에 에치고야 상회에서 긴급 연락이 온 것을 깨달았다.

나는 암자에서 고개를 내밀고, 공간 마법 「원거리 통화」를 연속 기동해서 지배인과 티파리자에게 연결했다.

『신의 계시라면 파악하고 있다. 시가 왕국 주변이나 지사가 있는 장소에 문제가 일어나면, 긴급 통신으로 사양하지 말고 보고해라.』

『알겠습니다, 쿠로 님.』

『그러면, 정보 수집과 분석을 하겠습니다.』

두 사람의 목소리는 조금 떨렸지만, 족제비 제국과 떨어진 탓인지 동료들보다는 나은 느낌이다.

내가 통화를 끊으려는 참에, 지배인이 급하게 말했다.

『쿠로 님. 한 가지만요. 에치고야 상회 지사의 지사장들에게 축적된 물자 제공을 지휘할 권리를 부여합니다. 괜찮겠죠?』

『물론이다. 에치고야 상회에 관한 전권을 너에게 내린다. 의지하고 있다, 에르테리나.』

『핫, 네! 쿠로 님! 사력을 다해 기대에 응하겠습니다!』

내가 약간 무책임하게 떠넘긴 말에, 지배인이 대단히 힘찬 대답을 했다.

에치고야 상회는 그녀와 티파리자에게 맡겨두면 괜찮겠지.

원거리 통화를 종료한 다음 하나가 떠올라서, 티파리자에게 원거리 통화를 재접속했다.

『티파리자, 한 가지 잊었다. 계시 보고가 있던 지사를 기록해둬라.』

『—알겠습니다.』

뭐지?

기분 탓인지, 티파리자가 약간 기분이 틀어졌다고 할까, 기가 막혀 하는 분위기가 느껴진다.

뭐, 대단한 건 아닐 테니까. 한가해지면 직접 어떤지 보러 가자.

그런 것을 생각하는데, 입가를 닦은 시즈카가 돌아왔다.

"미안해요. 그래서, 무슨 일이 있었어?"

"방금 족제비 왕국에서 신의 계시 같은 것이 있었어."

"신의 계시요? 무녀가 받는 신탁이 아니라?"

내가 말하기 시작하자, 시즈카가 확인했다.

"그래. 구름 위에서 목소리가 내려오더군."

물론, 구름 위나 구름 속을 조사해봤지만 아무도 없었다.

적어도 맵에는.

"그래서, 어떤 계시가 있었어?"

"그게, 평범한 말이 아니라 이미지를 동반한 단어가 내려오는 느낌이었어."

나는 그때 들은 단어를 되도록 정확하게 전달했다.

"그건 무녀가 받는 신탁이랑 비슷하네. 파리온 신국에 있을 때, 전 성녀님에게 들은 적이 있어. 무녀가 아닌 사람에게 내리는 건 들어본 적이 없지만."

사니아 왕국에서 헤랄르온 신에게 시련을 받았을 때, 무녀랑 같이 의식을 받은 나한테도 신의 목소리가 들렸지만, 그건 예외적인 일일 테니까 딱히 언급 안 했다.

"역시, 족제비 제국에 천벌이 떨어지는 걸까?"

"아마도."

문제는 그것 이외다.

너무 걱정하는 걸지도 모르지만, 계시 안에 있던 「집행」, 「타락」, 「처벌」이 족제비 제국을 방치한 주변 국가들도 포함되는 게 아닐까 생각하지 않을 수가 없다.

그다음에 있던, 「신앙」, 「기도」, 「평온」은, 「신에게 기도하여 용서를 구하면 평온이 찾아온다」라고 할 수도 있다.

만약 그렇다면, 「신에게 기도할」 필요가 있는 재앙이 내릴 가능성이 있단 말이지.

"하지만, 어째서 갑자기."

"열쇠는 아마 자이크온 신일 거야."

"자이크온 신, 인가요?"

갑작스런 말에, 시즈카가 고개를 갸웃거렸다.

"신에서 유래된 스킬 보유자를 제거하고 있던 족제비 제국의 제도에서, 자이크온 신 유래의 신성 마법을 쓰는 자를 봤어. 계시가 내린 건 그 직후야."

"잠깐 기다려 주세요. 자이크온 신이라면 30년쯤 전에 자취를 감췄잖아요? 아무리 그래도 부활이 너무 빠르다고 생각하는데요……."

"부활이 빨라진 이유는 불명이야. 그렇지만, 눈앞에서 자이크온 신의 신성 마법을 쓰는 걸 봤어. 부활은 아마 사실이겠지."

심각한 표정의 시즈카 옆에서, 코어투가 「어리둥절」이라고 말할 것 같은 표정으로 멍하니 서 있었다.

뭐, 어린애한테는 너무 어려운 걸지도 몰라.

"혹시, 내 탓이야?"

덜컹 문이 열리고, 나나에게 어깨를 빌린 케이가 들어왔다.

"그럴 리 없잖아. 족제비 제국의 자업자득이야."

그 뒤를 따라 들어온 아리사가, 케이를 커버했다.

아무래도, 회복 속도에 개인차가 있는 것 같다.

"하지만, 폐하는 무고한 사람들의 생활을 풍요롭게 하고 싶은 거야!”

“그 결과가 이거야. 황제는 방식을 잘못 골랐어.”

케이의 변호를 아리사가 부정했다.

“하지만, 아무것도 모르는 무고한 사람들까지 함께 심판을 받다니…….”

“그건 괜찮아. 민중은 구할 거야.”

“정말? 하지만, 어떻게?”

내가 그렇게 대답하자 케이가 한순간만 눈빛을 반짝인 다음, 다시 불안한 표정을 지었다.

“사토 씨, 설마 신이랑 싸울 건가요?”

“아무리 그래도, 신들하고 싸울 생각은 없어.”

“그, 그렇죠.”

시즈카가 노골적으로 안도한 표정을 지었다.

그녀 안에서, 나는 얼마나 전투를 좋아하는 이미지인지 신경 쓰여.

“신이랑 싸우지 않아도, 민중은 구할 수 있어. 천벌로 민중이 학살당할 것 같으면, 미리 준비한 피난소에 대피시킬 셈이야.”

“저, 저기! 민중이랑 『브레인즈』 사람들만이 아니고, 가능하면 폐하나 황태자 전하도 구해줘.”

“사람이 참 좋군요. 신성 마법을 쓴 것뿐인데 당신 목을 치려고 한 족제비 놈들의 구명까지 탄원하다니.”

뒤늦게 들어온 리자가 그렇게 말하며 탄식했다.

그러고 보니, 리자는 신의 축복과 도시 핵^{시티 코어} 계승의 관계성을 모르지.

“절대라고 약속은 못하지만, 가능하면 피난시킬게.”

나는 케이에게 약속했다.

물론, 내가 피난을 권해도 황제나 군사는 그걸 거부하지 않을까 생각한다.

“그래서, 사토 씨. 일부러 우리들이 어떤지 보러 왔다는 건, 뭔가 해줬으면 하는 일 있는 거 아냐?”

케이와 대화가 일단락된 참에, 시즈카가 말을 꺼냈다.

“그래. 미안하지만, 성가신 일을 부탁할지도 몰라.”

“성가신 일— 마왕?”

“아직 모르지만, 족제비 제국은 전생자가 많아. 천벌 소동으로 누군가 마왕화하지 않는다고 장담하지 못하니까. 그리고 케이와 네즈 두 사람을 맡아줘. 여기나 코어투의 미궁이라면 신들도 손 못 댈 거야.”

없을 거라 생각하지만, 요전의 봉인 유적 「이경 미로」에 시즈카를 납치해간 놈들이 또 안 온다고 장담하지 못한다.

“알았어. 맡겨둬.”

“고마워. 큰 도움이 될 거야.”

그렇게 말해준 시즈카에게 인사를 하고, 동료들 쪽을 돌아보았다.

“모두는 여기서 대기해. 시즈카 일행을 지켜줘.”

“혼자서는 안돼! 우리도 같이 갈 거야.”

아리사뿐만이 아니라 다른 애들도 입을 모아 동행을 바랐지만, 그걸 받아들일 수는 없다.

"괜찮아. 싸우러 가는 게 아니야. 족제비 제국의 민중을, 구하러 가는 것뿐이야."

적어도, 아직 족제비 제국에 천벌이 내린 건 아닐 거야.

왜냐면, 족제비 제국 각지에 설치한 각인판의 반응이 남아있으니까.

"나 혼자서 감당하지 못하면, 모두를 부를게. 그때는 와줄래?"

"네잉."

"네, 인 거예요! 포치가 제일 먼저 가는 거예요!"

―LYURYU.

타마와 포치와 하얀 어린 용 류류가 맨 먼저 반응하고, 다른 애들도 조금 늦게 동의해줬다.

"그럼 다녀올게."

"잘 들어? 『목숨을 소중하게』야!"

메뉴의 마법란을 여는 나에게 아리사가 말했다.

"주인님, 무사하셔야 합니다."

아리사 뒤에서 리자가 불안한 표정으로 덧붙였다.

"물론이지."

나는 그 말을 남기고 「귀환전이」를 발동했다.

목적지는 족제비 제국―.

천벌 집행 전에 사람들을 구하기 위해서.

여유가 있으면 「진실의 방」이 천벌로 없어지기 전에, 나머지 석판을 열람해두고 싶네.

천벌 〔족제비 제도〕

사토가 동료들을 비밀기지로 대피시켰을 무렵, 족제비 제국 수뇌부에서는—.

《《경청하라》》

족제비 제국의 제성에 있는 알현실에도, 위압감 있는 계시가 하늘에서 내리고 있었다.

"기어이 시작됐군."

"그래. 예상보다 빠르군."

황제가 손가락을 깍지 끼고 손 위에 턱을 올렸다.

지방에 둘러싸인 몸으로는 스스로 손이 닿지 않는 건지, 여관들의 손으로 대행하고 있었다.

더욱이, 어째선가 묘하게 빛을 반사하는 둥근 렌즈의 안경을 코 위에 올렸다.

어디선가 본 포즈다, 라고 생각한 군사 토우야가 미간에 주름을 만들었다.

아무래도, 생각이 난 모양이다.

"놀이가 지나치다."

군사 토우야는 생각했다.

전생자의 영혼이 가진 그릇의 크기는, 업보의 깊이가 아닌가 하고.

"그렇게 눈을 찌푸리지 마라."

황제가 난간에 둔 손을 작게 흔들어 이야기를 끝내더니, 알현실을 둘러보았다.

여기에는 신의 위광이 닿지 않는 것인지, 알현실에 있는 대신들에게 불안감이 엿보이기는 해도, 대지에 엎드리는 기색은 없었다.

방금 전처럼 장난을 칠 수 있는 것도, 그 탓이리라.

"고대 왕국이 남긴 내신(耐神) 결계는 상당히 우수하군."

"이걸로 고대 유적의 탐색으로 희생된 자들도 보답을 받겠지."

황제의 말에 군사 토우야가 수긍했다.

해저에 가라앉은 신화 시대의 유적은 발견되지 않았지만, 대륙 서방의 사막 지대에 있던 고대 왕국의 지하 유적에서 입수한 비보(아티팩트)는 충분한 능력을 발휘했다.

"쿠로— 아니, 용사 나나시는?"

"『식자』 카나에게 찾아보라 했는데, 『브레인즈』의 건물에서 어딘가로 사라졌다."

군사 토우야의 대답을 들은 황제가, 당연하단 표정으로 「그런가」하고 수긍했다.

"신탁에 맞춰서로군…… **역시, 그 자는—.**"

"그래, 아마도 **그런** 거겠지."

황제가 우려하는 표정으로 말하자, 군사 토우야가 그 말을 도중에 받아냈다.

황제의 말을 가로막는 불경을 탓하는 자는 이 자리에 없었다.

왜냐하면, 대신들 대부분은 하늘에 보이는 틈새빛살을 올려다보고 있었으니까.

"크리퍼스큘러 레이즈인가."

"저 정도 경치면 그렇게 안 보여. 좀 더 우아하게『천국의 사다리』라고 하지."

군사 토우야의 말을 황제가 탓했다.

"그 표현은 풍류는 있지만, 다소 재수가 없군."

틈새빛살 하나를 가리키면서, 군사 토우야가 고했다.

"봐라, 천사— 아니, 신의 사도가 나타났다."

"저것이 사도인가……. 날개도 없고 사람의 모습도 아니군."

은색 원추 같은 모습을 한 사도가, 틈새빛살 속으로 조용히 내려온다.

그것은「눈의 나라」키워크 왕국에 나타난 자이크온 신의 사도하고도 다른, 명백하게 이질적인 모습이었다.

원추의 강하 장소는 제도가 아니라, 그 바깥쪽에 있는 병기 공장 부근 같았다.

"천사의 고리는 있는 것 같군."

원추의 꼭대기 부근에, 무한 기호 같은 형태로 깜빡이는 노란색 빛의 고리가 있었다.

"그럼 이쪽도 시작해볼까?"

"허가한다. 신이라 자칭하는 착취자 놈들을 처치해라."

황제의 칙명에, 군사 토우야는 석장을 들어 장군이나 대신들에게 지시를 전달했다.

"장군, 과학 특차대 및 과학 비행대를 원추 요격에 보내라."

"알겠다!"

의욕이 가득한 족제비 수인족 장군이, 가슴에 단 훈장을 흔들면서 방을 뛰쳐나갔다.

"성당 기사단을 제성으로 소집하라."

"군사 나리! 우리들에게도 원추 요격 허가를!"

"안 된다! 귀공들의 상대는 곧 나타난다."

성당 기사단 단장의 말을, 군사가 손을 들어 막았다.

"설마—."

그 의미를 짐작한 단장에게, 군사 토우야가 고개를 끄덕였다.

"보안국장, 제도 안의 위사들의 지휘권을 맡긴다. 주민들을 신속하게 가장 가까운 지하 피난호로 대피시켜라."

"알겠다. 신민들의 안전은 맡겨두시게."

악인 얼굴의 인간족 남성이 군사 토우야에게 경례하고, 임무를 다하고자 달려갔다.

"군사 나리, 지하는 괜찮은 것일까? 상대는 신과 그 권속—."

군사 토우야 앞에 나타난 것은 귀족원의 중진들.

그 얼굴에 떠오른 것은 비굴한 색이다. 그 마음속에 있는 것은 보신— 자신과 혈족들의 안전이리라.

"제도의 공항에 대형 비공정을 세 척 준비했다. 귀공의 친족과 유력 귀족들을 태우고 사가 제국 방면으로 피난시키지."

그러나, 군사 토우야는 준비가 만전임을 중진들에게 고했다.

"과연 군사 나리!"

"이런 경우도 상정해두신 거군! 허면 비 전하들도?"

"귀공들의 친족이었지. 허면 함께 가도록 하라. 한시가 급하다. 서두르는 것이 좋을 것이야."

제도를 버리고 먼 땅에서 망명 정권을 세울 생각이 가득한 중진들에게 수긍하고, 그들을 쫓아내듯 제도 탈출을 재촉했다.

재빠른 속도로 황제 앞에서 물러가는 자들을, 군사는 경멸하는 눈으로 배웅했다.

"몇 명이나, 사가 제국에 도착할는지……."

"상관없다. 이걸로 싸움에 방해되는 자도 사라지겠지."

근위 기사대장의 말에, 군사 토우야는 고개를 옆으로 저어 사소한 일을 뇌리에서 떨쳐냈다.

"그럼, 우리들이 준비한 수를 얼마나 돌파해줄까?"

그렇게 말하고, 군사 토우야는 가면 안에서 사납게 입가를 비틀었다.

군사 토우야의 시선 끝, 제도 교외에서는―.

"저것이 폐하의 적인가!"

질주하는 전차의 상부 해치를 열고, 차장이 하늘에 떠오른 은색 원추를 노려보았다.

"뭔가 빛났다!"

옆을 나란히 달리는 부대장의 고함 소리가 끝나기 전에, 빛 마법 「광선」 같은 빛이 흐르고, 멀리 보이는 성채 같은 병기 공장 하나를 쓸었다.

"흥. 어지간한 요새의 벽보다 두터운 강철제 방벽이 깨질 리가—."

차장이 말하는 도중에, 병기 공장에서 굉음과 불꽃이 오르며, 방금 전 빛이 휩쓴 지면도 뒤늦게 빨갛게 타오르며 흙먼지가 솟아올랐다.

"어, 엄청나군, 저게 뭐야."

차장이 멍한 표정이 되어 그 광경을 보았다.

그들이 탄 전차의 장갑과 비교도 안 될 만큼 두꺼운 병기 공장의 외벽이 한순간에 깨진 것이다. 그들이 탄 전차의 장갑 따위 종잇장이나 마찬가지. 전의를 상실해도 어쩔 수 없다고 할 수 있었다.

"겁먹지 마라! 곧 마 포식자가 발동한다!"

겁을 먹은 차장에게, 나란히 달리는 차량에 탄 부대장이 외쳐 격려했다.

그 말의 의미를 이해한 차장의 눈동자에 생기가 돌아왔다.

"왔다! 마 포식조들이다!"

원반 같은 마 포식자 발생기를 탑재한 쌍발 비행기가 저편에서 모습을 드러냈다.

프로펠러를 돌리는 엔진음과 겹쳐서, 마 포식자 발동의 기이한 소리가 전장의 하늘에 울렸다.

"오옷, 원추 자식이 기울었다!"

공중에서 정지한 사도의 자세가 흐트러지고, 낙하하기 시작했다.

“모든 차량 정지! 포격 준비, 제1사 이후, 재조준하여 철갑탄 3연사. 그다음, 유탄을 준비하고 대기!”

무선에서 대장의 목소리가 각 차에 도달했다.

“통상탄 장전, 완료!”

“이쪽은 3번 특차. 예광탄, 장전 완료!”

장전수의 보고를 듣고, 무선수가 대장차량에 전달한다.

그것과, 밖을 엿보던 차장의 시야 너머에 사도가 지상에 떨어지는 것은 동시였다.

“전차, 포격 개시.”

“발사아아아아!”

특차의 주포가 불을 뿜고, 납의 포탄이 사도 주위에 착탄하여, 흙먼지를 피워 올렸다.

“각도 하방 3, 좌방 1, 조금 오른쪽으로 돌려라— 정지. 조준 완료.”

“철갑탄 장전 완료.”

“발사아아아아아아아아아!”

특차에서 쏘아낸 철갑탄이 차례차례 사도에게 빨려 들어갔다.

멀리 떨어진 제성에서, 그 싸움을 바라보는 자들이 있었다.

“물리 공격이 이만큼 효과를 보이다니.”

대형 원견통을 들여다보며, 황제가 중얼거렸다.

마 포식자로 사도의 공격을 봉하고, 전차 포탄의 연사로 사도에게 포화공격을 하는 작전이 효과가 좋은 모양이다.

“영상, 나옵니다!”

빛 마법사와 공간 마법사의 궁정 마술사들이, 알현실에 대기하는 사람들 앞에 전장의 모습을 비추었다.

마 포식자의 효과 범위 밖에서 영상을 포착하기 위해, 평소에는 사이가 나쁜 궁정 마술사들이 협력하는 모양이다.

“납이나 철은 마력의 간섭률이 낮다. 그리고 특차대의 철갑탄에는 **그것**을 썼지.”

“흥, 판타지에는 판타지인가.”

황제의 뇌리에, 하급룡의 백골과 철갑탄의 하얀 탄두가 스쳤다.

“폐하! 마규바 시에서 전신! 사도가 나타났다고 합니다!”

“마찬가지로 모게이바 시에서,『은의 원추 출현. 시가지의 3분의 1이 백염화. 다만, 피난소의 신민에는 피해 없음』이라고 합니다.”

차례차례 비슷한 보고가 들어온다.

“폐하! 제도의 반대쪽에서 사도의 침공을 확인! 수는—.”

“왜 그러나? 말해라.”

“—아홉. 아홉 사도가 나타났습니다!”

절망을 띤 통신관의 말에, 알현실의 사람들 시선이 매달리는 것처럼 황제와 군사 토우야에게 모였다.

“저쪽도 진심인가 보군.”

“그러나, 이쪽의 진심도 아직 있다.”

황제와 이야기하던 군사가, 불안해 보이는 사람들을 돌아보았다.

“『마 포식조』모두 출격. 성당 기사단의 출동을 허가한다. D장비를 잊지 마라!”

“예.”

군사의 명령을 수락한 성당 기사단 단장이, 황제를 돌아보았다.

“폐하께 충성을! 제국에 승리와 영원한 영광을!”

하얀 창을 치켜든 단장이 황제에게 기사의 예를 취하고, 성당 기사에게 호령하여 방을 나섰다.

“『각성의 효시』는?”

“이제 막 재료를 얻은 참이다. 아무래도 그렇게 금방 만들 수는 없어.”

사람이 적어진 방에서, 황제와 군사 토우야가 말을 나누었다.

“하하핫! 네놈과 똑같이 보지 마라, 망할 군사!”

사람 수가 줄어들고, 정적이 지배하는 알현실에 높은 발소리를 내며 한 명의 남자가 모습을 드러냈다.

궁전에 안 어울리는 백의를 입은 보라색 머리카락의 남자, 「브레인즈」의 소장이다.

“소장인가? 뭘 하러 나타났지?”

“폐하한테 보고할 게 있어서.”

군사의 질문을 흘려내고, 황제 앞으로 걸음을 나아갔다.

“『각성의 효시』 준비가 완료됐는데, 계획대로 발사할까?”

황제의 앞에서도, 소장의 반말은 변함이 없다.

“물론이다. 훼방꾼이 오기 전에 진행해라.”

“오케이~! 즉단즉결! 거기에 짜릿해져 동경하게 돼~라니까.”

소장이 익살을 떠는 표정으로 윙크를 하고, 품에서 소형 무선기를 꺼내 「각성의 효시」 발사를 지시했다.

"이렇게 단기간에, 어떤 마법을 썼지?"

군사가 자신 옆을 지나가려는 소장의 어깨를 잡아 세우고, 원리를 캐물었다.

"마법 같은 거 안 썼어. 사람의 지혜다. **이런 일도 있을까 해서**, 중핵이 되는 암정주와 연료를 대신하는 현자의 돌만 끼우면 되는 부분까지 만들어뒀지. 데스마치에 빠지지 않으려면 작업을 앞당겨 해두는 게 제일이거든."

"그렇군—."

군사의 손을 떨쳐내고, 걸으면서 백의에 주름이 진 것을 펴는 소장의 귀에 군사의 말이 닿았다.

"—이걸로 **폐하**의 목적도 한 걸음 나아간다."

"응?"

군사가 중얼거린 말의 진의를 물어보려고, 소장이 발길을 멈추고 돌아보았다.

그러나 군사는 입을 다물고, 그의 귀에 닿은 것은 열띤 황제의 혼잣말이었다.

"자, 가라! 달의 봉인을 부수고, 잠든 **자유의 신**을 일깨워라."

그런 드라마가 펼쳐지는 것은, 제성뿐만이 아니었다.

병기 공장에서도 제도에서도 떨어진 장소에 있는 로켓 발사장에서—.

"큰일이다! 주월선의 조종 골렘이 기동 안 해!"

"어쩌지? 발사 시퀀스를 멈출까?"

"하지만, 지금부터 새로운 골렘을 준비하는 건 무리다. 『브레인즈』에 있는 예비를 조립할 거면, 아무리 빨라도 사흘은 걸려."

로켓 발사대 근처에 있던 관제탑에서, 『브레인즈』의 직원들이 거칠게 의논을 나누고 있었다.

"우리가 연속으로 철야를 해가며 작업한 끝이 이거냐."

"뭐가 과학 만능이야. 언제나 잘난 듯이 떠들어댔잖아? 뭔가 묘안을 꺼내봐!"

"우리가 다퉈서 어쩌라고! 아직 뭔가 수가 있을 거야!"

발사대 근처에, 전차포로 너덜너덜해진 사도가 땅을 기듯이 다가온다.

아마도 처음부터 사도의 노림수는 병기 공장과 로켓 발사장이었을 것이다.

이대로 가면 전차가 사도를 쓰러뜨리기 전에, 여기에 도달하여 달 로켓을 파괴해버릴 것이다.

"제가 갈게요!"

관제관 견습 소녀가, 보라색 포니테일을 흔들며 선언했다.

이 자리에 있는 가운데, 우주선에 탈 수 있는 건 자그마한 소녀뿐이다.

"이래봬도 전생에서 우주비행사가 되는 게 꿈이었어요."

"린코, 안돼! 주월선은 골렘용이다. 인간이 견딜 수 있는 가속이 아냐! 덤으로 도착 뒤에 핵이 폭발한다. 절대로 안돼."

"상관없어요. 가속 정도는, 제 유니크 스킬로 어떻게 『할게요! 그리고, 황제 폐하 정도는 아니지만, 저는 행운이 있거든요."

"……미안."

억지로 기운을 짜낸 소녀에게 반대했던 책임자였지만, 소녀의 흔들림 없는 눈동자에 져서 마지막에는 허가를 했다.

"정비부! 『마법의 가방』에 있는 대로 식량이랑 물! 그리고 산소통을 넣어라! 가공하다 남은 암정주 조각도 전부! 시험작 중력 추진기도 잊지 마라!"

헌신적인 소녀의 생환율을 0.1퍼센트라도 늘리기 위해, 책임자가 무선기를 향해 지시를 날렸다.

"뭐야, 저거? ……위험해! 누가, 달 로켓에 달라붙었다."

"신관복? —설마!"

관제탑에 있던 한 명이 경고를 하고, 쌍안경으로 들여다본 책임자가 소리를 질렀다.

그들의 시선 끝, 달 로켓을 오르는 인물은―.

"교주님, 앞으로 한 걸음입니다. 마왕 신봉자들의 음모를 쳐부수는 것은 자이크온 신의 신도된 자의 의무. 이제 곧 의무를 다하겠습니다."

신관복을 입은 긴 보라색 머리카락의 청년이, 열띤 소리로 중얼거렸다.

혼란을 틈타 동료들과 침입한 로켓 발사장에서, 여기에 도달한 것은 그뿐이었다.

"크히, 크히히히힉히. 소, 손이 떨린다…… 소, 소마를, 신의 약을 마셔야 해."

청년이 품에서 꺼낸 작은 병의 뚜껑을 열려 했지만, 손가락이 떨려서 열지 못하고, 마지막에는 뚜껑을 깨물어 이로 열었다.

작은 병 안의 액체를 마시고자 기울이지만, 경련해서 떨리는 손으로는 제대로 못 마시고 입가에 흘리면서 흘려 넣었다.

"크히, 크히히힉히. 크히, KUHIHHHI크히HIHI."

청년의 몸은 떨림이 멈췄지만, 그 입에서 흘러나오는 말은 사람 같지 않은 기이한 소리가 섞인다.

"거기 네놈! 멈춰라!"

총을 겨눈 경비병이 외치자, 돌아본 청년의 눈동자가 보라색 빛을 띠었다.

"총인가, ㅊㅊㅊ총GUGGGGUUUNNNNN."

"괴, 괴물!"

경비병이 총의 방아쇠를 당기는 것보다 빨리, 그는 하반신을 그 자리에 남기고 땅에 쓰러졌다.

청년의 보라색으로 물든 그림자에서 뻗은 칼날 짓이다.

"이제, 이제 고욜GO OD, 교주 니이NNNNNIIIMMMMM."

달 로켓의 측면을 오르기 시작한 청년의 등이, 다른 생물을 내포한 것처럼 울퉁불퉁하게 파도치기 시작했다.

"마, 마왕—."

언덕 위에 선 신관복의 남자들 중 한 명이, 로켓 발사장에 나타난 보라색 거인을 올려다 보며 중얼거렸다.

달 로켓은 허망하게도 부서지고, 불꽃 속에 가라앉은 발사장과 쓰러져 가는 관제탑이 보였다.

"스루가 신관, 그건 아닐세. 그는 성왕. 위대한 자이크온 신께 귀의한 성스러운 왕이다. 금기 투성이인 이 땅을 정화하기 위해 활약해주는 성전사인 것이야."

"교주님."

"보도라조그 존사."

신자 청년을 사지로 보낸 교주 보도라조그가, 그럴 듯한 명분을 고했다.

내심 보라색 머리카락의 전생자들을 모멸하고 있는 것 따위, 그의 정부 말고는 아무도 모른다.

"우리들에겐 우리들의 역할이 있다. 가지."

"네, 교주님."

교주 일행이 언덕 뒤에 있던 지하 제의장의 좁은 계단을 내려갔다.

"제군들. 오늘까지 잘 따라와 주었다."

""""교주님.""""

"이제부터 마지막 의식을 행한다. 자이크온 신께 영광을."

""""자이크온 신께 영광을.""""

교주 일행이 읊은 것은 과거에 멸망한 신성 자이크온 교국의 사제왕에게만 전해지는 가장 깊숙한 비술.

인보크 데이티
—신령 광림.

그것은, 위대한 신을 그 몸에 내리는 기술.

설령 술법이 성공한다 해도, 읊은 자들의 목숨도 영혼도 모두

잃게 되는 금기의 의식 마법이다.

지금까지 성공사례가 지극히 적은 비술이 성공할 것인가는 아무도 모른다.

그러나, 만약 성공한다면—.

족제비 제국에, 또 하나의 위기가 찾아오려 하고 있었다.

천벌 〔전편〕

"사토입니다. 밖에서 보면 어쩔 수 없는 상황이라고 해도, 현장에 있으면 그것이 보이지 않을 때가 있습니다. 최선의 수를 고르고 있다 생각해도, 파탄의 때를 아주 약간 미루는 것뿐일 때도 있습니다. 하지만, 그 발버둥으로 번 시간이, 기사회생의 기회가 되는 일도—."

내가 족제비 제국에 돌아온 때는, 은빛 원추와 족제비 제국군의 전투가 시작되기 직전이었다.

"어라? 방을 뒤진 흔적이 있네."

족제비 제국의 영빈관에 귀환전이로 돌아오자, 우리에게 주어진 방이 빈집털이를 한 것처럼 흐트러져 있었다.

더미 여행 가방을 찢어놨고, 알맹이가 바닥에 흩어져 있다. 여기를 찾아온 빈집털이는 난폭한 녀석인 모양이네.

어째선가 벽의 한 면에 자이크온 신의 성인이 페인트로 휘갈겨 그려져 있고, 그것을 엑스자로 지웠다.

좀처럼 의도를 알 수 없지만, 자이크온 신이 싫어할 일이란 건 알겠다.

"일단, 사람들을 피난시킨다고 황제한테 전하러 가야지—."

나는 혼잣말을 하면서 맵을 열고, 그럴 때가 아니란 걸 깨달았다.

맵 안에 「정체불명^{UNKNOWN}」인 광점이 있다. 위기 감지가 작동 안 하니까, 아마도 신이 아니라 신의 사도나 뭔가겠지.

역시, 내가 시가 왕국에 돌아간 사이 사태가 진행된 모양이다.

만약을 위해 확인했는데, 인접한 주변국들에는 출현하지 않았다. 물론, 내 식구들이 있는 시가 왕국도 마찬가지다.

나는 공간 마법 「멀리 보기」와 「멀리 듣기」로 전장을 확인했다.

"일단, 호각으로 싸우고 있나 보네."

은의 원추 같은 것과 족제비 제국군이 싸우고 있었다. 사도라고 하기에는, 「눈의 나라」 키워크 왕국에서 공투한 자이크온 신의 사도하고는 도무지 닮은 구석이 없다.

스토리지에 있는 「진실의 방」의 석판을 검색해보니, 사도가 아니라 「신사(神使)」라는 것이 원추를 가리키는 단어로 가장 가까웠다.

『―참강섬!』

멀리 보기로 보고 있던 시야에 익숙한 기사가 비쳤다. 장이족인 리트디르트 양이다.

마 포식자가 발동했는지, 서로 마법 공격이 아니라 물리 공격으로 싸움이 이어지는 모양이다.

포탄이나 성당 기사들이 든 하얀 검으로 상처를 받은 신사가, 동영상 역재생 같은 느낌으로 상처를 수복한다.

아마 족제비 제국의 마 포식자는, 신사의 체내마력까지는 간섭하는 힘이 없는 거겠지.

『이걸로 마무리다! 망성열참^{노바 블레이드}!』

『멈춰라, 리트디르트! 마력이 필요한 기술은 못 쓴다!』

필살기를 쓰려고 한 리트디르트 양이, 신사 주변에 떠오른 유체금속 같은 은색 촉수에 맞아 땅바닥을 굴렀다.

리트디르트 양은 비틀거리면서도 일어서서, 두 번째 촉수를 피했다. 여전히 허당 같지만, 상상 이상으로 튼튼한 모양이네.

마음속으로 그녀에게 응원을 보냈다.

"어이쿠, 그런 건 아무래도 좋아."

나는 혼잣말을 하고 샛길로 빠진 사고를 바로잡았다.

이어서 맵을 열고 주변 도시도 확인했더니, 다른 도시 부근에서 신사가 출현한 걸 발견했다.

제도의 주민은 지하 피난소에 대피를 했으니 방치해도 괜찮을 거라 생각하지만, 상대는 신의 종이다. 시가 왕국의 왕도에서 싸운 「마신의 찌꺼기」 같은 일탈된 전투력을 가지지 않았다고 장담 못한다.

그리고 신사를 쓰러뜨리면 본격적인 천벌이 집행될지도 모르니까, 이틈에 제도의 주민들을 구하자. 황제한테는 사후 승낙을 받으면 되겠지.

나는 마법란에서 「신기루」 마법을 사용했다.

벽령에서 연습한 요령으로, 반투명하게 출현한 신기루 도시를 족제비 제국의 제도에 겹쳤다.

제도가 넓은 탓인지, 생각보다 마력을 먹네.

"꺄아아아아아!"

"이 환각은 뭐야?!"

"처, 천벌이다. 우리는 지옥에 떨어지는 거야……."

반투명한 신기루 도시를 목격한 제도 주민들이 패닉에 빠진 소리를 내는 게 들렸다.

그들이 파멸적인 행동을 취하기 전에 재빨리, 신기루 도시에 수용했다. 연습한 보람이 있어서, 문제없이 수십 만 명의 사람들을 구출하는데 성공했다. 무슨 일이든 준비가 중요해.

"여, 여긴 어디지?"

"무슨 일이 일어났지?"

수용한 사람들의 혼란스런 목소리가 들린다.

"하늘 너머에 은색 원추가 떠 있던 것과 관계가 있는 건가?"

"황제 폐하는? 제도는 어디로 간 거지?"

동의가 없어서 미안하지만, 긴급 피난이니 포기해주면 좋겠다. 소동이 끝나면, 본래 장소로 되돌려줄 테니까.

"—진정해라! 여기는 안전하다! 황제 폐하의 명령으로 귀군들을 구조했다."

나는 확성 마법으로 사람들에게 안내했다.

쿠로의 모습 그대로도 좋았지만, 안내하기 전에 용사 나나시의 모습으로 변신했다.

"폐하께서?"

"그렇지! 폐하가 우리를 버릴 리가 없어."

"……천벌이, 아닌 건가?"

황제의 이름을 꺼낸 것이 좋았는지, 태반의 사람들이 차분함을 되찾았다.

"당신이 우리를?"

가까이 있던 관리풍 족제비 수인이 내게 말을 걸었다.

기왕 봤으니 그에게 귀찮은 일을 떠넘겨야지.

"그렇다. 나는 이제부터 다른 도시의 시민들도 구조해야 한다."

아차. 어조가 쿠로 그대로야.

뭐, 됐어. 이대로 밀어붙이자.

"어, 어떻게—."

"시간이 없다. 이후 피난민에 대한 고지는 너에게 맡기지."

"그, 그렇게 말을 하셔도, 나는 일개 관리야. 2급 시민에 지나지 않는 내가—."

그러니까, 그런 문답을 할 시간이 없다고.

"이름은?"

"하즈레쿠지[#3]다."

우연의 일치겠지만, 참으로 운수가 없어 보이는 이름이네.

뭐, 이름으로 일을 하는 것도 아니니까.

"하즈레쿠지. 너를 황제 폐하의 명에 따라 1급 시민으로 임명하며, 피난소의 대표 권한을 부여한다. 너는 이 신기루 도시의 임시 시장이다."

내가 사기 스킬을 의지하여 그렇게 선언하자마자, 하즈레쿠지의 몸이 반짝이는 빛에 휩싸였다.

어쩐지 모르게 내가 태수에 임명되었을 때가 떠올랐다. 어쩌면 신기루 도시의 숨겨진 기능을 발동시켜버린 걸지도 모르지만, 마

#3 하즈레쿠지 일본어로 제비뽑기의 꽝을 뜻하는 단어.

침 잘 됐다고 생각한다.

"이, 이것은?"

"도시에게 인정받았군. 귀군의 책무를 다하라."

"아, 알겠습니다. 미력하게나마 소관의 힘을 다하여, 폐하의 명령을 이룩하겠습니다."

방금 전 이펙트와 허세가, 그의 마음을 긍정적으로 만들어준 모양이다.

"자세한 것은 여기에 피난 장소의 설명을 적어두었다. 바람 마법사를 써서 사람들에게 지시를 내려라."

나는 그에게 아리사랑 만든 피난 매뉴얼을 건네고, 그 자리를 떠났다.

신기루 도시 밖으로 나온 다음, 내 스테이터스 화면을 확인했다.

"족제비 제국 안의 도시 전부를 피난시키는 건, 아슬아슬하게 마력이 되려나?"

뭐, 부족해도 성검 배터리에 모아둔 마력을 전부 쓰면 어떻게 될 거야.

나는 염려를 미뤄두고, 귀환전이와 섬구의 합체기로 족제비 제국의 도시나 촌락을 돌면서, 모든 주민을 신기루 도시에 수용하고 다녔다.

수용한 사람들에 대한 고지나 물자의 배포는, 임시 시장으로 임명한 하즈레쿠지가 본래 자기 부하들을 써서 잘 해주었다. 뜻밖에 당첨인 인재군.

◆

　"사도가 늘었어."

　족제비 제국 주민들 피난을 마치고 돌아오자, 하나였던 사도가 10개체로 늘어났다. 다른 도시 상공에 나타난 것도 합치면, 전부 32개체다.

　어중간한 수로 봐서, 「일곱 신들」 모두가 연관된 건 아닌 것 같아.

　"이제 민간인은 안 남았나?"

　각 도시나 촌락의 대다수 사람들은 무사히 수용했지만, 일부 도시에서 탈출하려고 한 부유층이 탄 연차가 소금 오브제로 변해 있거나, 도시 방위군이 거의 괴멸했거나, 그래서 못 구한 사람도 적지 않다.

　완벽하게 하는 건 무리고, 애당초 직업군인이나 지켜야 할 시민을 버린 위정자가 죽어도 딱히 마음은 안 아파.

　신이나 신사는 마물도 사역할 수 있는지, 몇 척인가의 비공정이나 대형 여객기가 분사 나무나 비행형 마물에게 격추되어 있었다.

　또한 도시 방어의 전선에서는 나사로 지배되었을 사역 마물이 일제히 자유 의지로 반항하기 시작하는 모습도 보여서, 그런 사역 마물의 처리는 조금만 도와줬다.

　"어이쿠. 저것도 방치하지 않는 게 좋겠어."

　딱 하나 떨어져 있는 신사가, 비전투원이 있는 로켓 발사장에 접근하고 있었다.

　그걸 저지하려고, 맵을 닫고 천구로 그쪽에 갔다.

눈앞에서, 로켓 옆에 보라색 빛기둥이 일어났다.

"으엑, 마왕까지 늘었어."

……너무 카오스잖아, 족제비 제국 제도.

나는 조금 질색하면서, 마왕에 뭉개질 것 같은 로켓 발사장의 관제실이나 정비실 사람들을 신기루 도시에 회수했다.

여러 번 반복한 덕분에 물 흐르듯 솜씨 좋게 해냈다.

"여긴 어디지?"

"로켓은 어떻게 됐어?!"

원래 혼란에 빠진 사람들에 대한 설명은 하즈레쿠지에게 맡기지만, 이번에는 그들 앞에 나타날 필요가 있다.

"누, 누구야 너!"

"용사 나나시."

그들 앞에 모습을 드러내자마자, 정체를 묻길래 자기소개를 한마디로 끝냈다.

"요, 용사?!"

"파리온 신의 주구가, 어째서 이런 곳에!"

아차, 용사의 위광도 족제비 제국에선 땅에 떨어진 모양이네.

데지마 섬에서 시작된 「몽환 미궁 붕괴가 용사의 짓이다」라는 헛소문이, 제도까지 도착한 걸지도 몰라.

"글쎄, 문답할 시간이 아깝다. 뒷일은 먼저 피난해 있는 사람들에게 들어라."

나는 모습을 드러낼 필요가 있던 원인— 몸의 표면에 보라색 인광을 띠고 있어 위험한 상황에 있는 보라색 머리카락의 전생자 소녀 곁에 걸어갔다.

"린코한테 손대지 마!"

관제관으로 보이는 남자들이 소녀를 지키고자 막아섰다.

"당황하지 마라, 그 소녀를 치료하는 것뿐이야."

내가 설명하자, 소녀가 반응했다.

"치, 료?"

『말하지 마라. 황제 폐하의 명령으로 너를 구하러 왔다.』

『일본어? 폐하, 고마워…….』

안심하고 힘을 뺀 소녀에게서 「마력 강탈」 마법으로 잉여 마력을 흡수하고, 평소에 억누르고 있는 정령광을 최대로 해서 그녀를 옭아맨 독기를 떨쳐냈다.

『아아, 기분, 좋아.』

생각보다 가벼운 초기증상이었는지, 간단하게 소강상태로 진정되었다.

이거라면, 시즈카에게 의지하여 유니크 스킬을 제거할 필요는 없겠어.

나중에 들은 얘기인데, 소녀가 마왕화 직전까지 간 건 유니크 스킬을 너무 써서 그런 게 아니라, 로켓 발사가 먼저인가 신사의 도달이 먼저인가 하는 아슬아슬한 긴장 상태 안에서 아무 조짐도 없이 갑자기 가까운 거리에 미지의 마왕이 출현해서 패닉에 빠졌기 때문인 것 같다.

『잠깐, 잠들어라.』

다시 위험한 상태가 되지 않도록 재워두었다.

"눈을 뜰 때까지 눕혀놓고 안정시켜라."

나는 소녀와 함께 있던 어른들에게 그녀를 맡기고, 신기루 도시에서 나가 입구를 닫았다.

이걸로 내가 구해야 할 무고한 사람들은 다 구해냈을 거야. 위기 상황은 이어지고 있지만, 족제비 제국군이 생각 이상으로 선전하고 있는 것 같으니 내가 개입할 필요는 없겠지.

그렇지만, 더욱이 신사의 증원이 와서 제성까지 전장이 되는 것도 시간 문제라고 할 수 있다.

나머지 석판을 읽으러 가는 걸 나중으로 돌리면, 신사가 제성을 공격해서 「진실의 방」 천장이 붕괴해버리지 않는다고 장담하지 못한다.

조금 망설였지만, 황제에게 주민들을 피난시킨 보고를 하러 가는 건 나머지 석판을 읽은 다음에 해야지.

귀중한 정보를 잃는 건 피하고 싶으니까.

◆

"—나타났군."

석판을 다 읽고 황제가 있는 방에 쿠로의 모습으로 나타나자마자, 너무한 말이 날아왔다.

군사 토우야가 제스처만으로 방 안에 대기하고 있던 근위 기사나 여관들을 퇴실시켰다.

나는 비꼬는 시선을 보내는 군사 토우야를 무시하고, 황제에게 물었다.

“본론에 들어가기 전에 두 가지 묻고 싶다.”

“듣지. 답할 수 있는 거라면 가르쳐주겠다.”

기분 탓인지, 요전보다 어조에 가시가 있어.

“최근의— 지난 100년 정도 기간의 석판은 읽었나?”

“물론이지.”

“그건 자기 눈으로?”

“신화시대어나 고대어 정도라면 읽을 수 있다.”

흠. 직접 읽었다면, 나랑 같은 지식이 있을 거야.

“그러면, 그의 정체도?”

군사 토우야를 보면서, 황제에게 확인했다.

“어느 쪽 정체를 묻는 것인지 모르지만, **양쪽 모두 안다**고 대답해두지.”

—그렇다면, 괜찮겠군.

“질문은 그것뿐인가?”

“그래, 귀군이 속고 있는 게 아니라면 상관없다.”

내 진영**에도, 마왕이 있으니까.**

“그럼, 이쪽도 물어보지.”

황제가 그렇게 말하고, 시선으로 군사 토우야를 재촉했다.

“최근의 석판까지 읽었다면, 우리들이 물어볼 것도 상상할 수 있지 않은가?”

아마, 나를 말하는 거겠지.

내가 구두를 쓰러뜨린 것이 집필자인 트롤의 마왕에겐 심금을 울리는 것이었는지, 최근의 석판은 나랑 나나시의 활약이 괜히 엄청 기재되어 있었다. 벽령의 도시나 미궁의 별장이나 유녀 미궁, 보르에난 숲에서 일어난 일마저 기록되어 있었다.

물론 기재되지 않은 일도 많다. 「용의 계곡」이나 유이카의 결계를 친 장소는 안 보이는 건지 시즈카의 암자나 비밀기지, 그리고 결계 설치 뒤 유녀 미궁의 기재는 없다.

신기하게도, 사토와 나나시가 동일인물이란 정보는 없었다.

그렇지만 군사 정도의 두뇌가 있으면 동일인물이란 걸 예상한 것이 상상하기 어렵지는 않다.

뭐, 그렇다고 해서 내가 그걸 폭로할 필요도 없겠지.

"무슨 말을 하고 싶지?"

"시치미를 떼는 건 무의미하다. 사토 펜드래건 자작—."

나는 무표정 ^{포커페이스} 스킬 선생님의 도움을 빌릴 것도 없이, 그 추궁을 무시했다.

"—아니면, 이렇게 말하는 편이 좋을까?"

그때, 말을 끊은 군사 토우야가 「미움받는 자의 가면」을 벗고, 이쪽을 부추기는 표정으로 노려보았다.

신을 죽인 자, 라고 말하려는 걸까? 라고 나는 마음의 방벽을 두껍게 했다.

"용신에게 도전하는 자—."

역시 그렇군.

"—몇 번을 살해당해도—."

어라?

어쩐지 방향이 수상해.

“—계속 도전하는 자. 영원한 도전자—.”

군사 토우야의 의도를 몰라서, 그의 눈동자에서 정보를 읽어내고자 시선을 맞추었다.

“—세계수와 함께 이세계에서 찾아온 일곱 중 하나—.”

눈동자 안쪽에서 도전하듯 암자색 빛이 흘러나온다.

마왕화의 징후가 있으니, 조금 진정시키는 게 좋을까?

그런 생각을 하고 있는 탓에, 그의 말을 놓쳐 버렸다.

“—어? 뭐라고?”

그 탓에, 난청계 주인공 같은 대답을 해버렸다.

기껏 한 말을 우롱했다고 느꼈는지, 군사 토우야의 눈동자 안에 분노의 색이 섞였다.

“시치미를 못 뗄 때까지, 몇 번이고 말해주마.”

군사 토우야의 송곳니가, 짐승처럼 쑥쑥 자라기 시작했다.

응, 이번만큼은 미안하네.

그러니까, 진정해.

“모든 섭리를 넘어서는 자, 이 세계 바깥의 존재—.”

군사 토우야가 팔을 휘둘러 외투를 펄럭 떨치고, 내 심장을 꿰뚫으려는 듯 힘차게 손가락으로 가리켰다.

“—자이크온 신! 그것이 네놈의 정체다.”

EX: 아가씨들의 결전 준비

"소라게가 돌격 상태라고 고합니다!"

"성해종자, 실드 모드!"

나나 자매의 6녀 시스의 경고를 듣고, 테니온 신전의 무녀 세라가 성해종자를 방어 모드로 바꿔, 흙먼지를 피우며 다가오는 소라게— 보물 왕 소라게의 돌격을 받아냈다.

여기는 세리빌라의 미궁에 있는 「구역의 주인 보물 왕 소라게」가 사는 광장이다.

그 권속인 「보석 소라게」는 지난 며칠 사이에, 각개격파를 했다.

"권속도 이상하게 강했지만, 두목은 더 강하네."

멤버 중 누군가가 식은땀을 흘리며 말했다.

"지금입니다, 제나!"

"네! 벼락 두르기!"

세류 백작령의 마법병 제나가 팔에 찬 뇌명환에 깃든 뇌수를 그 몸에 둘렀다.

"타앗!"

제나는 전광석화처럼 빠르게, 소라게의 머리 위에 도달했다.

"……■ 전격 폭풍!"

특기인 바람과 벼락의 복합 마법을 소라게에게 때려 박았다.

―HZEBBRMYIDWOOO.

맹렬한 전격과 폭풍을 받은 소라게가 비명을 질렀다.

"돌격이랍니다!"

"크류 님, 아직 일―."

간발의 차이 없이 뛰어든 키워크 왕국의「담설 공주」크류 왕녀였지만, 너무나도 빠른 돌격에 나나 자매의 장녀 아진의 제지도 늦어서 대전된 물웅덩이에 돌진하여 성대하게 감전당했다. 훌륭한 자폭이다.

『카리나 님, 간발의 차이였군..』

"그, 그래요, 라카 씨. 크류 님은 괜찮을까요?"

『저 인물의 내구력이라면 문제없겠지. 백은 갑옷의 방어력도 있다. 금방 부활할 거야.』

무노 백작 영애 카리나와 그 가슴팍에서 빛을 내는「지성이 있는 마법 도구」라카가 그런 대화를 나누었다.

담설 공주보다 조금 늦은 카리나는 무사했던 모양이다.

"위트, 채찍을."

"예스 이스난. 채찍술사 위트의 묘기를 보여준다고 고합니다."

자매의 막내 위트가 차녀 이스난에게 재촉을 받아, 채찍을 휘둘러 감전 에어리어에서 담설 공주를 구해냈다.

"소라게의 마비를 확인! 전원, 공격으로 이행하라!"

자매의 장녀 아진이 모두에게 지시를 내렸다.

"성해종자, 포격 모드! 일제 사격 3연사!"

무녀 세라의 지시로 성해종자들이 주포를 3연사했다.

—HZEBBRMYIDWOOO.

광장에 오존 냄새가 피어오르고, 소라게가 비명을 질렀다.

"아싸~! 저 쓸데없이 딱딱한 껍질에 금이 갔다! 릴리오!"

"맡~겨둬! 열어주겠어!"

제나 분대의 척후 릴리오가 마도 폭탄이 달린 크로스보우 볼트를 금이 간 틈으로 쏘았다.

마도 폭탄이 굉음과 함께 작렬했지만, 금이 벌어진 것은 미약했다.

"정~말, 얼마나 단단한 거야!"

"루우, 갑니다! 관통장검!"

제나 분대의 대검사인 이오나가 순동으로 소라게의 품으로 파고들어 금이 간 곳에 대검을 찔러 넣었다.

"—얕아."

"이오나, 비켜어어어어!"

제나 분대의 대형 방패 전사 루우의 함성에, 이오나는 금이 간 곳에 찔러 넣은 대검을 남기고 뛰어 물러났다.

"으랏차아아아아! 중방패압살!"

루우의 모든 체중을 실은 실드 배쉬가, 이오나의 대검을 뿌리까지 밀어 넣었다.

—HZEBBRMYIDWOOO.

소라게의 거체 앞에서는 대검 따위는 이쑤시개 정도의 길이에 지나지 않지만, 그래도 딱딱한 갑각 안쪽까지 닿으면 비명을 안 지를 수 없는 모양이다.

"지금임다, 신입!"

"네!"

카리나의 호위 메이드인 에리나와 신입^(리에나) 아가씨 두 사람이, 마인을 두른 짧은 마창을 손에 들고 돌격했다.

노리는 건 거체를 지탱하는 4개의 앞다리 중 하나다.

"리자 씨 직전—."

""—나선창격!""

마인의 붉은 빛이 짧은 마창의 끝을 나선으로 물들이며, 앞다리 하나에 때려 박혔다.

그러나, 상대도 레벨 50이나 되는 「구역의 주인」이다. 격이 낮은 상대가 뿜은 필살기 하나로 다리를 잘라낼 수는 없다.

"비장의 수우우우!"

""**부스트**!""

짧은 마창의 끝에 달린 두 개의 노즐이 불꽃을 뿜고, 거기서부터 급가속했다.

"우왓뜨뜨뜨."

"에리나 씨, 버텨요!"

"으랏차~!"

두 사람은 가속 불꽃에 데이면서도 그대로 소라게의 다리에 커다란 상처를 냈다.

"카리나아아아아 너크으으으으으으으으을!"

그곳에 빨간빛을 두르고 돌격해온 카리나가, 다리에 펀치를 쏟아부어 떨어져가던 다리 하나를 뜯어냈다.

“두 번째는 우리들의 사냥감이라고 고합니다!”

나머지 다리에 이마가 빛나는 일곱 명의 검사들— 나나 자매가 뛰어들었다.

“““종자 초강화!”””

이슬의 신체 강화 부여로, 나나 자매가 급가속했다.

“전투 인형의 하나 백섬설화!”

장녀 아진의 장검이 다리 하나를 절반 정도 베었다.

“전투 인형의 둘 백섬선화!”

차녀 이스난의 거대한 전투 망치가, 그 다리를 날려 버렸다.

밸런스가 무너진 소라게가 한쪽으로 쓰러진다.

“전투 인형의 셋 백섬기화!”

3녀 트리아의 칼날창이 마구 변하는 궤도로, 소라게의 배를 베어냈다.

“—트리아는 폭발의 진이라고 고합니다!”

상처에 밀어 넣은 마도 폭탄이 차례차례 작렬하여 소라게의 배에서 녹색의 피가 뿜어져 나왔다.

“전투 인형의 넷 백섬류화!”

4녀 피어의 대검이 유려한 궤도로 너덜너덜해진 소라게의 배에 난 상처를 깊게 베어 찢었다.

“……목욕하고 싶어.”

녹색 피를 머리부터 뒤집어쓴 피어가 작게 투덜거렸다.

—HZEBBRMYIDWOOO.

배가 갈라져 목숨의 위기를 느낀 소라게가, 마비됐다고 생각하기 어려운 속도로 몸을 껍질 속에 넣었다.

둔한 움직임으로 자매를 제거하고자, 거대한 집게발을 휘둘렀다.

"전투 인형의 다섯 백섬묵화!"

5녀 핀프의 긴 자루 도끼가, 호쾌하게 소라게의 집게발을 요격했다.

굉음이 울리고, 집게발과 긴 자루 도끼 사이에서 마력 장벽과 마인이 격렬하게 빨간빛을 뿌렸다.

"거대한 무기도 움직임이 멈추면 이쪽이 유리하다고 선언합니다."

"위트도 동의한다고 고합니다."

단창을 든 6녀 시스와 두 자루 곡도를 든 8녀 위트가 핀프의 좌우에서 집게발의 관절을 노려 필살기를 뿌렸다.

"전투 인형의 여섯 백섬돌화!"

"전투 인형의 여덟 백섬순화!"

시스의 어마어마한 찌르기 폭풍이 관절을 지키는 갑각을 구멍 투성이로 만들고, 위트의 춤추는 듯한 연속 검기가 상처가 난 관절을 절반쯤 절단한다.

곡도의 길이 문제로 완전히 절단은 안 됐지만, 제일 큰 위협이었던 집게발을 거의 무력화한 공적은 크다.

─HZEBBRMYIDWOOO.

거듭된 고통에 마비가 풀린 소라게가 껍질 안에서 암녹색의 독 안개를 뿜어내 자매를 쫓아냈다.

"크류 님, 다음은 저희들이랍니다!"

"네, 좋답니다!"

카리나와 담설 공주의 헤비 어태커 두 사람이 독안개에 끄떡도 않고 돌격했다.

—HZEBBRMYIDWOOO.

갑각에서 드러난 머리 부분을 노리는 걸 깨달았는지, 소라게가 긴 촉각을 채찍처럼 휘둘러 두 사람을 휩쓸었다.

"라카 씨!"

『이것은 어마어마하군.』

촉각의 강력한 일격이 철벽의 수호를 자랑하는 라카의 방어장벽을 절반까지 깎아낸다.

"이런 젠장, 이랍니다!"

위험하다고 생각한 담설 공주가 파성전추의 일격을 촉각에 뿌리고, 그 반동으로 두 사람은 안전권에 굴러 나왔다.

"……■■ 무거운 선풍 망치."

제나가 뿜어낸 강력한 바람 마법의 일격이 소라게의 갑각을 흔들고, 그 주의를 끌었다.

촉각이 목표를 바꿔 제나를 노렸다.

어마어마한 속도로 촉각이 제나를 공격하지만, 바람 마법으로 비상하여 더욱이 벼락 두르기로 가속한 제나를 포착하진 못했다.

오기가 생겼는지, 소라게가 여덟 개의 촉각 모두를 제나를 향해 휘둘렀다.

"성해종자, 지원 모드! 부속기 방출."

무녀 세라의 지시로, 그녀의 호위를 맡고 있던 성해종자의 지휘 개체가 등에 달라붙어 있던 여러 개의 부속기를 방출했다.

자유를 얻은 부속기가 부유하여 제비처럼 빠르게 공중을 춤추었다.

"세라 님, 저것은?"

"시스티나 전하께서 맡긴 시험작입니다."

왕도의 싸움에서 노획된 성해종자의 잔해가, 에치고야 상회의 매드한 박사들과 아오이 소년 유래의 로봇 애니 지식으로 다시 태어난 작품이다.

부속기의 공격력은 본체에 못 미치지만, 이동과 공격을 반복하며 따끔따끔 방출하는 광탄이 소라게의 주의를 산만하게 만들어 제나의 회피를 지원했다.

소라게의 주의가 완전히 제나와 부속기에 향하고 있다지만, 그 주위는 독 안개와 촉각의 폭풍으로 데스존이 형성되어, 접근전으로 덤빌 여지가 없어졌다.

"지상에서는 다가갈 수 없겠답니다."

"크류 님, 좋은 장소가 있어요."

카리나가 벼랑 위를 가리켰다.

^{리모트 자벨린}
""""유도 이력의 창!""""

자매가 이력의 창으로 제나를 지원하고 다른 멤버도 불 지팡이로 그것을 도왔다.

"우리들, 접근전에 너무 의지했었네."

리오나가 투덜거리며 크로스보우를 쏘았다.

탄두에 마도 폭탄이 달린 짧은 화살도 원거리에서는 그냥 주의를 돌리는 것 정도밖에 못 된다.

"원거리는 제나 씨와 세라 님이 주력이니까요."

그 한쪽은 하늘을 날아다니며 지상의 독 안개가 가실 때까지 시간 벌이를 하고 있으며, 또 한 명은 전투를 동료들과 성해종자에게 맡기고 긴 영창을 하고 있었다.

"이제 곧 움직이겠어."

루우가 벼랑 위에서 주저 없이 뛰어내린 담설 공주를 가리켰다.

"《부숴라》 파성전추! 지금 필살의— 설화현란!"

눈처럼 하얀빛을 띤 파성전추가, 보석처럼 단단한 소라게의 갑각을 때렸다.

굉음이 울리고, 파문 같은 충격파가 주위를 흔들었다.

—HZEBBRMYIDWOOO.

불쾌감에 소라게가 비명을 지르며 비틀거렸다.

"수왕장구, 저에게 응답해요— 명견지수."

벼랑 위에서, 카리나가 틀린 단어로 명경지수에 이른다.

—《제1봉인》 해방.

짐승이 으르렁거리는 소리가 수왕장구에서 흘러나오기 시작했다.

그것에 호응하여 수왕장구가 뿜어내는 홍색의 빛이 강해지고, 사용자의 투지에 응답하여 건틀렛과 그리브가 조금 팽창했다.

세리빌라의 미궁에서 가혹한 트레이닝을 하여, 카리나는 수왕장구의 제2단계를 완전히 터득하고 있었다.

"타앗, 이랍니다!"

홍색의 빛을 두른 카리나가 도약했다.

―HZEBBRMYIDWOOO.

수왕장구에 위기감을 느꼈는지, 제나와 부속기를 추적하던 여덟 개의 촉각이 표적을 카리나로 바꾸었다.

"수왕 반전―."

카리나가 천장에 격돌하기 직전에 회전하여, 발로 착지했다. 그 여파로 견고한 미궁의 천장이 굉음을 내면서 함몰되고, 거미줄 모양의 금이 퍼졌다.

움직임이 멈춘 카리나를 요격하고자, 여덟 개의 촉각이 창처럼 공격해온다.

"카리나 님의 지원을!"

무녀 세라가 명하자 성해종자의 부속기가 촉각을 요격하고, 나나 자매들이나 릴리오가 그것을 도왔다.

"카리나아아아―."

동료들을 믿고, 카리나는 천장을 차며 필살기 모션에 들어갔다.

"아뿔싸, 하나가!"

미처 요격하지 못한 촉각 하나가 카리나에게 다가간다.

이미 카리나는 필살기 모션에 들어가서 회피는 불가능.

그야말로 양자가 교차하려고 한 그곳에―

"……■ 뇌수 질주!"

제나의 뇌명환에서 뿜어져 나간 뇌수가, 마지막 촉각에 몸통박치기를 해서 궤도를 비껴냈다.

이제 카리나를 가로막는 방해꾼은 없다.

"―키이이이이이이이이이이이이이이이익!"

홍색의 유성이 된 카리나의 차기가, 몇 겹이나 되는 소라게의 두꺼운 마법장벽을 한순간에 쳐부수고, 그 기세 그대로 갑각에 격돌했다.

갑각은 카리나의 필살기를 받아냈다.

그러나, 그로부터 미약한 몇 순간 뒤. 이미 한계가 찾아온 갑각이 미궁의 천장처럼 함몰되고, 카리나의 모습이 갑각 안쪽으로 사라졌다.

─HZEBBRMYIDWOOO.

갑각이 수호하던 부드러운 배를 파헤치자, 소라게는 창피한 줄도 모르고 비명을 질렀다.

─HZEBBRMYIDWOOO.

복부를 스스로 끊어낸 소라게가 갑각을 버리고 도망쳤다.

그 앞에는 성해종자가 수호하는 무녀 세라의 모습이 있었다.

"세라!"

비행 마법으로 하늘을 선회한 제나가, 친구를 걱정하여 소리를 질렀다.

옅은 녹색의 빛에 뒤덮인 무녀 세라가 제나에게 고개를 끄덕였다.

그렇다, 그녀는 이미 영창을 마쳤다.

"테니온 신의 손길에 안겨, 평안하게 잠드세요."

무녀 세라가 성장을 내리쳤다.

"─애신 성멸."

세이크리드 엘리미네이션

그녀에게 겹치듯 나타난 옅은 녹색의 환영이 점점 커지더니 거대한 소라게를 끌어안았다.

―HZEBBRMYIDWOOO.

소라게는 쿠션에 부딪힌 것처럼 움직임을 멈추고―.

―HZEBBRMYIDWOOO.

꿈꾸는 것 같은 표정으로 생명활동을 마쳤다.

"『구역의 주인』 보물 왕 소라게의 활동정지를 확인. 토벌 완료를 보고합니다."

"틀림없어. 완전히 죽었어~."

자매의 장녀 아진과 척후 릴리오 두 사람이 소라게의 죽음을 확인했다.

"""해냈다~!"""

그걸 들은 나머지 멤버가 환희의 소리를 올렸다.

"다들, 축하해! 단독 파티로 『구역의 주인』 토벌은 팀 『펜드래건』이래 첫 쾌거야!"

짝짝짝 박수를 치면서, 옵저버인 히카루가 모두를 칭찬했다.

"히카루 씨! 와주셨군요!"

"응. 방해가 안 되도록, 저쪽 벼랑 위에서 보고 있었어."

그녀는 만에 하나의 사고에 대비하여, 제나 일행 몰래 관전한 모양이다.

그런 히카루에게, 모두가 입을 모아 인사를 하거나 칭찬의 말을 더욱 소망하기도 한다.

물론―.

"우음, 트리아는, 트리아는 기껏 부설한 지뢰원이 나설 차례가 없었다고 불만을 폭발시킵니다.”

자매의 3년 트리아만, 조금 기분이 틀어져 보였다.

◆

“정말로 누님들 파티만으로 『구역의 주인』을?”

서쪽 길드 로비에서, 붉은 머리 리젠트가 트레이드마크인 용사 리쿠의 외침이 울려 퍼졌다.

“네. 이것이 증거인 마핵(코어)이랍니다!”

카리나가 마법의 가방에서 꺼낸 마핵을 보여주며 당당한 표정을 지었다.

어째선가, 담설 공주와 위트 두 사람도 카리나의 좌우에서 포즈를 취하며 같은 표정을 짓고 있었다.

그리고 같이 서려던 카리나의 호위 메이드 에리나는, 후배인 신입 아가씨가 막아서 참가를 단념한 모양이다.

“트리아는 안 가는 거야?”

“트리아는 언니니까 자중했습니다.”

차녀 이스난과 3녀 트리아가 그런 대화를 나누는 옆에서, 다른 자매가 다투고 있었다.

“세라! 어째서, 혼자 위험한 일을 하니? 위험한 일을 할 때는, 언니를 부르라고 언제나 말했잖아?”

“혼자가 아니에요. 제나와 동료들이 있어요. 그리고 제가 뭘 하든 언니하고는 상관없어요.”

여동생 러브인 린그란데의 걱정에, 무녀 세라가 매정한 대응을
한다.

선대 용사의 종자이며 희대의 마법검사, 「천파의 마녀」라는 별
명을 가진 린그란데도 사랑하는 여동생 앞에서는 자취를 찾을
수 없다.

"흐, 흥! 리쿠 선배들이 먼저 『구역의 주인』을 쓰러뜨렸거든!"

용사 리쿠의 뒤에서 대든 것은, 용사 소환에 말려든 일반 중학
생 신이다.

"아무한테나 대들지 마라, 신. 우리는 아직 『구역의 주인』은커
녕 인솔 없이는 미궁에도 못 들어가잖아."

신을 타이른 것은, 신과 같은 탐색복을 입은 탐색자 학교의 학
생이었다.

"머리 위에 팔 올리지마!"

"상관없잖아. 네 머리가 딱 좋은 높이라고."

소년들이 떠들썩하게 노닌다.

"너희들, 소란 피우지 마라."

"자자, 방해되잖아."

탐색자 학교의 교사인 「아리따운 날개」의 이르나와 지에나가
카리나 일행에게 축하의 말을 하고서 학생들을 이끌고 인파 밖
으로 나섰다.

그런 두 사람의 시야에 아는 사람이 나타났다. 사가 제국의 사
무라이 카지로와 아야우메다.

"어라? 카지로 선생님들도 축하하러 왔어?"

“선생님은 관두지. 지금은 일개 탐색자에 지나지 않아.”

카지로와 아야우메는 전까지 탐색자 학교의 교사를 하던 인물로, 과거에는 팀 「펜드래건」의 지도를 한 적도 있다.

“아야우메 씨, 혹시 경사야?”

“……네.”

조금 눈에 띄기 시작한 배를 깨달은 지에나의 말에, 아야우메가 볼을 물들이며 부끄러운 미소를 보였다.

“어라? 카지로 선생님! 벌써 카리나 님한테 축하의 말은 했어?”

카지로에게 말을 건 것은 파란 망토를 두른 「펜드라」의 우사사 일행이었다.

“아아, 이제부터 해야지. 너희들도 같이 가겠나?”

“물론이지, 가우.”

개 수인 가우가르가 수긍했다. 캐릭터를 만들려는 말꼬리는 여전한 모양이다.

인파를 헤치고 들어가는 「펜드라」 일행 뒤를, 카지로와 아야우메가 따라간다. 카지로는 자연스럽게 아야우메를 감싸며 움직이고 있었다.

그들처럼 다가가는 자들 바깥쪽에는, 구경꾼들이 잔뜩 모여 있었다.

“과연 젊은 나리의 사모님 파티로구만.”

“그런 거야? 도존 님.”

“젊은 나리의 저택에 살고 있잖아? 그러면, 그거 말고는 있을 수 없지.”

"근데~, 방패 공주나 흑창도 있는데 그 자매나 주군 가문의 공주님까지인가? 나도 본받고 싶다."

"그럼, 자리곤. 너도 용사님을 따라가서 마왕을 쓰러뜨리면 되지."

"말이 되는 소릴 해라. 이 몸 같은 양아치 출신이 그런 거창한 장소에 나서봐야 준비운동으로 잿더미가 되는 게 고작이야."

베테랑 모험가들까지, 카리나 일행을 보면서 소문을 나누고 있다.

그곳에 거친 발소리를 내며, 험상궂은 노파— 길드장 홍련귀 조나가 나타났다. 비서관인 우샤나도 함께 왔지만, 고문인 세베르케아는 없다.

"그런 데서 떠들고 있지 마라!"

길드장인 홍련귀 조나가 로비의 인파에게 일갈했다.

"미안, 길드장. 안쪽 회의실—은 좁겠네. 안뜰 빌릴게."

"기다려라. 그 전에, 아가씨들의 보고를 듣는 게 먼저야."

"길드장, 보고는 내가 할 테니까, 제나 일행은 보내주지 않을래?"

"너— 아니, 당신께서 그리 말씀하신다면야."

"존댓말은 안 해도 돼. 나는 가볍게 히카루라고 불러."

길드장의 평소와 다른 반응에, 주변의 구경꾼들이 제멋대로 시끌시끌 떠들어댄다.

"히카루 님에게 그런 잡무를 떠넘길 수는……."

"처음부터 끝까지 봤으니까, 사양할 거 없어."

"히카루 님이 좋다고 말씀하신 겁니다. 사양하는 게 실례랍니다."

"그럼그럼. 신경 쓰지 말고 회의하고 와."

히카루의 정체를 아는 무녀 세라가 맨 먼저 사양했지만, 여공작이라는 표면적인 정체만 아는 담설 공주가 찬성하여, 흐름에 떠밀려 보고는 히카루의 역할로 정해졌다.

훌훌 손을 흔드는 히카루를 신경 쓰면서도, 무녀 세라 일행은 용사 리쿠와 함께 안뜰로 갔다.

"리쿠, 괘안나? 저 사람, 틀림없이 우리보다 강하다 않나?"

히카루의 뒷모습을 눈으로 추적하며, 실눈 용사 카이가 용사 리쿠에게 말을 걸었다.

"상관없어. 마왕 퇴치라면 모를까, 수련의 성과를 시험하는 『계층의 주인』 토벌전에서 강자에게 의지하면 어쩌냐."

"글쿠만. 그걸 잊고 있었네."

용사 리쿠가 용사 카이를 타일렀다.

"용사님들도 『구역의 주인』 토벌을 하셨나요?"

"그래, 물론 쓰러뜨렸지. 이틀 정도 전에. 카이랑 나의 두 파티 합동이었지만."

"그렇제. 린그란데 교관이랑 로레이야 누님아는 후방에서 견학을 했다."

자기들만의 실력으로 쓰러뜨리지 않으면 의미가 없었다고 두 사람이 말했다.

"용사, 어떤 『구역의 주인』을 쓰러뜨린 건가요라고 묻습니다."

"환영 여왕 무당벌레라는 거대한 무당벌레다. 환영을 두르는 징그러운 적이었지."

"원거리 공격이 안 맞는 데다, 접근전을 할라카믄 이쪽의 평형 감각을 흩어놓는 음파공격을 하고, 위엄해지믄 하늘로 도망쳐가 회복을 하고, 참말로 징그러운 적이었다.”

위트의 질문에 용사들이 답했다.

“노리는 표적을 변경한 거군요.”

“어쩐지, 왕 마사슴벌레의 구역에 아무도 없었어요.”

제나와 무녀 세라가 납득한 듯 고개를 끄덕였다.

“지난번에 노린 왕 마사슴벌레는 링크가 위험해서 포기했다. 환영 여왕 무당벌레도 꽤 단단했지만, 왕 마사슴벌레 정도는 아니었어.”

“맞다. 환각만 어찌하믄, 쓰러뜨리기 쉬운 편이다 싶대이.”

“용사는 벌레 마물을 좋아하는 건가요라고 묻습니다.”

자매의 6녀 시스가 용사들에게 물었다.

“기는 아이고.”

“그렇지. 사실은 내 타격이 유효할 법한 동물계『구역의 주인』을 쓰러뜨리고 싶었는데—.”

“우짜겠나. 둘 다 새치기를 당해뿟는디.”

용사들의 말에, 세라 일행이 의문스런 표정을 지었다.

“달리『구역의 주인』을 노리는 분이?”

“맞대이. 우리는 직접 몬 봤는데, 척후들이 봤다 안하나.”

무녀 세라의 질문에 용사 카이가 답했다.

“들어보니, 얼음 도둑 산양은『고기~』라고 하면서 황금 갑옷을 입은 쪼그만 두 사람이, 잔챙이를 사냥하는 것처럼 가볍게 쓰러뜨렸댄다.”

“히카루 씨에게 들은 적이 있습니다만, 얼음 도둑 산양은 산처럼 커다란 산양의 모습을 한『구역의 주인』이죠? 분명히, 깎아지른 절벽과 깊은 계곡으로 구성된 구역에 있어서 모두가 하늘이라도 날지 못하면 제대로 싸울 수도 없다고 들은 적이 있어요.”

“그 두 사람은 아무것도 없는 공중을 차고 다녔다카대. 비상신발을 장비 안 했겠나.”

무녀 세라와 용사 카이의 대화를 들은 나나 자매들이, 말없이 서로를 마주보았다.

그녀들은 황금의 갑옷을 입은 두 사람을 짐작했다. 틀림없이, 포치와 타마다.

“아진.”

“알고 있어요.”

아진이 여동생들에게 비밀이라고 제스처로 전달했다.

“용사 카이, 방금 전『둘 다 새치기를 당했다』라고 하셨습니다만, 다른『구역의 주인』도 그 두 사람인가요?”

“아이다. 또 하나는 암석 왕 개구리라 켔지?”

“그래. 우리가 처음에 타깃으로 고르고, 너무 단단해서 포기한 적이다. 척후의 말로는 그것을 장신의 창잡이가 말도 없이 쓰러뜨렸다더군.”

“덤으로, 그 개구리는 타격 내성이 너무 높다 않나~.”

“그런 적을?”

“그래. 혼자서 두부라도 찌르는 것처럼 쓰러뜨렸다는군.”

용사 리쿠가 기겁하여 말하며, 어쩔 수 없단 기색으로 어깨를 으쓱거렸다.

"구, 『구역의 주인』을 단독으로, 말인가요?"

"그런 일, 『마왕 살해자』인 펜드래건 자작도 못한답니다! ―못하겠죠?"

카리나가 놀라 소리를 지르고, 담설 공주가 사토 얘기를 하고서, 갑자기 불안해졌는지 나약한 목소리로 카리나 일행에게 물었다.

다만 질문을 받은 쪽도 상식으로는 무리라고 생각하면서도, 사토라면 가능하지 않을까 싶어서 명확하게 대답하지 못하고 있었다.

"……그 사람까지."

나나 자매의 장녀 아진이 두통을 견뎌냈다.

구역의 주인을 쓰러뜨린 인물이 리자란 것은, 그녀들에겐 명백했기 때문이다.

"역시, 황금 갑옷을 입은 전사들은 용사 나나시 님의 황금기사단 분들일까요?"

"그기 아니믄 또 있겠나. 그런 게 또 있으믄 몬 산다."

제나의 질문에, 당연하다고 용사 카이가 대답했다.

"요워크 왕국의 마왕 퇴치에서 만난 적이 있는디, 그런 괴물이 종자믄, 당연히 마왕 토벌쯤이야 한대이."

"카이. 종자 탓으로 하지 마. 용사 나나시의 강함은 차원이 다르다. 그 녀석을 따르려면, 종자도 상식을 벗어난 강함이 필요한 거겠지."

용사 리쿠의 발언을 들은 나나 자매가 남몰래 수긍했다.

그때 팡팡 손뼉 치는 소리가 울리고, 모두의 시선이 그 인물에게 향했다.

“자, 이야기가 탈선했어.”

그 인물은 두 사람의 용사에게 교관이라 불리는 린그란데다.

“교관, 뭐하는 기고?”

“뭐하긴, 귀여운 여동생을 예뻐하는데?”

진지한 표정으로 린그란데가 대답했다.

평소처럼 날카로운 표정이지만, 방금 전부터 여동생인 무녀 세라를 예뻐하려고 할 때마다 매정하게 거절당하는 행위를 루프하고 있어서 참으로 위엄이 없었다.

“뭐, 교관은 방치해도 된다 치고, 『계층의 주인』 토벌전에 대해서다.”

본론을 꺼낸 용사 리쿠에게 시선이 모였다.

“주 전력은 나랑 카이의 파티. 그리고 카리나 누님의 파티까지 셋. 보조 전력으로 자리곤 씨의 『업화의 송곳니』나 도존 님을 비롯한 선발 멤버로 구성된 두 파티를 둔다. 교관이랑 로레이야 누님은 만에 하나의 보험으로 뒤에서 대기한다.”

“그러면, 나도 린이랑 같이 뒤에 있을게.”

인파 뒤에서 말을 건 것은, 길드장에게 보고를 하러 갔던 히카루다. 벌써 보고가 끝난 모양이다.

“기는, 마음이 든든하대이.”

“고맙군. 감사한다.”

히카루의 레벨을 감정으로 알고 있는 두 사람의 용사가 솔직하게 감사의 말을 했다.

그녀를 잘 모르는 탐색자들이, 술렁술렁 「어? 저 누님 강한 거야?」, 「누구 사모님 아니었어?」, 「저 사람의 빗자루로 엉덩이 맞고 싶다」 따위의 대화를 나누고 있다. 마지막 한 명은 사망 플래그를 세우지 말고 동호의 동지들과 함께 취미에 매진해주면 좋겠다.

"그래서, 어디까지 얘기했지?"

"주 전력과 보조 전력의 파티 구성입니다."

무녀 세라가 담담하게 대답했다.

린그란데가 너무 달라 붙는 탓인지, 오늘 그녀는 평소보다 차가운 느낌이다.

"그랬었지. 교관한테 들었는데, 『계층의 주인』전은 장기간이 되는 일이 많고, 싸움이 길어지면 주인이 주변 구역의 마물을 불러들이기도 한다더군."

"그라믄, **병탄**? 인가로, 후방 부대나 물자 축적 장소가 필요하대이."

용사 카이는 병참이란 단어를 잘 몰랐던 모양이다.

"그리고 진지 구축도. 유리한 진지를 만들어두지 않으면, 『계층의 주인』이 반드시 가지고 있는 범위공격에 전멸할 수 있어."

"범위공격은 스턴 계통의 공격으로 막을 수 없나요?"

용사 두 사람의 말을 보충한 린그란데에게, 자매의 장녀 아진이 추가로 질문했다.

"대개는 막을 수 있어. 하지만, 『계층의 주인』에 따라서는 스턴 계통이 효과가 없는 경우도 있으니까 그걸 전제로 계획을 세우면 파탄날걸?"

경험자의 말에, 아진이 생각에 잠겼다.

"물자의 운송은 나랑 카이가 한다 치고."

"리쿠, 후방 부대는 사가 제국에서 병사들을 부를 기가?"

"아무래도, 그건 어려워. 마왕 토벌도 아닌데, 타국의 병사를 잔뜩 부를 수는 없어."

카이의 발언을 린그란데가 부정했다.

"그러면, 그건 자리곤 씨나 도존 님을 의지하자."

카리나가 뭔가 말하려다가 망설였다.

그녀에게도 탐색자 학교의 졸업생이라는 연줄이 있지만, 후방 임무라도 「계층의 주인」과 싸우는데 끌어들이는 건 저항이 있는 모양이다.

그 다음, 자리곤이나 도존을 불러서 세부 사항을 정했다.

물자의 준비는 에치고야 상회와 태수 부인의 어용 상인이 활약하여, 순식간에 필요 물자가 모였다.

개중에는 입수가 어려운 희귀 물자도 있었는데, 펜드래건 자작의 어용 상인 아킨도우가 어디선가 입하해와서 무사히 준비됐다.

"굉장한데. 상급 마법약이 이만큼 있어."

"과연 사가 제국의 용사님이다. 이만큼 마법약이 있으면, 팔다리 둘, 셋쯤은 날아가도 괜찮겠어."

물자의 산을 본 탐색자들이 감탄의 소리를 질렀다.

베테랑 탐색자인 그들도, 과연 이만큼의 물자를 본 적이 없었던 모양이다.

"이건 안 좋대이."

“카이. 왜 그래?”

“리쿠, 이 자재 보래이. 너무 커가 무한수납에 몬 넣는다.”

진지 구축의 건축 자재는 너무 커서 용사의 「무한수납」의 입구
를 통과 못했다.

“분명히 안 좋군. 우리들의 무한수납에 안 들어간다면, 인력으
로 미궁 안쪽까지 날라야 해.”

“그래가 끝이 아니래이. 건축 자재가 지날 루트도 확보할 필요
가 있지, 운반하는 사람을 지키는 호위도 필요하지 않나.”

예상 밖의 트러블에 용사 두 사람이 난처해하는데—.

“걱정할 거 없어!”

“히카루 누님아.”

“뭔가 좋은 방법 있나?”

“이 누나가 뒷기술을 가르쳐주마!”

히카루가 당당한 표정으로 「무한수납」 스킬의 뒷기술을 가르쳤다.

그것을 쓰자, 본래는 스킬의 입구를 통과하지 못하는 사이즈
의 물체라도 통과할 수 있게 되는 것이다.

“감삼다. 이거면 되겠어.”

“역시 히카루 누님아래이. 멋으로 오래 산 게 아이다.”

“으으음. 카이 군, 여성에게 연령 이야기는 금지야!”

히카루의 조언으로 곤란을 돌파한 그들은, 대량의 물자를 무
한수납에 수납하고 미궁 안쪽으로 운반했다.

그러나 운반할 수 있다고 끝이 아니다.

대기 장소는 진지구축을 하는 동안에도 설렁설렁 돌아다니는

「구역의 주인」이나 그 권속에게 발견되지 않도록 공사를 중단하거나 진지를 흥미본위로 파괴하는 젊은 권속을 유인해서 멀리 버리고 오는 등의 고생이 기다리고 있었다.

대기장소에서 떨어진 물자 집적장도 동시에 건축을 시작했지만, 그쪽은 대기장소의 진지와 같은 고생에 더해 물자 안에 있는 식료품을 먹어 치우는 소형 마물에 고생하거나 물통에 어느샌가 생긴 벌레형 마물을 제거하거나 술통을 몰래 따서 훔쳐 마시는 녀석을 쫓아내거나 흥미본위로 화약이나 위험물을 폭발시켜 부상자를 내는 말썽쟁이를 추방하는 등 다소 인재를 포함한 난관에 대응하느라 죽도록 바빴다.

그래도 대기장소의 진지나 물자집적장의 구축이 끝나고, 다음은 전투 부대나 대인원의 지원 부대가 진지까지 이동하기만 하면 되게 되었을 때, 시가 왕국의 미궁방면군에서 타임을 걸었다.

"뭐가 문제야?"

미궁방면군의 에르탈 장군이 파견한 직속 대장과 대치한 것은, 용사들이 아니라 시가 왕국의 공작 영애이며 명예 백작위를 가진 린그란데였다.

"미궁 안에 병기군을 가지고 들어가는 걸 간과할 수 없다고 하신다."

"어라라~? 대장, 좀 달라. 각하는 병기군을 가지고 들어갈 거면 사전에 그 일람을 제출하고 책임자에게 들이는 이유와 어떤 병기인지 설명하라고 했어~."

험상궂은 대장의 말을 놀리듯 가로막은 것은, 여우 수인 장교였다.

"『무단으로』가 빠졌을 뿐이다! 너는 입 다물어라!"

대장이 여우 장교의 머리에 꿀밤을 내리쳤다.

평소에도 대장에게 꿀밤을 맞는 여우 장교였지만, 아무리 그래도 이건 좀 부조리할지도 모른다.

"그건 리쿠네 무관에게 시킬게. 맡겨도 되지?"

깍두기 머리의 용사 휘하 무관이, 「맡겨 주십시오」 하며 힘차게 대답했다.

"미안해~. 용사님들이나 펜드래건 각하네 식구한테 불평하고 싶지는 않은데, 십몇 년 전에 약품을 써서 『계층의 주인』을 쓰러뜨리려고 한 탐색자들이 있었거든~."

운반 중에 사고가 일어나, 미궁방면군의 미궁 주둔부대가 지상까지 대피하는 대사건으로 번졌다고 한다.

"그 이후로, 『계층의 주인』 토벌전에 가지고 들어가는 병기를 체크하게 됐다니까~."

"그런 거다. 나쁘게 생각지 말아다오."

대장이 덤이란 느낌으로 여우 장교에게 꿀밤을 때리고, 꾸엑하는 소리를 낸 여우 장교의 멱살을 잡고 퇴장했다.

그런 일이 있긴 했지만, 무관의 설명이 잘 되어서 처음의 예정대로 병기군을 가지고 들어갈 수 있었다.

물론, 트러블은 그걸로 끝이 아니었다.

준비를 마치고, 전투 부대나 대인원의 지원 부대가 진지까지 이동하는 것은 큰일이었다.

"지원 부대가 전투 사마귀와 조우! 구원을 바랍니다."

"카이! 가줘라!"

"아하하, 심부름꾼 카이 군, 다녀옵니대~이."

순간이동 같은 속도로 용사 카이가 구원을 하러 간다.

"이동중인 전투 부대가 미궁 기름벌레의 대집단과 교전중!"

"뭐야? 왜 그렇게 됐는데?"

"바보가 한가함을 주체하지 못하고 경로상에 있던 미궁 기름벌레의 알을 걷어차서 부쉈더니, 가까이 숨어있던 미궁 기름벌레를 대집합시켰다고 합니다."

"잘 자고 있는 놈을 깨웠냐."

"구원하러 갈까요?"

"전투 부대잖아? 자기 뒤처리는 자기가 하라 그래."

예상 밖의 트러블에, 용사 리쿠가 두통을 견디며 이마를 눌렀다.

"용사님—."

"이번엔 뭐야!"

용사 리쿠의 험악함에, 보고하러 온 자가 눈을 깜박였다.

"리쿠, 진정해."

"미안, 교관."

"사과하는 건 나한테가 아니지."

"그렇지. —분풀이를 해서 미안. 그래서 용건은?"

"아뇨, 신경 쓰지 마십시오. 보고입니다만, 도존 님에게서 대열이 너무 길어지고 있으니 어디선가 휴식을 하고 재정비를 하는 것이 좋다고 조언을 받았습니다.”

“아~, 대열의 길이. 그건 눈치 못 챘어. 도존 님한테 나중에 인사를 해줘야지.”

용사 리쿠는 너무 부담을 느끼고 어쩐지 성급해진 자신을 반성했다.

“선두를 가는 척후 팀에게 전령을 보내줘. 내용은 『가장 가까운 휴식 포인트에서 발길을 멈추도록』이다.”

주변의 의견을 받아들여 즉시 행동할 수 있는 모습에, 용사 리쿠의 교관을 하고 있던 린그란데가 만족스럽게 웃었다.

이렇게 여러 가지 트러블이 있었지만, 듬직한 리더와 그걸 지탱하는 베테랑들 덕분에, 그들은 탈락자를 내지 않고 목적한 장소에 도달했다.

◆

“저 석비?”

“그래, 석비— 제단에 있는 항아리에 『구역의 주인』의 마핵을 투입하면, 『계층의 주인』이 나타날 거야.”

용사 카이의 질문에, 경험자인 린그란데가 대답했다.

이 자리에서 경험자는 린그란데와 히카루 두 사람뿐이다.

“카리나 누님, 마핵을 투입하는 건 발이 제일 빠른 카이한테 맡길 건데, 그래도 될까?”

“앗, 네.”

"물론 상관없습니다만, 어째서 직전에 확인하죠?"

용사 리쿠가 묻자 허둥대는 카리나를 무녀 세라가 어시스트했다.

"아까 자리곤 씨한테 들었는데, 처음에 마핵을 투입하는 건 전사의 영예라고 하더라. 그걸 우리가 가져도 될까 망설여져서."

"문제없습니다. 저희들의 목적은 『계층의 주인』과 싸워 승리하는 거니까요."

"세라 님 말씀이 맞답니다. 승리의 영예 앞에서는 모두 사소한 것인걸요."

무녀 세라의 말에 담설 공주가 동의하고, 카리나를 비롯한 다른 멤버도 수긍하여 동의를 표했다.

물론, 리쿠가 처음에 말을 꺼냈을 때, 자매의 막내 위트가 맨 먼저 손을 들고 마핵을 투입하는 역할에 자원하려 했지만, 그건 다른 언니들이 전광석화의 빠른 속도로 저지했다.

참고로 자매 중에서 위트에 이어 호기심이 왕성한 3녀 트리아는, 「계층의 주인」을 빠뜨리기 위한 설치형 함정 체크에 여념이 없어서, 애당초 이야기를 안 듣고 있었기에 별일이 없었던 모양이다.

"리쿠, 전투 개시 전에 연설을 하는 기다."

"그런 건 나한테 안 맞아."

놀리는 용사 카이에게, 용사 리쿠가 진지한 표정으로 고개를 옆으로 저었다.

"아니. 합동 공략 파티의 리더로서, 모두의 사기를 올리는 것도 너의 일이야."

"그럼그럼. 모두의 모티베이션을 올리는 건 중요해."

그러나 교관 린그란데와 옵저버 히카루가 그렇게 부추겨서, 빈 상자를 쌓아올린 즉석 무대 위에서 스피치를 하게 됐다.

"전원, 주목!"

린그란데가 소리를 높여, 사람들의 이목을 모았다.

"이제부터, 레이드 리더인 용사 리쿠가 훈시를 한다!"

린그란데가 용사 리쿠와 교대했다.

사람들의 시선이 용사 리쿠에게 집중됐다.

"나는 훌륭한 연설 같은 건 못한다. 그러니까, 한마디만 하겠어."

제나와 다른 바람 마법사들이 쓰는 확성 마법이 그 목소리를 광장 전체에 울리게 했다.

물론 용사 리쿠의 잘 울리는 목소리라면, 그런 마법이 필요 없었을지도 모른다.

용사 리쿠가 레이드 멤버 한 명 한 명과 시선을 마주쳤다.

그리고―.

"이긴다아아아아아!"

""와아!"""

리쿠가 함성을 지르자, 멤버들이 일제히 응답했다.

너무나 큰 소리에, 고막이 찢어질 것 같았다.

"전원 위치에!"

""예!"""

제각각 멤버가 최초에 정한 장소로 이동한다.

교관 린그란데와 로레이야, 그리고 옵저버인 히카루는 광장 벽면에 있는 관전 장소로 물러났다.

"용사 리쿠 님. 전원 위치에 도착했습니다."

용사 리쿠와 용사 카이의 파티, 그리고 제나 일행의 파티까지 주력은 제단을 중심으로 원을 그리는 궤적 위에, 같은 간격으로 진을 치고 있었다.

도존과 「업화의 송곳니」 자리곤 같은 선발 멤버는, 후위를 지키는 위치를 맡기는 모양이다.

"좋아."

용사 리쿠는 그것을 확인하고, 고개를 한 번 끄덕였다.

"카이, 부탁한다."

"그래. 맡겨두래이."

용사 리쿠에게 받은 「구역의 주인」의 마핵을 손에 들고, 용사 카이가 무대 배우 같은 발걸음으로 제단을 향했다.

"드디어군요. 세라."

"네, 긴장하고 있나요? 제나."

"……네, 조금."

후위의 진지에서, 제나와 무녀 세라가 말을 나누었다.

그것은 전위 진지에서도—.

"카리나 공, 그건?"

"주문이랍니다. 사람을 삼키면 긴장하지 않는 거랍니다."

"사, 사람을 삼키는 건가요?"

『카리나 님, 삼키는 것은 손바닥에 쓴 사람의 글자다.』

카리나가 너무 긴장해서 잘못 말한 것을 들은 담설 공주가 성대하게 착각을 하고, 라카가 기막힌 기색으로 그것을 정정했다.

"신입, 어째서 우리가 이런 장소에 있는 걸까요~."

"새삼스럽네요, 에리나 씨."

카리나의 호위 메이드 두 사람이 주인 뒤에서 그런 말을 나누었다.

"이오나, 『계층의 주인』을 쓰러뜨리면 귀족이 될 수 있다는 거 정말이야?"

"서훈 대상은 각 파티의 리더뿐이야, 루우. 파티 멤버는 훈장만 받을걸."

카리나의 우익에 있던 제나 분대의 멤버가, 성급한 이야기를 하고 있었다.

"에~, 소녀네는 쪼끄만 애들까지 귀족이 됐잖아."

"그건 다른 파티가 권리를 포기했으니까, 팀 『펜드래건』의 여러분이 서훈을 받았다고 생각합니다."

릴리오의 의문에 이오나가 대답했다.

"뭐~야."

"훈장이라고 해도 연금이 붙으니까, 그렇게 실망할 일이 아니에요."

"정말?"

"그거 자세히 말해봐!"

그런 조금 성급한 제나 분대 근처에서, 나나 자매들이 조용히 대기하고 있었다.

"─?"

장녀 아진이 망토가 살짝 흔들려서 위화감이 느껴진 쪽을 보자,

언제나 떠들썩한 막내 위트가 그녀의 망토를 살짝 쥐고 있었다.

불안한 것이리라. 그런 위트의 머리를, 아진이 상냥하게 쓰다듬었다.

그 옆에, 6녀 시스의 머리가 살짝 나타났다. 같이 쓰다듬어달라는 거겠지. 아진은 괜한 말 없이, 위트를 쓰다듬던 손을 시스에게 이동했다.

다른 자매들의 머리가 시스 옆에 줄을 선다. 5녀 퓐프, 4녀 피어, 3녀 트리아가 기분 좋은 듯이 눈을 가늘게 뜬다. 그와 반대로 부루퉁한 표정의 막내 위트가 아진의 손을 잡아 자기 머리 위로 가져간다. 그것에 저항하고자, 6녀 시스도 손을 댔다.

자매전쟁이 발발하려고 했지만, 그것을 미연에 막은 것도 장녀 아진이었다.

그녀는 양손을 써서 자매들의 머리를 평등하게 쓰다듬었다.

쓴웃음 짓는 아진의 머리를 살며시 누가 쓰다듬었다. 그녀가 의문스런 시선을 보내자, 차녀 이스난이 위무하듯이 아진의 머리를 쓰다듬고 있었다. 「수고하네」라고 말하는 소리가 들릴 법한 분위기다.

그런 자매들의 흐뭇한 분위기 이면에서, 사태가 움직이고 있었다.

"리쿠, 카운트다운 부탁한대이!"

제단에 도착한 용사 카이가 요청했다.

"셋."

마법병 제나와 무녀 세라가 서로의 어깨를 살짝 기댔다.

릴리오가 입술을 핥고, 루우와 이오나가 자기 무기를 확인했다.

"둘."

카리나의 가슴팍에서 라카가 격려하듯 명멸하고, 담설 공주가 애용하는 워 해머—파성전추의 자루를 움켜쥐었다.

호위 메이드 에리나와 신입 아가씨가 시선을 나누고, 서로에게 고개를 끄덕였다.

"하나."

자매들이 투구의 바이저를 내리고, 의식을 전투 인형 모드로 전환했다.

다른 탐색자들도 긴장에 마른 침을 삼켰다.

"제로."

그리고, 드디어 카운트다운이 끝나고, 용사 카이가 「계층의 주인」 소환의 트리거가 되는 거대한 마핵을, 제단에 있는 신비로운 무늬의 항아리에 투입했다.

긴장감이 넘치는 정적이 자리를 지배하고—.

"어라? 교관! 아무 일도 안 일어나는디~?"

용사 카이의 말에 린그란데가 고개를 갸웃거렸다.

그런 린그란데에게 히카루가 몰래 귓속말을 했다.

"미안미안, 꽤 예전이라 잊고 있었어. 마핵을 투입한 다음에, 그 제단에 적힌 소환구를 읊어!"

"맥 빠진대이~."

린그란데의 허당에 다들 힘이 빠졌다.

"카믄 다시 시작한대이~!"

용사 카이가 그렇게 말하고 심호흡했다.

"나는 불가능에 도전하는 자! 정명한 자이며, 신과 마와 세계의 법칙에 저항하는 자이니! 뭐고, 억수로 중2병 같은 소환구래이."

용사 카이의 소환구에 응답하여, 광장에 빨간빛이 흘러넘쳐 소환진 같은 무늬를 그리기 시작했다.

"카이! 진지하게 해라!"

"알았대이."

용사 리쿠가 괜한 불평을 혼냈다.

"지금 여기에 그 증거를 세우고자 『계층의 주인』과 대전할 것을 바라노라!"

빛의 소환진이 맥동하듯, 천천히 명멸하기 시작했다.

"언젠가 세 증거를 거느리고, 그대 곁에 이르리라!"

빛의 맥동에 맞춰 땅울림 같은 낮은 소리와, 귀울림 같은 높은 소리가 들리기 시작했다.

"나는 도전자! 시련이여, 지금 이 자리에 나타나라!"

눈을 뜨는 것도 힘들 정도의 격렬한 빛이 소환진 위를 달렸다.

제나가, 카리나가, 세라가, 자매들과 다른 멤버들이 숨을 삼켰다.

그리고—.

위풍당당한 「계층의 주인」이 소환진 위에 솟아오르듯 나타났다.

안녕하세요? 아이나나 히로입니다.

이번에 「데스마치에서 시작되는 이세계 광상곡」 32권을 집어주셔서, 정말로 감사합니다!

이렇게 권수를 거듭할 수 있는 것도 응원해주시는 독자 여러분 덕분입니다. 앞으로도 지금까지 이상의 재미를 탐구해갈 테니, 부디 앞으로도 변함없는 지지를 부탁드립니다.

종이 서적의 Ex 3권과 코믹스판 최신간 띠지를 보신 분은 이미 아실 거라 생각합니다만, 서적은 본편만 읽는다! 라는 분을 위해 새삼 고지를 하게 되자면—.

데스마치에서 시작되는 이세계 광상곡, 【애니메이션 속편 제작 결정】입니다!

애니메이션 속편의 세부 사항은 카도카와 BOOKS의 공식 사이트나 X(구 Twitter)의 계정을 살펴주시면 좋겠습니다.

어디, 그러면 후기를 읽은 다음에 살까를 정하는 분을 위해서,

평소처럼 지난권의 요약과 본권의 볼거리를 논해볼까요.

Ex 3권에서는 나나가 보호해온 어린 날개 소녀 시로우와 크로우를 「태양의 나라」 사니아 왕국으로 보내는 미션에서 헤랄르온 신의 시련에 도전하는 미션을 소화하고, 32권에서는 족제비 신관의 의뢰로 밀입국한 족제비 제국에서 허당 가짜 엘프 장이족의 리트디르트 양과 함께 마왕 「미경 마왕」을 퇴치하고, 귀국한 비밀기지에 족제비 황제가 보낸 다이렉트 메일이 도착한다…….

그런 느낌으로 끝난 지난 권에서 이어지는 이야기가 시작됩니다.

수상쩍은 다이렉트 메일은 무시하는 것이 기본이란 듯, 사토는 족제비 황제의 초대를 무시하고, 지난 번의 전리품인 파리온 신 유래의 신석과 신석 증폭 장치를 조립하기 위해 취미인 장비 개발에 매진하게 됩니다. 참으로 사토다운 일입니다만, 족제비 황제도 방치되어 뿔이 났는지, 정규 루트로 초대장을 보내고, 이번에는 밀입국이 아니라 용사 나나시로서 정면으로 초대를 받게 됩니다.

물론 입국할 때도 여러모로 문제가 있습니다만, 어떤 일이 기다리고 있는지는 부디 본편을 읽어주세요.

그리고, 뜻밖에 호평인 권말의 Ex는 평소보다 페이지를 늘려서 보내드립니다.

조금 더 이야기하고 싶습니다만, 너무 스포일러를 하면 혼나니까, 이쯤에서 마무리하죠.

늘 하는 감사 인사를 하기 전에 한 가지만 사과 드립니다.

본편을 다 읽은 분은 이미 눈치채셨을 거라 생각합니다만, 이번 권은 이야기가 끝나지 않습니다. 여러모로 이야기를 늘린 결과, 페이지 수가 대폭 오버되어, 처음으로 데스마치가 전편 후편으로 갈라져 버렸습니다.

그렇지만, 이번 권만으로도 충분히 즐길 수 있도록 했으니, 부디 안심하세요!

전편 최후에 내려진 족제비 제국 군사의 멋진 추리의 결과가 올바른지 아닌지는, 후반까지 기다려 주세요.

그러면 늘 하는 인사입니다!

담당 편집자 I 씨와 보스 A 씨, 그리고 새롭게 참가해주신 IT 씨 같은 사치스런 포진으로 서포트 해주셔서 감사의 마음이 끊이지 않습니다. 개고 때 띄워야 할 부분이나 설명이 부족한 부분을 적절하게 지적해주신 것으로, 이야기의 매력이나 알기 쉬움이 업됐습니다. 앞으로도 오래도록 지도편달을 잘 부탁드립니다.

매력적인 표지로 데스마치 세계에 선명한 색채를 더해주어 띄워주시는 shri 씨, 그리고 삽화뿐 아니라, 멋진 권두 컬러 일러스트까지 담당해주시는 나가하마 메구미 씨 두 분께는, 아무리 감사를 해도 부족합니다. 앞으로도 데스마치 세계의 비쥬얼면을 잘 부탁드립니다.

그리고 카도카와 BOOKS 편집부 여러분을 비롯하여, 이 책의 출판이나 유통, 판매, 선전, 미디어믹스에 연관되어주신 모든 여러분께 감사 드립니다.

마지막으로 독자 여러분에게 최대급의 감사를!!

본 작품을 마지막까지 읽어주셔서, 정말 감사합니다!

그러면 다음권, 33권「족제비 제국, 천벌편」에서 만나요!

아이나나 히로

안녕하세요? 불초 역자입니다.

역자는 의자에 제법 신경을 쓰는 편입니다. 당연하지만 의자에 엄청 앉아서 일을 하니까요. 한때 100만원을 호가하는 의자도 샀다가 마음에 안 들어 중고로 팔고 다시 사는 등 한창 유난을 떨기도 했었죠.

그렇게 유난을 떤 결과로, 구관이 명관이라고 옛날부터 잘 알려져 있던 어떤 브랜드의 30~40만원대 의자로 정착을 하게 되었습니다. 아 거기 아닙니다. 좀 더 연식 되신 분들한테 물어보면 의자는 거기였지 하는 거기입니다.

사무용으로 길게 앉아야 하는 작업용 의자면 10만원 초반대 같은 건 쓰지 마세요. 20만원대엔 쓸만한 게 있긴 합니다만, 역자는 한 30만원~50만원 사이의 의자를 추천드립니다. 더 엄청 비싼 것도 있죠. 그 유명한 200만원 전후의 의자도 좋기는 합니다만, 좋긴 하지만 너무 비싸요! 까놓고 30~50만원 사이에서 잘 찾아보면 충분히 필요한 기능과 허리를 지켜주는 의자를 구매할 수 있습니다. 역자는 의자와 스탠딩 데스크와 모니터 암으로 열심히 목과 허리를 지키고 있어요.

위의 이야기로도 짐작이 가능합니다만, 역자는 연식이 좀 됩니다. 아이고 삭신이야. 그리고 역자랑 비슷한 연식이면 어린 시절에 경제적 아픔이 좀 있는 법이죠. 역자는 그 사건 아니어도 처음부터 가난한 집이었지만요! 어릴 때 한 번은 무슨 5층 상업 건물 옥탑방에 세들어 살기도 했었습니다. 욕실이나 화장실이 따로 없어서 아래층 사무실 옆의 화장실을 화장실 겸 욕실로 쓰기도 했죠. 그래서 샤워 같은 것도 그 사무실 사람들 퇴근한 다음에 하고 그랬더랍니다.

다시 의자 이야기인데요. 지금 쓰는 브랜드가 묘하게 선전을 잘 안 해요. 그래서 후발 주자 브랜드가 더 유명해졌고 요즘은 언급이 별로 없습니다. 근데 이 회사가 슬그머니 새 제품을 내면서 슬그머니 기능 개선을 하다 보니까 좀 티를 내라고 생각을 하게 됩니다. 지금 쓰는 의자에 큰 불만이 없어서 좀더 쓸 것 같긴 하지만 가끔 생각 날 때마다 뭐 또 신제품 나온 거 없나 체크는 해보는 편이죠.

이번에도 또 뭔가 하이엔드 프리미엄 의자 같은 걸 냈더군요. 그러면서 최근에 체험 매장을 몇 개 만들었던데 그 중 한 곳이 걸어서도 갈 수 있는 아주 가까운 곳이었습니다. 그래서 한 번 가서 의자 체험을 해볼까 하면서 지도를 딱 열어봤더랬죠.

묘하게 익숙한 지형인데.
어? 하면서 인터넷 지도로 거리 뷰를 딱 켜봤더니 아니나다를까, 옛날에 옥탑방 살던 그 건물이잖아.

설마 이게 이렇게 이어질 줄은 몰랐어요. ㅋㅋㅋㅋㅋㅋㅋㅋㅋ
ㅋㅋ

그거야 그거고 가까운 곳에 의자 체험 매장이 하나 생겼으니
조만간에 가서 어떤지 체크는 해봐야겠습니다. 지금 쓰는 의자가
다 좋은데 딱 하나 팔걸이를 좀 개선했으면 좋겠단 말이죠. 하필
이면 이번에 새로 냈다는 의자가 가격이 엄청 비싸긴 한데 팔걸
이가 엄청 섹시해요. 탐나는 팔걸이. 하악하악하악.

로또라도 터지면 그 돈으로 마음에 드는 의자 하나 만들어보
고 싶다고 생각하는 불초 역자였습니다. 다음에 또 만나요!

데스마치에서 시작되는 이세계 광상곡 32

초판 1쇄 발행 2025년 12월 10일

지은이_ Hiro Ainana
일러스트_ shri, Megumi Nagahama
옮긴이_ 박경용

발행인_ 최원영
본부장_ 장혜경
편집장_ 김승신
편집진행_ 권세라 · 최혁수 · 김경민 · 최정민
편집디자인_ 양우연
국제업무_ 박진해 · 조은지 · 박지현 · 남궁명일
관리 · 영업_ 김민원 · 조은걸

펴낸곳_ (주)디앤씨미디어
등록_ 2002년 4월 25일 제20-260호
주소_ 서울시 구로구 디지털로 32길 30, 코오롱디지털타워빌란트 1301-1308호
전화_ 02-333-2513(대표)
팩시밀리_ 02-333-2514
이메일_ lnovellove@naver.com
ㄴ노벨 공식 카페_ http://cafe.naver.com/lnovel11

DEATH MARCH KARA HAJIMARU ISEKAI KYOSOKYOKU Vol.32
ⓒHiro Ainana, shri, Megumi Nagahama 2025
First published in Japan in 2025 by KADOKAWA CORPORATION, Tokyo.
Korean translation rights arranged with KADOKAWA CORPORATION, Tokyo.

ISBN 979-11-278-8537-3 04830
ISBN 979-11-278-4247-5 (세트)

값 11,000원

©Sumeragihiyoko, Mika Pikazo 2025
KADOKAWA CORPORATION

내 화염에 무릎 꿇어라, 세계여 1~4권

스메라기 히요코 지음 | Mika Pikazo 일러스트 | 텟타 배경화 일러스트 | 김장준 옮김

'기회만 있으면 뭔가 불태우고 싶다…….'
그런 욕구를 가진 호무라는 이세계로 불려간다.
그곳에는 똑같이 이상한 여고생이 모여 있었고
특별한 재능을 가진 그녀들에게 이 세계를 구해 달라는 이야기가 나오는데?
100년 만에 부활한 마왕, 혼란에 틈타 활개 치는 악당들.
대혼란의 시대를 평정하기 위해서 소녀들은 세계의 운명을 짊어진다—.
"당신 악당이에요? 그럼 마음 놓고 불태울 수 있죠!"
불로 정화하는 것이야말로 정의! 소각 처분에 대흥분!!
압도적 화력으로 세계를 제압하는
정상인 듯 정상 아닌 미소녀 호무라의 미래는?!

최강 방화녀의 이세계 코미디!!

라이트노벨의 새로운 빛! ㄴ노벨의 신간은 매월 10일에 발매됩니다. http://cafe.naver.com/lnovel11